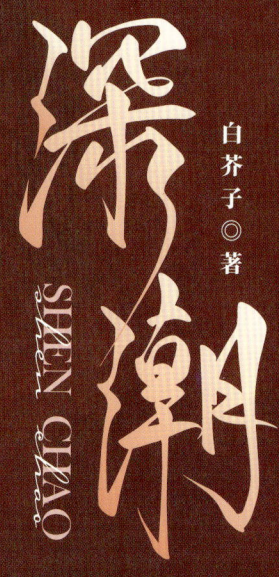

深潮

白芥子 ◎ 著

长江出版社　漫娱图书

水城我也没去过,听说很漂亮,你要是还想去,下次休假我们一起。

我知道你很好奇我这张明信片要寄给谁,你如果肯主动问我,我会告诉你,是要寄给你。

第一次能将明信片寄到目的地,我很高兴。

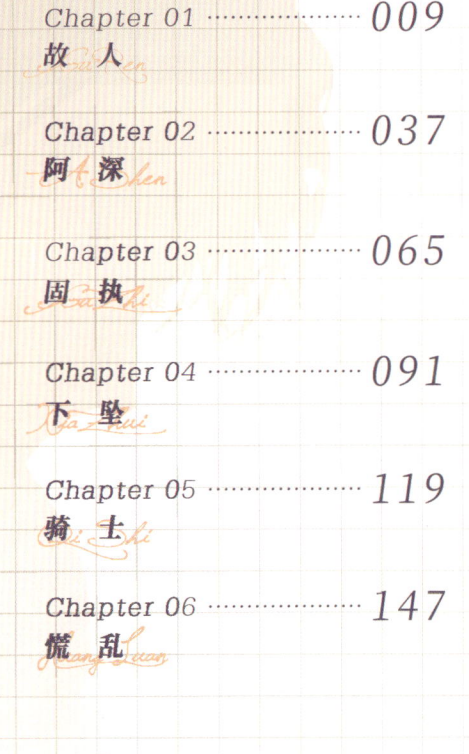

Chapter 01 ········ 009
故 人

Chapter 02 ········ 037
阿 深

Chapter 03 ········ 065
固 执

Chapter 04 ········ 091
下 坠

Chapter 05 ········ 119
骑 士

Chapter 06 ········ 147
慌 乱

Chapter 07 ········ **183**
补偿

Chapter 08 ········ **211**
回信

Chapter 09 ········ **239**
并肩

番外

眼　睛 ········ **266**

智　齿 ········ **270**

出　差 ········ **273**

手　绳 ········ **275**

只有在那里，我才能自欺欺人，沉湎于短暂的过去。

/ 第一章 • Chapter 01 /

>> 一 <<

早上九点,商务车停在机场公务机航站楼外,地服人员正在门口等候迎接。

陆璟深长腿迈出车外,一句话没说,脚下生风,大步走进了楼内。身后随行人员匆匆跟上。秘书刘捷去跟地服人员沟通,得知他们的飞机还在加油,过来跟陆璟深说:"大概还要等十五分钟。"

陆璟深点头,靠在沙发里随手翻起杂志。

刘捷继续跟他报告:"前两天邓机长生病进医院了,以后不知道还能不能飞,公务机公司临时安排了个人来替代他,说是刚从国外回来的,我们要是满意,可以直接把人要过来。我看了一下简历,人虽然年轻,飞行经验倒是很丰富,也是机长级别的,如果可以就用他,也免得我们自己再另外请人了。"

"你看着办。"

陆璟深淡淡地扔出这句,又翻了一页杂志,目光不经意扫向前方玻璃幕墙外的停机坪时,倏忽顿住。

停机坪上,老机长做完绕机检查先上了飞机,留封肆独自在这里监督机务加油。

他双手随意插着裤兜，反光背心罩在机师制服上，姿态懒散，机师帽扣在脑袋上遮住了眼睛，但高挺的鼻梁、薄薄的嘴唇，和弧度完美的下颌线条却一览无遗。嘴角也是噙着笑的，正与身边的美女空姐们说话。

"封机长，你以后也跟我们一起飞吗？"

空姐拖长的声音有些甜腻，封肆颇为受用，笑着说："不知道，我倒是想，也得人家大老板肯要我。"

另一空姐道："陆总其实还挺好说话的吧，出手也大方，你表现得好一点，他肯定要你啊，跟着他飞工资可比外面要高不少，还轻松，而且陆总脾气好，比其他那些大老板好伺候得多。"

"是吗？"

封肆的声音有些轻，语气带着玩味，说笑中的两位空姐没有听出来，也没有看到他机师帽帽檐下那双狭长的眼睛里，转瞬即逝的亮光。

飞机加油完成，陆璟深收回视线，敛目不知在想什么。

见他似乎在发呆，刘捷犹豫地叫了他一句："老大……"

陆璟深道："他的简历给我。"刘捷一愣。陆璟深抬了抬下巴："那位机长的简历，给我看看。"

刘捷回神立刻打开平板电脑，把封肆的简历调出来，递给陆璟深看。

陆璟深目光扫过去，简历右上角是那个人的证件照片，白色的机师衬衣，肩上四道杠，面容英挺，嘴角翘起戏谑的弧度，那双眼睛注视人时，像能摄人心魂。

封肆，二十九岁，英籍华裔。

陆璟深盯着那张照片安静地看了片刻，刘捷以为他会说点什么，最后他却只是把平板递还回来，在地服来通知他们可以上机时，平静起身。

刘捷低头看了一眼手中的平板，直觉陆璟深的反应有些奇怪，却没看出这位年轻的机长有什么特别之处，真要说起来，也就是长相格外出

众,但他老板应该不会关注这个才对。

陆璟深走上舷梯,机组人员正在舱门口等候迎接他们。

老机长和两位空姐站在前面,笑容满面,封肆独自立在他们后方,依旧戴着机师帽,他个子高因而格外抢眼,抬眸时那双黑而亮的眼睛直直盯着陆璟深。

陆璟深冲其他几人点了点头,目光掠过封肆,直接走进了客舱。

封肆的视线跟随着他的背影,渐渐弯起唇角。

做起飞前准备时,封肆忽然笑了一声,身边老机长顺嘴调侃他:"笑什么?这么春风满面,不会是刚林玲她们约了你下飞机一起吃饭吧?"

他说的是那两位空姐,封肆慢悠悠地拨着耳麦,问他:"陈机长,你跟着那位陆总飞了几年?"

老机长随口答道:"没多久,听说他家里还有其他的私人飞机,这架庞巴迪是陆总去年新买的,一般就他自己用,不过他一个月也飞不了几次,我和老邓、林玲她们都是半包给他,固定跟他飞,他不飞的时候我们还得接公务机公司的其他飞行安排。怎么,你也有兴趣?正好老邓他准备提前退休了,你要是想,表现好点,一会儿下飞机时可以去陆总秘书那里探探口风。对了,我听说你之前还给那些中东土豪们开过飞机啊,他们给的工资不是更高?"

"是啊,"封肆漫不经心地说,"年薪七十万,美金。"

老机长"嘶"了声:"竟然真有这么高?那你怎么想不开,跑回国内来了?"

封肆笑了笑:"谁知道,可能我无聊吧。"

客舱内,两位空姐给前舱客人送完点心饮料,朝后方的卧室看了看,犹豫要不要过去敲门。

刘捷提醒她们:"陆总说要休息,不想吃东西,不要去打扰他。"

她俩这才算了，回去前面备餐室泡了两杯咖啡，林玲去把咖啡送进驾驶舱。

接过咖啡时，封肆忽然问了句："陆总吃的什么？"

林玲笑着眨了眨眼："封机长，你想打听老板的喜好吗？我似乎不好告诉你吧。"

林玲转身出了驾驶舱。老机长啧啧称奇："林玲那小丫头在别人面前可没这么温柔，还是你魅力大，不过你倒也不用刻意去打听陆总喜好想着投其所好什么的，陆总那儿不兴这一套，还不如直接点说，成就成，不成再找下家就是。"

封肆慢慢喝着咖啡，轻声笑："不努力试试怎么知道。"

后舱的卧室内，陆璟深靠着沙发看书，半天才翻过一页，什么都没看进去。

脑中不时浮起刚才在舱门边，目不转睛地盯着他的那双黑色眼眸。

几分钟后，他仿佛自暴自弃一般扔掉书躺下，手臂横过眼睛，强迫自己放空思绪。

飞机准备降落时，陆璟深从卧室里出来，坐下后他拿起平板想看会儿文件，封肆的简历却又跳了出来。

陆璟深手指一顿，往下拉去。

封肆十六岁进入Y国的皇家空军学院学飞，毕业后在Y国做了三年空军，二十二岁就选择了提前退役，之后这七年一直在给人开公务机、私人飞机，且不断跳槽，欧洲、美洲、澳大利亚、东亚、南亚，甚至中东，他每次签的都是短约，半年一年换一个地方，从不在一处久待。

陆璟深不禁蹙眉，一旁的刘捷见状说："听说他飞行技术不错，就是看着不定性，怕干一段又不干了，到时候换人又是个麻烦事，我要不再看看吧，不行就另外再请人算了。"

陆璟深将简历页面拖回最上方，如之前那样盯着那张照片，没有出声。

刘捷心中那种隐约的奇怪的感觉更甚，很明智地没多问。

到最后陆璟深也没有表态，到底要不要这个人。

十一点半，飞机落地沪市机场。

下机走了一段，陆璟深忽然顿住脚步，跟刘捷说："我落了东西在飞机上。"

刘捷赶紧问是什么，说帮他回去拿。

"不用了，我自己去，你跟其他人先出去，去外面等。"打发了人，陆璟深转身回去飞机上。

空姐她们正在客舱内收拾打扫，看到陆璟深回来有些惊讶："陆总您是落了什么东西吗？要不要我们帮您找？"

陆璟深问："你们去了卧室？"

"还没有，"林玲回答他，"等这边收拾好了，就进去里面打扫。"

"晚点再进去。"陆璟深吩咐完，独自走进了卧室。

在卧室沙发里他落了一根黑色的皮手绳，皮手绳他戴了七年，压在几百万的腕表下方，早已磨损、破旧不堪，没什么特别的意义，戴习惯了就一直戴着而已。

刚才心神不宁时他把手绳取下来了，后来就忘了再戴上，下飞机时才想起来。

"陆总还没走啊？"

封肆的声音不期然地在身后响起，陆璟深快速将手绳收进裤兜里，回身看向他。

倚在门边的男人似笑非笑，这一次他没有戴帽子，短发利落，直视着陆璟深的目光像别有深意。

· 014 ·

陆璟深移开眼，避开了他的视线。

出门时封肆一手将他挡住。

陆璟深停下脚步，封肆脑袋偏了偏，目光眄过来，落在他脸上，直直地打量他。

样貌英俊却冷如冰霜，与封肆记忆里的人大不一样。

唯有那微微上扬的眼尾，昭示着他就是封肆记忆里的那个人。

封肆身体微微前倾，压低了声音："陆总，你没话跟我说吗？"

陆璟深瞥一眼前方，空姐她们还在前舱做整理，被隔板挡住了视线，看不到他们这边的状况。

他眼神平静，语气镇定："你如果想在我这里求职，去跟我的秘书谈。"

只有这一句。

一声嗤笑落在他耳边。

"原来你听得懂中文，也会说中文啊？"

>> 二 <<

封肆讥讽带笑的声音钻进耳朵里，陆璟深的喉结上下滚动了一下。

"让开。"

不带任何情绪的两个字。

封肆盯着他冷漠的眼睛，僵持了片刻，收回手。

陆璟深大步而去。

刘捷还在飞机下面等，看到陆璟深下来告诉他分公司接机的车子刚到了："他们问老大你是先回酒店还是去吃饭，另外崇盛那边的人已经敲定了见面的时间和地点，他们老总请老大你明天中午去远山山庄吃饭。"

陆璟深心不在焉地点头："回酒店吧，你们想去吃饭就去。"

　　出机场上车，陆璟深全程冷着脸，来接机的分公司总经理悄悄问刘捷原因，刘捷自己也莫名其妙，摸不准他老板的心情，不敢胡说八道。

　　陆璟深沉默地看着车窗外飞速倒退的路景，封肆那双含了讥讽的眼睛在他脑中挥之不去，叫他没来由地心中涌起一阵烦躁。

　　他没想过会再遇到那个男人，七年前的那段经历是他人生当中的一个意外，手腕上的皮绳戴了七年也代表不了什么，本来就没有任何意义。

　　到酒店后陆璟深直接回房间，下午三点他要去分公司听工作汇报，现在还早。

　　在房间里看了一会儿文件，刘捷帮他叫客房服务送来的饭菜早就冷了，一点钟时他独自下楼，去酒店餐厅点了份炒饭。

　　吃完饭他从餐厅洗手间出来，却又撞上了靠在门外走廊墙边抽烟的封肆。

　　陆璟深每次出行，都会包自己私人飞机的机组人员食宿，封肆出现在这里不奇怪，虽然陆璟深并不想看到他。

　　封肆吞云吐雾之后的那双眼睛有些幽深，和之前在飞机上一样，直勾勾地盯着他打量。

　　错身而过时，对方叫了他一声。

　　"Alex。"

　　陆璟深身形一顿，封肆叫的是他的英文名，自从他大学毕业回国进公司工作后，再没人这么叫过他。

　　当年他们陌路结识，陆璟深只告诉了封肆这一个名字，他甚至装作自己听不懂中文，让封肆误以为他不是Z国人，那三个月从头至尾他们都在用外语交流。

　　他是谁、来自哪里，封肆一概不知。

　　陆璟深迟疑的瞬间，被封肆用力一拽推到墙上。

・016・

面前的男人嘴里叼着烟，陆璟深蹙眉，封肆质问的目光让他分外不适，甚至有种汗毛倒竖的错觉，但他没有表露出来，冷冷回视对方。

"真打算装作不认识我？"封肆压低声音问。

陆璟深看着他没出声，封肆讥讽道："陆总在怕什么？"

陆璟深脸色更难看，封肆紧盯着陆璟深的双眼中只有嘲弄。

陆璟深咬紧牙根，这个人对他太过于了解，七年后和七年前一样，仿佛一眼就能将他看穿。

这种感觉让陆璟深十分不悦，心里越是波涛汹涌，眼神越冰冷。

"放开。"

陆璟深的喉咙里滚出这两个字，带着点咬牙切齿的意味。

封肆手夹着烟，深吸了一口，语气中满是奚落："Alex，你在虚张声势。"

陆璟深还是那句："放开。"

欣赏够了陆璟深强装镇定其实难堪的表情，封肆后退一步，将烟头在一旁的烟灰缸上随手摁灭，他盯着陆璟深的眼睛："封肆，我的名字。"

陆璟深在那双黑色眼瞳的注视下，下意识想避开，封肆接着说："陆璟深，这个名字我记住了。"

陆璟深转身便走。

他脚步飞快，刚出餐厅听到有人激动地叫他："陆总！"

陆璟深停步回头，见是个微胖、架着副眼镜的中年男人。对方大步上前来，掏出名片自我介绍是信丰科技的CEO，名叫赵远平，今天特地过来这里，想跟他聊几句。

"不会耽误陆总太久的时间，请陆总赏个面子。"

赵远平搓着手，似乎有些尴尬，硬着头皮恳求陆璟深。

陆璟深恢复了平时的不动声色，两根手指夹着那张名片，淡淡扫了

一眼，拒绝了："抱歉，今天有事等改天再约时间吧。"

对方却不肯作罢，拦住他焦急道："我知道陆总这次特地来这里，是要跟崇盛资本谈收购信丰的事情，信丰是我一手创立的，你们要买要卖不能把我给撇开……"

赵远平的声音有些大，情绪激动，情急之下甚至想扑到陆璟深面前来抓他的手，陆璟深不禁皱眉，神情中已隐有不耐烦。

赵远平的手就要碰到陆璟深袖子时，旁边伸过来的另一只手用力扣住了他的手腕，往后一推。

赵远平惊讶抬头，封肆嘴角衔着笑，眼中却都是警告之意："我说，公共场合，这样拉拉扯扯不好吧。"

赵远平面露尴尬，悻悻收回手，不敢再往陆璟深面前凑，但坚持要跟他谈一谈。

两分钟后，三人一起走进了旁边的咖啡厅。

陆璟深在沙发里坐下，封肆往旁边扶手上一坐，长腿随意搭着，俨然一副陆璟深保镖的架势，不过真要是陆璟深的保镖，在他面前绝不敢这么随意放肆。

陆璟深瞥了他一眼，到底没说什么。

对面沙发里，赵远平抓了抓头发，咬咬牙说道："信丰科技是我创立起来的，我也是信丰的股东，崇盛要把他们手里的信丰股权卖给你们，我可以反对，我有优先购买权。"

陆璟深道："所以？"

赵远平一哽，似没料到陆璟深是这副云淡风轻的态度，陆璟深的脸上分明没有露出傲慢之色，但就是给人一种高高在上之感，仿佛在嘲讽此刻急得丑态百出的他。

赵远平强压下心头不平，斩钉截铁道："所以我肯定会从崇盛手里把信丰的股权买回来,不会把自己的心血拱手让人,你们还是不要打信丰的主意,趁早放弃吧!"

陆璟深看着对面垂死挣扎的人,一贯的高素质让他没有露出任何的鄙夷不屑,他只是语气平静地陈述事实:"尚昕出得起的价格你出不起,你当然也可以再去融资,但如果有结果,今天你也不会来找我。"

被陆璟深戳穿,赵远平的脸色一瞬间变得难看至极。比起陆家的尚昕科技这样的庞然大物,他的公司连只蚂蚁都算不上。之前是他走运,拉到了国内数一数二的金融大鳄崇盛资本的投资,他的公司因此迅速崛起,推出的一款通信软件甚至能在市场占有率上跟尚昕的同类产品一较高下。就在他野心勃勃准备大展拳脚时,崇盛资本却觉得到了该收割投资回报的时候,没有任何犹豫决定把手里的信丰股权抛出,而有意接手的,偏偏就是尚昕科技。

一旦崇盛的股份卖给尚昕,赵远平十分清楚,以尚昕一贯的作风,他将彻底失去对公司的控制权,留下来也只能看别人脸色替别人卖命。他也确实想过再去融资拉别的股东,但一听说收购方是尚昕科技,根本没人愿意蹚这趟浑水跟尚昕对着干。赵远平现在确实是走投无路,才跑来找陆璟深的麻烦,天真地期望这位尚昕科技的 CEO 能改变心意。

陆璟深没有给他反驳的机会,继续说:"你要是不打算卖了手里的股份,那就留在信丰,你是搞技术出身的,以后技术这一块还得仰仗你;或者你就跟着崇盛一起把股份都卖给我们,你当初花费不到一百万办起的公司,几年时间转手就能卖几个亿,这笔买卖怎么都不亏。"

要么留下任人鱼肉,要么拿钱走人,没有任何商量的余地,赵远平听懂了陆璟深的意思,恨得牙根都在打战:"你也知道这是我一手办起的公司,我的全部心血都投在了信丰,我把信丰当成我自己的孩子,把信丰亲手做大才是我的梦想!"

陆璟深不为所动："你没有选择。"

陆璟深就是这样，态度并不盛气凌人，但十分强硬。

没有谁能从他手里讨得便宜，七年前的那个人，是唯一一个。

封肆听着他跟人周旋，兴味盎然。

不过陆璟深这样的态度，显然狠狠刺激了赵远平，他咬牙切齿地说道："你们别想拿钱打发我，信丰是我的，我不会如你们所愿！"

赵远平猛地站起身，抄起面前那杯热咖啡朝着陆璟深用力砸了过去。

封肆反应极快地伸手挡开，咖啡杯砸到他肩膀再摔落地上，四分五裂。

陆璟深眼前全是溅开的咖啡，和封肆瞬间挡过来的身体。

他的眼睫缓慢动了动，视线重新聚焦时，气急败坏的赵远平已被封肆按进了沙发里。

封肆一手压着赵远平的脑袋，表情格外凶狠，白色机师衬衣上一片污渍。

陆璟深阴着脸站起身，在酒店保安冲过来时冷冷示意："报警。"

>> 三 <<

坐电梯上楼时，封肆解开扣子扯松了机师衬衣，露出他精壮结实的上半身。

陆璟深蹙眉，封肆指了指自己右肩处："红了。"

那杯咖啡温度不低，赵远平一口没喝，全浇在了封肆身上，他右肩被咖啡杯砸中的地方红了一大块。

陆璟深目光落过去，停了两秒，很快移开。

封肆轻笑一声。

这个人刚才还一脸恶相，现在又嬉皮笑脸，没个正形。

静谧的空间里只有他们两个，陆璟深安静注视着电梯门，脸上是惯常的冷淡。

封肆背倚在一旁的电梯壁上，随意敞着满是污渍的衬衣，看不出半分狼狈之态。

电梯先到了封肆房间所在楼层，出去之前封肆忽然戏谑道："陆总，我刚帮了你，你连一声谢都没有吗？"

不等陆璟深开口，外边传来低呼声，是等着上电梯的那两位空姐。

她们打算出去逛街，没想到电梯门开后，会看到里面敞着被弄脏的衬衣的封肆，还有沉默不语的陆璟深，一时惊讶喊了出来。

察觉到了电梯里的两人之间古怪的气氛，空姐们回神立刻道歉，犹豫着不敢进去。

封肆扯了一下嘴角，先走出去，与那两位空姐错身经过时，笑着冲她们眨了眨眼，提醒道："这是上去的电梯。"

空姐们微微红了脸，电梯门已在她们面前合上，挡住了里面陆璟深变得更冷漠的脸。

半小时后，刘捷上来，把事情处理结果告知陆璟深，赵远平已经被扭送去派出所，被拘留了。

陆璟深眉头未松，吩咐他去买烫伤药膏，送去封肆那边。

刘捷感叹："那位封机长身手倒是不错，不愧是军人出身的，要是他愿意，以后进进出出跟着老大你做保镖还挺好，也省得我们再多请个人。"

陆璟深之前也有个保镖，他爸住院后去跟着他爸了，原本是要再请个人，经过刚才的事情，刘捷突然觉得这个封肆就可以，干脆跟他签约，从公务机公司那边彻底把人要过来，就是不知道他乐不乐意，会不会干一段时间又跑了。

陆璟深正在换衣服,听着刘捷异想天开的主意,不置可否。

刘捷轻咳一声:"我就是随便说说,老大你要是同意我再去跟他提。"

陆璟深看着镜子里自己闪烁不定的目光,厌恶地皱了皱眉。

片刻后,他闭上眼睛,听到自己的声音说:"你去跟他提吧。"

楼下房间里,封肆漫不经心地把玩着刘捷递过来的烫伤膏,听他说起来的目的。

"底薪是两百万,还有各种节假日红包,年终奖'十五薪',二十天带薪年假……如果你愿意,合同至少要先签一年。"

刘捷列出他们开出的高工资和种种福利,封肆听罢却没表态,只问他:"这支烫伤膏,是你买的,还是他让你买的?"

刘捷一愣,解释道:"是陆总知道你烫伤了,让我买的。"

封肆笑了笑:"是吗?"

刘捷道:"我刚才说的……"

"做保镖,是要二十四小时跟着陆总?"封肆笑得意味不明,"这又是你的意思,还是他的意思?"

刘捷道:"我能来跟你说,当然是经过陆总同意的。"

"所以是你的意思,他没反对。"封肆道。

刘捷道:"封机长,我们很有诚意聘请你,陆总能给的工资和福利绝对是你们这行里拔尖的。"

"我们?"封肆挑眉,"你和陆总?"

他语气像别有深意,刘捷听着有种说不出的古怪感,愈发觉得这人莫名其妙:"封机长,你考虑一下吧。"

封肆脸上笑容淡去:"真有诚意,让他自己来说。"

刘捷离开,封肆随手把那支烫伤膏扔到桌上,没打算用。

他肩膀烫红的地方冲过冷水就行,不需要陆璟深这不怎么走心的关

· 022 ·

心。

下午陆璟深去分公司听工作汇报,晚上跟分公司的负责人一起吃了顿饭,回到酒店已经过了晚上九点。

刘捷跟他报告完明天的行程,想起下午那位封机长嚣张的态度,硬着头皮把封肆的话转达给陆璟深。

陆璟深听完没什么反应,在刘捷以为他不打算再过问这事时,又忽然开了口:"你打个电话,叫他过来。"

刘捷拿出手机,拨了简历上封肆的手机号。

他按的是外放,响了三声那边才接起,传来的却是封肆的笑声,手机里背景音很大,乐声震耳欲聋,一听就是在酒吧里,夹杂在封肆笑声里的还有女人的娇嗔。

刘捷嘴角抽了抽,改成了听筒播放,问那边:"封机长,我是刘捷,你在哪儿?现在有空吗?"

"不好意思啊,刘秘书,我现在没空,有事明天再说吧。"

封肆说完,直接挂了电话。

刘捷无奈看向陆璟深,解释道:"现在是休息时间,封机长出去放松了,不在酒店。"他知道陆璟深最不喜欢的就是这种浪荡散漫的人,封肆这样的,陆璟深大概是看不上眼的,他估计得另外招人了。

陆璟深神色略显阴沉,一句话没再说。

封肆摁灭手机屏幕,把手机反扣到吧台上,身边性感美艳的女人倚向他,手指轻点着他手背,嗓音黏腻:"我们换个地方再去喝酒吗?"

封肆慢悠悠地将杯中最后一口酒倒进嘴里:"知道我今天为什么来这里喝酒吗?"

女人歪了歪头:"为什么?"

封肆轻晃着已经空了的酒杯，像在欣赏玻璃杯上繁复的花纹，轻吐出声音："因为今天我有点高兴，又有点不高兴。"

女人没听明白，撒娇道："为什么有点高兴，又有点不高兴啊？今晚认识你，我倒是很高兴，我陪你换个地方喝酒，一直高兴不好吗？"

封肆放下酒杯，抽回被女人挽住的手，笑着摇了摇头，站起身。

女人愣了一下："喂！"

封肆已经转身离开，朝后挥了一下手臂，没有回头。

第二天早上，陆璟深没别的行程，九点在酒店房间和总公司的人开视频会议。

尚昕内部的人都知道，陆璟深是个工作狂，只要不出差，每天雷打不动最早到公司、最晚离开，就算在外出差，像这样召集人开视频会向他汇报工作，也是常有的事情。

结束时是十点半，中午他们要去赴崇盛老总的约，但不必这么早。刘捷趁着还有时间，打算再去跟封肆谈一谈，保镖还好说，想找合适的私人飞机飞行员并不容易，这两件事都归他负责，能一次搞定是最好的，当然，前提是陆璟深满意。

所以在去之前，他又跟陆璟深提了一嘴，如果陆璟深因为封肆昨天的表现生出不满，那他也不用去了。

陆璟深正在看文件，冷淡道："他未必在酒店里。"

刘捷一想昨晚电话里那个情形，确实，那位封机长指不定在哪里风流快活，谁知道晚上有没有回来，他现在去楼下说不定得扑个空。

"我再打个电话给他吧。"

电话拨出去，依旧响了好几声才接通。

"喂。"封肆懒洋洋的声音传来，带着还没睡醒的沙哑。

刘捷道："封机长，你还在睡觉？你在酒店吗？"

那边随便"嗯"了声，刘捷说去他房间见他，被封肆拒绝了："刘秘书你忘了我昨天说的了吗？请你们陆总亲自来，你就跟陆总说，我不是在跟他拿乔，只是想跟他叙叙旧。"

听到前半句时，刘捷已经想翻脸了，但当最后三个字从封肆嘴里说出来，他突然意识到这人和他老板似乎以前就认识，说不定还有什么过节，所以从昨天到今天，陆璟深的反应才会那么不正常。刘捷顿时有些懊恼，自己提议留这个人，或许出了个馊主意。

他只能把封肆的话转告给陆璟深，说完见陆璟深冷了脸，赶紧道："要不还是算了吧，回头我跟公务机公司那边说，叫他们下次别安排这人给我们了，再尽快找到合适的人定下来。"

陆璟深沉默了片刻，站起身。

刘捷有一瞬间惊讶，下意识跟上去，走出房门陆璟深制止住他："你不用去。"

到封肆房间外，陆璟深只按了一次门铃便停下。

等了半分钟，房门从里面拉开，露出封肆还没睡醒的脸。

他一头乱发，下巴上还有青色胡楂，身上套了件短袖 T 恤，下半身却只穿了一条短裤，像刚从床上爬起来。

看到陆璟深，封肆半点不意外，示意冷着脸站在门外的陆璟深进来。

陆璟深进门，身后房门"砰"一声被带上，他站在门边没动，神情依旧是冷的。

封肆冲房间里面努了努嘴："你打算站在这里说？进去吧。"

僵持了几秒，陆璟深走进去，封肆慢悠悠地跟过来。

>> 四 <<

陆璟深眉峰动了动，说道："刘秘书昨天跟你提的事情，你要是同意，我叫他拟好合同，给你签字。"

封肆似笑非笑："陆总想请我给你做事，还愿意亲自来跟我说，原因呢？"

陆璟深道："公务机公司推荐了你，我不想花时间再找人。"

"好，我就当你不想花费精力再去找合适的飞机师，所以纡尊降贵亲自来跟我提，"封肆有意强调"纡尊降贵"四个字，像是在嘲弄他，"那贴身保镖呢？你出得起钱，大把人排着队等着伺候你，何必非要找我？"

陆璟深没有回答，紧绷着脸冷冷看他。封肆走过来，高大身影罩下，与他目光相对："Alex，你又想玩什么？"

他虽然在笑，眉目间却隐约有了愠怒，语带奚落。

陆璟深本身就够高了，但封肆近一米九的身高依旧给他压迫感十足，没有拉开窗帘也没有开灯的房间里光线昏暗，紧张的气息在他们之间流淌。

陆璟深沉默半晌，终于开口："你能从我面前消失吗？"

封肆嗓音低哑："我消失了，当年我们的约定就能彻底被抹掉了是吗？"

陆璟深的喉结滚了滚："既然不肯，那就留下来。"

他厌恶不受控的感觉，偏偏封肆这个人就是他无法掌控的，如果不能让这个人彻底消失，那就在可控范围内尽可能牵制住他。

沉默片刻，封肆嗤笑一声，没有揭穿陆璟深。

他站直身，"啪"一声开了灯，又恢复了那副玩世不恭的散漫样子："陆总亲自来邀，我要是还不肯答应，不是太不给你面子了？但我也有一个条件。"

陆璟深安静地等着他说下去，封肆道："我在京市没房子，既然是做保镖，那就让我履行职责，住进你的别墅。"

最后一句，他的声音刻意拖长，陆璟深的眸光微不可察地动了动，随即平静道："可以。"

说完了事情，陆璟深迅速离开，像是有些慌乱，走出房间带上房门时，他又忍不住顿住脚步，回头看了一眼。

十一点半，陆璟深出发前往城郊的度假山庄赴约。封肆这位还没有正式签合同的实习保镖新上任，跟随他同往。

车上，陆璟深闭目养神，封肆就坐在他身边，双手插着裤兜，模样懒散，坐着也没个正形。

他随口问起前面副驾驶座上的刘捷："刘秘书，我们这是要去见什么人？"

刘捷回头瞥了一眼闭着眼没有出声的陆璟深，见他没有反对的意思，直接说了："约了崇盛资本的老总，谈收购信丰科技的事情。"

封肆扬了扬眉："信丰科技？昨天来找陆总麻烦的那个人就是信丰科技的吧？"

"那个赵远平是信丰科技的创始人和CEO，第二股东。"刘捷说着摇了摇头，"他就是太不自量力了，之前还放话说信丰科技要在几年之内赶超我们尚昕，也不看看自己才哪儿到哪儿，老大根本没把他放在眼里，出手就直接打了他七寸。"

封肆笑了："资本家果然不把别人当人看。"

刘捷嘴角笑容一下僵住，虽然这话其实没错，但敢当着陆璟深的面这么直接地说出来，面前这位大概是第一个。封肆敢说，他却不敢接："话也不能这么说，我们收购信丰的股份给的价格不低，他要是想得开，潇

洒拿钱走人又没什么不好,那个赵远平的性格,确实不适合搞技术以外的东西,他要是愿意留下来,老大也不会亏待他,会给他安排去最合适的位置。是他自己不满足非要跟老大对着干。"

封肆的关注点直接偏了:"老大,你叫陆总老大?"

刘捷解释:"因为公司里不止一个陆总,还有陆总的父亲和姐姐,陆总父亲是董事长,大小姐是总裁,为了区别,公司内部都称呼陆总为老大,你也可以这么叫他。"

封肆笑笑说:"是吗,可我不太喜欢这个称呼。"

刘捷:"……"

刘捷决定不说了,免得再说下去被这个狂徒带沟里去。

至于陆璟深,闭着眼从头至尾没搭理他们,也不知道是不是睡着了。

四十分钟后,车开进藏在山野中的度假山庄,陆璟深下车,门口等候的一身休闲装的中年男人带人迎上来,热情跟他握手。

陆璟深嘴角挂着恰到好处的公式化的笑,与人寒暄。

封肆目光在他脸上转了一圈,轻眯起眼。

陆璟深这种游刃有余、精明干练的商人形象他第一次见,比起这假模假样的笑,先前在自己面前强装镇定的那副模样,似乎也不是不能接受。

寒暄过后进门,众人在这山庄里四处转了一圈,接着上桌吃饭。

饭桌上,崇盛的老总林文海说起昨天发生的事情,关切地问候陆璟深,陆璟深并不奇怪他会知道此事,毕竟发生在沪市地界上,那个赵远平还被拘留了。

他的语气平淡:"我没什么事,就是我助理被烫伤了。"

封肆自顾自地吃东西,没像其他人那样,在陆璟深跟林文海交谈时就放下筷子。陆璟深说他是助理,那就是助理吧,大概助理比保镖的名头好听些。不管是贴身助理还是贴身保镖，反正都是那么个意思。

"这个赵远平，是越来越不成样子了，我之前就说过他几次，他都听不进去，现在被抓进去关几天也好，他也该受点教训了。"

林文海数落着赵远平，他当然不在意一个小助理被烫伤，不过是顺着陆璟深的话说而已。

陆璟深没兴趣继续说这些，直接进入正题，给出他们这边的收购报价。

林文海沉吟了一下，说："尚昕有诚意收购我们手里的信丰股权，我们这边自然是乐意至极的，不过价格方面，似乎还有上浮的空间。"

陆璟深道："这已经是我们提出的第三轮报价，林总如果还是不满意，我们这边可能会重新考虑收购的事情。"

来之前他就知道这位会狮子大开口，尽管他们这边的报价已然不低。一旁的尚昕财务总监随之附和了几句，大意就是他们不会再提高报价。

陆璟深接着说："如果赵远平执意不肯卖出他手中的部分，之后他继续留在信丰，即便我们能将他边缘化，以他的个性想必还会闹出事端来，我助理昨天是没烫出什么大毛病，下次就不一定有这么好运气了，出于这一层考量，我们确实有些犹豫。"

陆璟深说话时，还指了封肆一下，众人看过来，封肆配合地笑了笑，开玩笑地说了句："替老板卖命挡咖啡应该的，下次就算是刀子也一样得挡。"

一桌子的人都笑了，林文海也跟着笑开，他倒不觉得陆璟深会仅仅因为这点小事，就吓得不敢收购信丰了，但生意场上谈判就是这样，你来我往全部似真似假。

眼见在价格方面没有再商量的余地，林文海也不强求，虽然也没有立刻点头，只说回去再测算一下，之后会给他们答复。

吃过饭，林文海又邀请陆璟深去山庄里的高尔夫球场打球。封肆这

个贴身保镖兼助理还兼职球童的活,在一旁负责给陆璟深递球杆。

半小时后,林文海去场边接电话,陆璟深独自留在球场上。

听到封肆压低的笑声时,陆璟深转头瞥了他一眼,目光交汇,封肆问他:"你把我带来这里,就是为了利用我跟那位林总谈生意?"

陆璟深没有理他,转回头,目测完前方目标的距离,收回视线,瞄准了自己眼前的球。

起杆、上杆、下杆、击球,最后收杆,一气呵成,他的视线始终跟随着球的位置。

而封肆,则看着他,在陆璟深打出一杆好球时,封肆眼中浮起笑。

陆璟深再次转头向他,抬了抬下巴:"你要不要试试?"

封肆笑着撇嘴:"算了,我对这种有钱人打发时间的东西没兴趣。

"倒是你,每天不是忙着看文件开会,就是跟人装模作样地周旋谈生意,还要陪人玩这种无聊的东西,你觉得有意思吗?"

在封肆的印象里,陆璟深并不是这样的人,至少当年不是。

那时敢只身一人背着包在非洲流浪,跟他一起玩跳伞、蹦极、深海潜水这些极限运动的人,又怎会是眼前这个时时西装革履、不苟言笑的陆璟深。

陆璟深身形顿了顿,在封肆盯着自己的笑眼中,视线落回前方。

他一句话没说,再次用力一杆将球击出。

>> 五 <<

早八点,陆璟深下楼去餐厅吃早餐,路过酒店大堂时一眼瞥见,前方倚在沙发边的封肆正与两位空姐在说笑。

他一身笔挺的机师制服,脚边立着飞行箱,笑吟吟地侧耳倾听身边的人说话，春风满面。

刘捷顺着陆璟深视线看过去，轻咳了一声，解释道："封机长他们会先过去机场做准备，一会儿就出发，要叫他过来吗？"

"不必。"陆璟深冷淡地丢出这句，转开眼，径直往餐厅方向去。

封肆漫不经心地瞥了眼陆璟深走进餐厅的背影，收回视线，一直噙笑的嘴角又上扬了三分。

林玲高兴地问他："封机长，你以后真的会跟我们一起飞吗？已经定下了吗？"

"嗯，"封肆随意一点头，"回去了就会签合同，以后还请你们多关照了。"

空姐们笑靥如花："是封机长你要关照我们才对吧。"

林玲靠近他，想趁热打铁再说点什么，封肆却站直身，笑着提醒她们："陈机长下来了，走吧。"

他不着痕迹地避开了对方贴过来的身体，依旧笑容满面，叫人如沐春风。

林玲微微怔了一下，只以为方才封肆刻意躲开的动作，是自己的错觉。

飞机落地京市时刚中午，下机之前，刘捷来通知封肆可以先回去，明天早上九点去公司报到，找他签合同。

封肆视线一晃，叫住了正准备下飞机的陆璟深："你现在去哪儿？"

陆璟深没理他，径直走下了舷梯，刘捷无奈道："现在才中午，我们当然是回公司。"

封肆道："刘秘书，我今天就上岗吧，不用等明天了。"

陆璟深冷眼看向厚着脸皮挤上车来的封肆，对方笑容灿烂，与他解释："不是我不想回去，是没地方回去。"

前座的刘捷惊讶地回头问他:"那你之前住哪里?你的行李呢?"

封肆张嘴便道:"酒店,没行李,就几件衣服,都装在飞行箱里。"

刘捷:"……"

他别是招来了个什么来路不明的人吧。

陆璟深皱了皱眉,到底没说什么。

一小时后,车停在尚昕的总部大楼楼下,下车时封肆抬头看了看面前高耸入云的建筑物,吹了声口哨。

陆璟深已大步进门。

之后那一整个下午,陆璟深进了办公室就再没出来过,不断有人进进出出,来向他汇报工作。

刘捷叫人在外面的秘书办里给封肆安排了个位置,配齐了电脑和办公用具,让他自己随意。

两小时后,刘捷的助手拿着准备好的合同过来给封肆签,封肆随手翻了两页,见刘捷正巧从陆璟深办公室出来,叫了他一声:"刘秘书。"

刘捷走过来,问他:"合同看完了?有什么问题吗?"

封肆提笔直接在最后一页签了名,根本懒得看。

刘捷嘴角抽了抽:"你要不要再仔细看一下?"

"不用,字太多了,看着累。"封肆扔了笔,冲陆璟深办公室的方向努了努嘴,"你们老大每天都这样?"

刘捷道:"不然你以为呢?"

封肆把自己笔记本屏幕转向他,上面是尚昕总裁陆璟清昨天出席数字峰会发表演讲的新闻报道,照片里的女总裁年轻干练、自信张扬,十分抢人眼球。

"为什么这种活动不是你们老大去?"

刘捷瞥了一眼,说:"老大不喜欢参加这种活动,一般都是总裁去。"

其实不用刘捷说，封肆也猜到了，他翻遍网上关于尚昕科技的报道，代表公司在公众面前露脸的人，之前一直是尚昕的董事长陆璟深他爸，这两年则几乎都是那位女总裁陆璟深的姐姐陆璟清。

至于陆璟深，只偶尔在新闻报道里提到过他的名字，正脸照片都找不到一张。

因为这个，不明就里的人提到尚昕，总以为接班人只有陆璟清这位大小姐，不知道背后其实还有一个陆璟深。

封肆之前也不知道，陆璟深藏得这么好，他掘地三尺，也难得把人挖出来。

封肆道："所以为什么你们老大是CEO，他姐姐却是总裁？"

"董事长定的。"刘捷耸了耸肩。

这事也没什么不能说的，整个公司的人都知道。

陆璟深跟陆璟清是龙凤胎，都是十几岁就跟在董事长身边学习，大学毕业后正式进入公司，从中层管理做起，逐渐在公司站稳脚跟得到董事会认可。

一直到两年前，原本兼任CEO和总裁的董事长因为身体原因，意欲放权退居幕后，让陆璟深和陆璟清进行了一场比赛，来决定谁做CEO、谁做总裁。

"董事长给了他们一人五千万的启动资金，要他们在半年之内赚十倍回来。"刘捷道。

封肆道："结果呢？"

刘捷道："结果老大没做到，总裁做到了。"

封肆眉峰一挑："但最后做了CEO的，是你们老大。"

刘捷点头："是啊。"

当初陆璟清拿着钱雷厉风行地注册公司，买下了一家效益不佳、濒

临退市的化肥厂完成借壳上市，借了尚昕的名，让外界以为出手收购的是尚昕科技，紧接着放出资产重组的种种利好消息，改头换面后的新公司在二级市场股价一路狂飙疯狂吸金，短短三个月就提前完成了任务。

至于陆璟深，那时恰好有一间做硬件的创业公司急着寻求投资，他们手头一款研发到关键时刻的芯片甚至走在了尚昕前头，陆璟深预估到了这款芯片的市场前景，投资了他们。

芯片研发出来后专利费小赚了一笔，离十倍还差得远，但未来可预见的收益，却远不止他当初投资回报的十倍。

"虽然总裁完成了任务，老大没有，但董事长说他的评判标准不是这个，尚昕不是搞金融的，总裁的做法不是长久之道，最后还是要靠公司来兜底；老大虽然没有在既定时间内完成目标，但未来可期。事实也证明，老大的眼光是准的，他当初的投资回报，到现在已经不止十倍。"刘捷说着话，神情中满是对陆璟深的敬佩。

封肆关掉网页，靠进座椅里身体往后仰，双手枕到脑后，抬眼笑着看向他："可如果我是你们那位总裁或者她身边的人，一准不服气，毕竟她确实完成了任务，你们老大能撞到个这么赚钱的投资项目，说到底还有运气成分在，你们董事长这么搞，往大了说，不利于公司和谐发展；往小了说，是在挑拨子女之间的关系。"

刘捷脸上一僵，他就不该跟这个口无遮拦的人说这些。

要是一般的助理，他确实不会多嘴说这些，无非是察觉到了陆璟深对面前这人与众不同的态度，才多提了几句，没想到封肆竟然在这里胡说八道。

封肆笑问他："我说得不对吗？你们老大，跟他姐姐关系怎么样？"

刘捷皱眉："这是老大的私事，你不该过问吧。"

"那好吧，"封肆无所谓道，"那就说说在公司里，没有两边的派系斗争吗？我不信。"

当然是有的，如封肆所言，陆璟清自己反应不大，但她的手下心腹确实有人不满。

陆璟深虽然职务上比陆璟清高半级，但他做不了陆璟清的主，很多事情如果他们意见相左，最后还是要让董事长拍板。

至于私下的关系，刘捷没好气道："反正你只负责老大的人身安全，其他的事情别管。"

封肆不赞同地说道："我就是因为要负责他的人身安全，才要多问几句啊，万一有人心怀不轨，又来几个像赵远平那样甚至行为比他更恶劣的人，出了事你能负责吗？"

刘捷瞬间哑然。

六点半，又一拨人走进陆璟深的办公室，秘书办里也依旧灯火通明，所有人都还在工位上，完全没有下班的打算。

封肆看一眼腕表，起身晃到陆璟深的办公室门边，象征性地敲了两下，接着推门进去。

除了陆璟深，还有三四个人在，或站或坐，正跟陆璟深报告工作，在封肆晃进来时同时停下，齐刷刷地看向他。

办公桌后的陆璟深微微沉了脸，封肆完全不觉尴尬，张嘴便说："陆总，你自己是工作狂，也没必要拉着全公司人陪你一起加班吧？"

话说出口，那几个人脸上一副见了鬼的表情，片刻后，陆璟深冷冷示意："今天到此为止，你们先回去。"

人都离开后，封肆走上前，陆璟深提醒他："注意你的身份。"

封肆直接走去了办公桌后面，倚着桌子，居高临下地看向他。

"出去。"陆璟深从牙缝里挤出声音。

封肆没有听他的，目光停在他脸上。

过了一会儿,封肆施施然站直身子,意味深长地笑了笑。

他从一旁的衣架上随手拿下陆璟深的西装外套,递过去:"走吧,去吃饭。"

Chapter 2

阿深

SHEN CHAO

/ 第二章 • Chapter 02 /
阿深

>> 一 <<

接过衣服出门，陆璟深始终一言不发。

看到他出来，刘捷赶紧跟过来，小声问："老大你现在就回去吗？"

陆璟深没理人，封肆指了指墙上的钟，笑着提醒刘捷："刘秘书，快七点了，你也是个打工的，没必要这么拼命，让其他人都走吧。"

陆璟深已走进电梯，封肆长腿迈进去，直接按下关门键，将干瞪眼的刘捷挡在了门外，还笑容满面地跟他挥了挥手。

"你不要太过分了。"陆璟深冷冷道。

封肆不以为意地偏了偏头："我是为你好，做周扒皮不会有好结果的，你自己不休息也要让别人劳逸结合。"

陆璟深回道："自愿加班，加班有加班工资。"封肆鼓掌："那就是善良一点的周扒皮。"陆璟深再不接腔。

话题到此结束，电梯停在一楼，陆璟深的司机已经把车开出来，在大楼门外等候。上车之前，封肆伸手敲了敲驾驶座的玻璃，司机落下车窗，封肆一抬下巴冲他道："你也到点下班了，下来吧，车给我。"司机哪肯，不把陆璟深送回家，就没到他下班的时候。

封肆回头笑问身后神色冷淡的陆璟深："你说呢？"

目光对上，封肆扬了扬眉，陆璟深转开眼，轻声吩咐司机："你现在下班吧。"

司机这才下了车，封肆坐上驾驶座，伸手拍了拍副驾驶的位置，示意陆璟深："坐这里。"

短暂犹豫后，陆璟深绕去了副驾驶座上。等他系好安全带，封肆把迈巴赫当跑车，一脚油门踩下猛冲了出去。这人直接拿汽车当飞机开，一眼不看后视镜，直线加速，擦着左右的车流随意超车，陆璟深眉头越蹙越紧，终于忍无可忍出声："够了。"封肆转头瞥他一眼，放慢了车速。

"想去哪里吃饭？"封肆问。

陆璟深道："回去。"在外出差三天，回来又接着工作一整天，他的眉宇间疲态尽显。

封肆道："明明累得不行非要强撑，我要是不拉你走，你打算继续加班到几点？"陆璟深不想搭理他，靠在座椅里闭上了眼睛。

车停在十字路口等红灯，封肆扔在扶手箱上的手机屏幕亮了一瞬，有新消息进来，他点开手机，是一条语音消息："Hello 今晚有空吗？要不要出来一起喝一杯？等你啊！"

很年轻的声音，像掐着嗓子在说话，矫揉造作，听得人直起鸡皮疙瘩。

封肆想了想，应该是前几天晚上无聊，去酒吧喝酒随手加的人，他懒得回复，直接删了对方的号。

身边人低沉的声音传来："你私生活如何我不管，但既然做了我的助理，至少检点一点，上班时间不要搞这些事情。"

封肆目光落过去，陆璟深依旧闭着眼，眉峰轻拧着，说完这句便没了下文。

盯着他看了几秒，封肆嗤道："Alex，现在似乎是下班时间吧？别人约我出去喝酒，你也要过问？"

红灯已经转绿，封肆重新踩下油门，沉默了片刻的身边人低声道："你的工作时间，是二十四小时。"

封肆神色一顿，瞥了他一眼，陆璟深仍未睁开眼，刚才那一句仿佛是错觉。

几分钟后，去了一趟路边便利店的封肆回来。陆璟深维持着刚才的姿势，好像已经睡着了。封肆侧头看看他，垂眸一笑，重新发动车子。

半小时后，车开进明月湾的地下停车场，下午封肆已经跟刘捷打听清楚，陆璟深一个人在这边居住。

陆璟深醒来时身边人开了车窗正在抽烟，没有叫醒他。他慢慢睁开眼，先进入视线里的，是封肆在烟雾缭绕后有些模糊不清的侧脸，微敛的眼眸深沉，所有情绪都藏在了眼底。

陆璟深有一瞬间的怔神，好像许多年前也有过这样的场景。

"醒了？"封肆转头向他，又吸了口烟。陆璟深闭了闭眼睛，嗓音略哑："几点了？"封肆道："快九点。"

陆璟深闻言不禁皱眉，他竟然在车上睡了这么久，听到身边人的笑声，陆璟深问："你笑什么？"封肆摇头："没什么。"

他就是觉得，陆璟深这一睡醒就自动戴上面具、戒备全开的模样，怪没劲的。还不如刚刚睡着了，看着还真实讨喜一点。

封肆说没什么，陆璟深却听出了他语气里的讥诮，不再自讨没趣。

封肆扔了根烟过来："要不要？"陆璟深伸手接了，封肆划开打火机帮他点燃，他慢慢抽了一口，靠回座椅里。

陆璟深一直是个十分自律的人，除了偶尔的应酬场合，他极少抽烟。

但当年那三个月的放纵，他也曾跟身边人一起尽情地玩乐，一起畅想所谓的美好未来。

"在想什么？"

封肆的声音响起，陆璟深拉回思绪，下意识转头。

封肆笑盯着他，眼神戏谑，像已经把他看穿了。

陆璟深移开视线，最后抽了两口，把烟捻灭。沉默了两秒，陆璟深推开车门先下了车。

坐电梯上楼时，陆璟深全程冷着脸没说话，封肆则沉沉地盯着他，不知在想什么。到门口陆璟深按下指纹锁，让封肆把自己的指纹录入进去。

封肆笑笑，闪身让陆璟深先走进去。等封肆录完指纹进门，陆璟深已经进餐厅开冰箱，拿了块三明治扔进微波炉里，淡淡提醒他："冰箱和旁边柜子里都有吃的，你想吃什么自己拿。"封肆随便道："跟你一样。"陆璟深不再说话，多扔了一块三明治进去。他煮咖啡时，封肆就倚在一旁的岛台边等着。陆璟深几分钟解决了三明治和咖啡，告诉封肆："你住那间空着的卧室，没事别来打扰我，每天早上七点起床，准备好早餐，不会做去外面买也行。"

交代完事情，陆璟深就要回自己房间，封肆忽然伸手拦住他，把人拉到了岛台边，在陆璟深皱眉之前，问他："工作时间二十四小时，现在我要做什么？"陆璟深平复心绪，平静反问："你签字之前没看合同？"封肆道："合同上写明白了？"陆璟深道："别擅离职守就行。"

封肆"啧"了声。这个人还跟当年一样。现在的陆璟深虽然换了一身一丝不苟的西装，换了一张冷若冰霜的脸，实际上一点都没变。

>> 二 <<

陆璟深早上七点起床，运动半小时，之后吃早餐。封肆烤了吐司、煎了鸡蛋香肠、热了牛奶，都摆在餐厅岛台上，他人却不在。陆璟深扫了一眼那几样东西，在岛台前坐下。

早餐快吃完时，玄关那边传来开门的声音，是去楼下跑了一圈的封肆回来了。封肆笑着冲他打了声招呼，回房去浴室冲澡。再出来时，陆璟深已经换好衣服准备出门。

封肆叫住他："这才八点不到，你就要去公司上班？"陆璟深扔过来三个字："怕堵车。"封肆晃过来，伸手帮他把有些歪了的领带结拨正，陆璟深不动声色，就这么看着他。封肆勾唇一笑，想了想，又帮他把领带结解开，换了种花式打结法。

"好玩吗？"陆璟深冷声开口。

封肆修长指节熟练地拨弄着他的领带，慢条斯理地拖着声音："不用那么中规中矩、一板一眼，偶尔也可以换个花样吧。"

终于帮陆璟深把领带系好，封肆脸上笑容加深。陆璟深移开眼："走吧。"他先出了门，封肆回房间换了衣服，拎了件夹克外套跟上去。

司机已经在楼下等他们了，四十分钟后车到公司，刚刚八点半，离正式上班时间还有半小时。进电梯时封肆看了眼腕表，顺便伸了个懒腰。

陆璟深瞥了他一眼，这人穿着随便，完全不像来上班的，秘书办的着装要求比其他部门更严格，昨天应该有人跟他交代过，但显然这人当了耳旁风。

刘捷在办公室看到封肆，也过来说了他两句，封肆敷衍道："不好意思啊，我不习惯穿正装，再说我只是陆总的私人助理兼保镖，又不是你们公司正式员工，没必要要求这么多吧，陆总都没说什么。"

刘捷十分惊讶。陆璟深出了名地对员工要求严苛，封肆这种懒懒散散、第一天正式上班就不严肃的工作态度，老大竟然放过他了？

封肆不再搭理这位刘秘书，趁着没人再注意自己时，起身去敲了陆璟深办公室的门。陆璟深正在看这几天积压下来的文件，一会儿还要开会，封肆进来他也不过瞥了一眼，又低了头继续工作。

封肆也没烦他，去一旁书架上随便拿了本闲书，坐在沙发里，翻书消磨时间。

十点，刘捷进来提醒陆璟深开会，看到大咧咧躺沙发里的封肆，脸上有点不知道该摆哪种表情。

陆璟深点头表示知道了，让他先出去，起身时，像是不经意地问了一句沙发上的人："你觉得做这种工作有意思吗？"

封肆拿下盖在脸上的书，抬眼望向他，不答反问："你呢？你自己做这种工作有意思？"

陆璟深平静地说："这么每天在办公室里从早坐到晚，不出三天你就会腻了。"

封肆的个性他十分清楚，这人天性肆意，不受拘束，连件正装都不愿意穿，又怎会受得了每天从早到晚待在办公室里，面对那些他半点兴趣都没有的人和事。

封肆嗤道："知道我会腻，还让我跟你签合同，你是想让我尝试过后知难而退？"

陆璟深没有否认："你没必要在我这里浪费时间。"

封肆沉默看着他，半响才道："是挺没意思的，可怎么办，你的恩情我还没还完，我还不想就这么滚。"

僵持一阵，陆璟深先移开了视线，淡淡道："随你吧。"

他去了会议室，封肆跟过去，今天是公司高层内部工作会，进门后封肆随意扫了一眼，陆璟深那位同胞姐姐陆璟清也在，正在跟秘书说话。

封肆目光落过去，打量了她两眼，她长得和陆璟深有些像，气质却截然不同，这位女总裁一看就是八面玲珑的厉害人物，陆璟深只怕压不住她。

陆璟清似乎察觉到了什么，抬头看过来，视线扫过陆璟深，很快注意到了跟在他身后进来的封肆，不禁蹙眉。

封肆全然不在意，往后排旁听席一坐，玩起手机。

之后一个多小时都是枯燥无趣的议程，快结束时陆璟深说起他刚亲自谈下的信丰科技收购一事，崇盛资本那边今早已经跟他们确认了，愿意按照他们第三轮的报价，把崇盛所持有的信丰科技股权全部转让给他们，还说服了赵远平也把手上股份一起卖出，由他们全盘接手。

这本来是件好事，偏偏有人挑刺，有董事提了句收购信丰花费太多，会对后续其他项目投入有影响，但不用陆璟深亲自开口，立刻有人帮他反驳，之后你一句我一句，火药味十足。

封肆随便听了一阵，问身边刘捷的助手："那是谁？"

他问的是公然挑衅陆璟深的那个，助手小声解释："李董是公司老人了，个性就这样，心直口快，董事长不在，他一贯不怎么给老大面子。"

封肆轻哂："倚老卖老。"

最终当然没吵起来，陆璟清笑着打断了争执，三言两语平息了双方怒火，陆璟深只有一句不咸不淡的："散会。"

回到办公室，见陆璟深又坐回办公桌后继续看文件，封肆走过去，倚在桌边看着他："生气了？"

陆璟深的视线依旧在那些文件上，语气平淡："没有。"封肆笑了笑，没有揭穿他。

陆璟清来敲门时，封肆正在撺掇陆璟深跟自己一起去外面吃午饭。陆璟清进来，一眼瞧见陆璟深身边的封肆，目光在他身上停了两秒，转向旁边的陆璟深："阿深，我跟你说几句话。"

陆璟深示意封肆："你出去。"

封肆无所谓地站直身，睨了陆璟清一眼，慢悠悠地晃了出去。

出门时他听到陆璟清的声音问："你新请的助理？"陆璟深微领首："嗯。"陆璟清意外道："没想到你会用这么不守规矩的人。"她还注意到，陆璟深的领带打结方式是现在正流行的一种，时尚潮男专用，绝不是陆璟深这样个性的人会选择的，他甚至根本不可能知道这些。

陆璟深直接岔开了话题："有事吗？"陆璟清道："刚才会上文钟叔的话你别放在心上，他就是那样，想到什么说什么，不是针对你。"

"我知道。"陆璟深神色如常。陆璟清笑了："真的知道？"陆璟深再次点头，似乎不太想说这个。

陆璟清便也知趣地不再多提："听说你在沪市被人找了麻烦？没出什么事吧？"

"一点小麻烦而已，已经解决了。"陆璟深答。

陆璟清："那就好，明天周六，你有时间吧？妈过生日记得回家啊。"陆璟深道："好。"

又说了几句，陆璟清提醒他别一直看文件，记得去吃饭，之后离开。走出陆璟深的办公室时，却见封肆就在门外，长腿交叠背靠着墙，漫不经心地玩着手机。

听到脚步声，封肆抬眼看向陆璟清，陆璟清微拧起眉，这个人看她的眼神带了审视，完全不是一个助理该有的，他的气质也根本不像个助理。

陆璟清停下脚步，带上门，冷冷问他："你刚刚在这里偷听？"封肆道："我光明正大地听。"陆璟清神色略沉："你跟阿深是什么关系？"封肆道："总裁刚才不是问过陆总了，他新请的贴身助理兼保镖，以及他的私人飞机专属飞行员。"陆璟清稍显惊讶："你是飞行员？"封肆随意点头："是啊。"

陆璟清隐约觉得奇怪，又多打量了他两眼，封肆回以微笑。

这样的笑容却让陆璟清十分不舒服，她收回视线，留下句"以后在阿深面前规矩点，别给他添麻烦"，大步离开。封肆不以为意地笑笑，重新推门进去。

陆璟深已经起身，像是改了主意，打算去吃饭了。封肆笑问他："陆总，你跟那位总裁，关系怎么样？"陆璟深道："这是你应该打听的？"

封肆换了个称呼："那Alex，你跟你姐姐，关系好吗？"

陆璟深在他的笑眼的注视中转开视线，顿了顿，说："不是你想的那样。"

封肆道："我想的哪样？你以为我觉得你们不和？"

陆璟深不再理他，先出了门。

封肆跟出去："走吧，我看到网上推荐这附近有几间不错的餐厅。"

刘捷看到陆璟深出来，刚准备过来问他是不是要出去，听到这句默默收回迈出去的腿。那两人已一前一后走进了高层专用电梯。

以前除非必要的应酬，陆璟深别说去外面吃饭，连公司内部餐厅都从来不去，每天都是刘捷帮忙买好饭，再让人送上来。

刘捷忽然想到，中午他似乎也可以去跟女朋友吃饭了。

电梯往下去，封肆忽地笑了声。陆璟深目光落过来，像是不明白他突然又笑什么。封肆解释道："刘秘书是个妙人，你没看到他刚才的眼神。"

陆璟深转开眼，对封肆的笑话半点不感兴趣。封肆看着他，眼中笑意更显愉悦。

"阿深。"

陆璟深微微一愣，封肆道："你姐姐是这么喊你的吧？"

陆璟深皱眉提醒他："别这么叫。"

"又是注意我的身份？"封肆难得听话，"好吧，不叫就不叫。"

>> 三 <<

　　车开出公司地下停车场，封肆看着手机导航，问副驾驶座上的陆璟深："想吃什么？"陆璟深淡声道："随便。"

　　封肆瞥他一眼，随手点开餐饮评价APP，将手机塞陆璟深手里让他自己选。两分钟后，陆璟深把手机递还回来："就这个吧。"

　　封肆看了眼，是间东南亚餐厅，没什么特别的，距离还远，开车过去至少要二十分钟。他笑了笑，什么都没问，在导航里输入目的地。

　　陆璟深看菜单时，封肆不时往嘴里倒一口薄荷水。陆璟深移开视线，拿起杯子也喝了口水。

　　菜上桌，陆璟深默不作声地吃东西，即便是这种平平无奇的食物，他吃起来也十足优雅。封肆的目光依旧停在他身上，不经意间想起了从前。

　　当年那三个月，他们漫无目的地一起在非洲流浪，穿梭在那些陌生的城市、浩瀚无垠的荒漠原野上，习惯了风餐露宿，优雅几乎是不可能的事情。

　　那才是最快活的时候，可惜也只有那三个月而已。

　　"为什么要来这里吃饭？"封肆问。陆璟深没有抬眼："随便选的。"封肆道："怕被人撞见？要是选公司附近的餐厅，说不定有员工也出来吃饭，怕他们会认出你是吗？Alex，你在心虚什么？"

　　陆璟深握着餐具的手微微一顿，看向他，封肆似笑非笑："你这么怕和不着调的朋友一起吃饭被人看到？"

　　"没有。"陆璟深冷了神色，"你到底想说什么？"

　　欣赏了片刻陆璟深脸上不悦的神情，封肆盛了碗汤递过去："没想说什么，喝口汤吧。"

　　陆璟深冷冷地看着他，封肆笑了笑。

那之后直到吃完这顿饭，陆璟深都没再搭理对面人的玩笑。回程路上等红绿灯时，陆璟深目光落在车窗前方大楼外的巨幅海报上，认真看了一阵。封肆察觉到了，顺着他的视线看过去，是张男明星的珠宝代言海报，二十出头的偶像明星，笑容招摇得跟个妖孽似的，放肆地散发着荷尔蒙。

封肆失笑："陆总也追星吗？"陆璟深收回视线："那是我弟弟。"

"嗯？"封肆一下没听明白。陆璟深平静重复："海报里那个，是我弟弟。"封肆惊讶挑眉："亲的？"陆璟深点头："嗯。"

"你除了姐姐还有个亲弟弟？"封肆重新看向那幅海报，多打量了两眼，长得跟陆璟深不太像，性格应该更不一样，海报里的人一看就是个性张扬甚至跋扈的，有钱人家的纨绔。他问陆璟深："陆总除了姐姐弟弟，还有别的兄弟姐妹吗？"陆璟深道："没了。"封肆笑道："我是不是该说我很荣幸？陆总愿意跟我说自己家里的事。"陆璟深没有理会他的"顺杆子就爬"。

封肆手指轻敲着方向盘："这么看起来，你家里还挺开明的嘛，还能让你弟弟出来抛头露脸混娱乐圈，我看他应该过得比你舒坦。"

弟弟过得这么潇洒，陆璟深却把自己装进了刻板严谨、一丝不苟的教条，也不嫌累。

陆璟深不想继续这个话题，只说了一句"我不赞成，但他自己喜欢"，到此为止。

封肆笑着重新踩下油门，车开出去，将那幅巨幅海报抛在身后。

下午刘捷叫人分了一部分活给封肆，让他整理陆璟深之后两周的行程安排，协调一下时间，免得他无所事事又去骚扰陆璟深。封肆看着拿到手的密密麻麻的日程表，啧啧有声："你是想累死你们老大吗？这些有的没的不重要的应酬就不能推掉一些？还有这些重复的工作会也少开两次吧，浪费时间。"刘捷没好气地说："谁跟你说不重要的，这些都是重要的日程安排，老大首肯的。"

封肆懒得再跟他说，坐到电脑前，自己动起手来。

能推的工作他都给陆璟深推了，公司里这么多人，没必要他一个人把所有事都扛肩上，总之得保证陆璟深以后每天九点上班、六点下班，一周应酬不超过两次。

旁边工位是位漂亮女秘书，封肆干着活不时跟她请教，问清楚日程表里这些事项涉及的工作具体内容，参照对方意见加上自己的判断，做出调整。女秘书手头也有一堆事，但面对笑吟吟的封肆，拒绝的话说不出口，几乎有问必答。

后来两人还闲聊起来，女秘书好奇地问他："我听人说你是老大的私人飞机机长，怎么会跟来公司做老大的助理啊？"封肆道："做你们老大的贴身助理不好吗？"女秘书隐约觉得他这语气有些奇怪，但被封肆说话时带笑的目光直直注视着，又不太好意思地微微红了脸，便顺着他的话说了："我看老大是对你挺好的。"封肆瞥一眼陆璟深办公室门的方向，眼中笑意加深："但愿如此。"

五点半，陆璟深走出办公室，路过秘书办时，一眼瞥见封肆歪在座椅里，正侧身与旁边工位的女秘书谈笑风生。

听到刘捷的低咳声，女秘书回头，撞上陆璟深扫向他们的冷淡目光，吓了一跳，赶紧坐直身，将座椅挪回工位里，低了头继续干活。

陆璟深已经走远了，封肆气定神闲地起身，笑着冲满脸懊恼的女秘书眨了眨眼，跟上去。

陆璟深出门是要去赴一个饭局，坐进车里，封肆打开带出来的平板，把下午整理好的日程表调出来，递给他看。

"以后就按这个表的日程安排来,其他那些没必要的工作我都帮你推了,分给其他人干吧。"封肆说得理所当然,丝毫不怀疑自己会判断错误,耽误了陆璟深的事情。

副驾驶座的刘捷闻言,赶紧回头跟陆璟深解释,这事不是他的主意,是封肆自作主张,顺便瞪了封肆一眼,封肆只当没看到。

陆璟深看着这张精简之后一目了然的日程表,先是皱眉,随即视线停留在上面,半晌没动。封肆的直觉很敏锐,哪些工作重要必须由他亲自出马,哪些工作不那么重要可以分给别人,全都整理清楚了,几乎没有出错的地方,甚至分出去的那些事情交给谁去做,他也在备注里提了建议。

"那就这样吧。"陆璟深将平板递回给封肆,冲目露诧异的刘捷说,"这样也好,看能不能提高一些工作效率。"刘捷把到嘴边的话咽回,点了点头:"好,我知道了。"封肆道:"看来我总算是做了一件让老板满意的事情。"陆璟深沉声提醒他:"下次别自作主张。"封肆勾唇笑了笑,至于下次,再说。

应酬结束回到家已经是晚上九点多,进门陆璟深直接回房去了浴室,趴在洗手台上,把喝下去的酒全都吐了。封肆跟过来,倚在门边看着他。刚才饭桌上有大人物,陆璟深酒喝了不少,在人前装作若无其事,一杯接着一杯,现在算是自讨苦吃了。

吐完陆璟深直接对着水龙头漱口,水花溅了满脸。

封肆见他眼睛都闭了起来,伸手攥住了他一边胳膊,用力将人扯起。

陆璟深湿发耷拉在额前,眼神迷蒙,上扬的眼尾泛着红,怔怔看着他。

封肆问:"还认得我是谁吗?"

陆璟深看着他没吭声,眸光闪烁。

封肆一哂:"算了,不逗你了,去洗个澡早点睡吧。"

第二天是周六,陆璟深依旧在早上七点时准时睁开眼。起床后先去健身室运动,封肆过来时,陆璟深正在跑步机上慢跑,听到脚步声也没回头。封肆停步在他身后,等到陆璟深从跑步机上下来,才懒洋洋地开口:"周六也这么早起来?"陆璟深只有一句:"你也一样。"

他今早原本还有个应酬安排,不过不是非去不可,昨天封肆帮他整理了日程表之后直接取消了,难得能过一个完整的周末。

吃早餐时,封肆随口问起陆璟深一会儿是不是要出门,陆璟深淡淡道:"你昨天不是都听到了。"封肆问:"去你爸妈家?"陆璟深点头:"你今天可以放假。"

封肆笑了:"放假?我的工作性质不是七天二十四小时吗?"陆璟深下意识蹙眉:"我不是周扒皮。"封肆道:"我倒是不介意,反正我也没事,陆总要不带我一起去蹭顿饭算了。"

"我妈过生日,不方便带外人去。"

说完这句,陆璟深低了头继续吃东西。

封肆看着他,脸上笑意收敛了些,没再纠缠这件事。

吃过早餐,陆璟深回房去看书,但心不在焉看不进去,听到玄关那边传来关门声,看一眼腕表,刚早上九点。封肆先一步出去了,陆璟深换衣服时还走神了一会儿,最后也提早出了门,独自开车回去家里。

陆家的别墅在临湖的城中心地带,闹中取静的地方,不过他们三姐弟都先后搬出来了独居,只有周末有空时才会回去吃个饭。

开车过去半小时,陆璟深从车上下来,先看到了自己的弟弟陆迟歌,正在前面院子里帮他们妈妈养的狗洗澡,身边还有个年轻男生。

陆迟歌撸着袖子蹲在地上,抬头看到陆璟深有些意外,竖起两根手指弯了一下，笑嘻嘻地打招呼："大忙人今天来得好早。"他身边的凌灼站起身，乖乖叫了陆璟深一句："深哥。"陆璟深淡淡点头，先进去了里面。

安昕正在客厅里插花，看到大儿子回来笑容满面："难得你今天回来得比你姐还早一些。"陆璟深走过去坐下，问她："爸的身体怎么样了？"安昕道："老样子，总之是累不得。"

陆父自从两年前做了心脏搭桥手术后，身体就大不如前，虽然还挂着公司董事长的职，但一般没什么大事都不会惊动他，公司也很少去了，丢给了陆璟深和陆璟清姐弟俩去折腾。

陆璟深提醒安昕："您也注意多休息。"安昕笑着表示知道，她这三个子女中陆璟深是性格最闷的一个，但要说体贴和细致，陆璟清和陆迟歇都比不上他。

"阿深你自己也是，别总是忙着工作，有空也去谈个恋爱吧。"安昕调侃着自己儿子，陆璟深直接岔开了话题："爸在书房吗？我去找他，有话跟他说。"人走之后安昕无奈摇头，指望陆璟深开窍，怕是这辈子都难。

十一点半，陆璟清带着男朋友出现，陆璟深陪陆父一起从书房里出来，正跟安昕说话的陆璟清目光顿了顿，视线在陆璟深和陆父之间转了一圈，若有所思。

陆迟歇进来问："人到齐了可以吃饭了吗？"安昕笑道："可以，上桌吧。"

今天的生日聚会只有他们自家人。

陆璟清的男朋友是位投行精英，名牌大学的高才生，家里背景一般，靠自己本事混到今天，跟陆璟清在生意场上认识，一来二去就在一起了，人长得不错性格也好，温文尔雅、谦虚低调，很得陆父赏识。

陆迟歇和凌灼则是多年好友，陆父陆母都把凌灼当半个儿子。

饭桌上大家谈笑风生,唯独陆璟深几乎没开过口,直到陆迟歇忽然问他:"哥,你的那架庞巴迪,借我用几天行吗?"他笑着指了指自己和身边的凌灼,"我们过两天开始休假了,打算去南太平洋上找个岛国玩几天。"

陆璟深道:"可以。"

陆璟清顺嘴问:"你那位新助理也能借给迟歇他们?他是你私人飞机的飞行员吧?"

"什么新助理?"陆迟歇好奇道,"飞行员给哥做助理啊?哥你不用这么抠吧,这也能一个人当两个用?"

陆璟清揶揄他:"你再说下去小心阿深不借飞机给你了。"

他们你一句我一句地说完,陆璟深才道:"我会跟他说。"

别的便没有了,关于封肆的事情,他显然不打算跟家里人细说。

陆璟深在这边待了一整天,吃完晚饭陪陆父喝完一杯茶,开车回去明月湾。屋子里没人,封肆还没回来。

他回房洗了个澡,开笔记本看了一会儿文件,十一点多打算睡觉时觉得口渴,起身去餐厅水吧倒了杯水。回身时听到玄关那边有动静,是封肆开门进来。陆璟深没开灯他也没开灯,摸黑进门,带进一身烟酒味混着香水的味道,朝餐厅这边过来。

窗外不知哪个方向照进来一道光亮划过天花板和墙壁,很快又消失,封肆已经看到了站在水吧边的人,微眯起眼。

他走过去,黑暗中靠近陆璟深轻笑了一声:"半夜站这里做什么?"

陆璟深没理他,冷淡丢出一句"别把家里弄脏",转身回房。

四

周日早上陆璟深起床时，封肆正在外面阳台上跟人打电话。不知道电话那边的人是谁，封肆语气温柔像在哄人，目光瞥见陆璟深出来，笑着说了句："挂了，要干活了。"

陆璟深只看了他一眼，直接进了餐厅去吃早餐。封肆跟过来，他早起就冲了澡，身上是清爽的薄荷沐浴露的味道，取代了昨晚那些叫人不适的污浊气息。

"今天不锻炼？"封肆坐上高脚凳，随口问对面认真在吃东西的人。陆璟深没有抬眼："一会儿去打球。"封肆有些意外地挑了挑眉。

八点半，他们一起出门，去附近的健身俱乐部，陆璟深有空就会来这里，今天是第一次带人一起。陆璟深打壁球，封肆靠墙坐在他身后漫不经心地看着。

陆璟深说的打球原来是这种独自发泄精力的壁球，似乎也不奇怪，对陆璟深而言，享受打壁球的时光或许是他最放松的时刻。

这个人一直把自己的神经绷得太紧了，总要有个发泄的出口。封肆心不在焉地想着，也许陆璟深一直就是这样，当年有自己参与的那三个月，大概才是他按部就班的人生规划中，一场脱轨的意外。

"砰"一声响，弹回来的球落地，陆璟深弯下腰，手撑着膝盖喘气。

封肆跑远的思绪拉回，目光落向前方，他笑了笑，起身上前，以球拍点地，随口调侃道："这就不行了？陆总，你体力有些差啊。"

陆璟深没接他的话，走去场边喝了半瓶矿泉水，拿毛巾擦了擦汗，再走回来。

封肆挥了挥球拍冲他示意："要一起吗？"陆璟深点了一下头："开始吧。"

封肆先击球，球朝着前方墙壁冲过去又迅速被弹回，陆璟深反应极快地上前挥拍接下，再用力击出，弹回的球擦到封肆手上落地，他没有接住。

封肆耸肩："手生了，让陆总看笑话了。"

陆璟深满脸淡定，吊儿郎当的男人这才认真起来，不再小看身边人，第二次发球。

之后你来我往，整整二十球。封肆的动作又快又狠，而且角度刁钻，像故意戏耍陆璟深，陆璟深不慌不乱地接下之后回击，他的技巧要更好一些，也能给封肆制造麻烦。两人打到大汗淋漓，依旧没能分出胜负，最后封肆先扔了球拍："到此为止，歇会儿吧。"

陆璟深回场边重新拿了毛巾擦汗，封肆跟过来，眼底浮起笑："打了两个小时了，去洗澡吗？"陆璟深的喉结滚了滚："嗯。"

从俱乐部出来已经是中午，他们就在附近的餐厅吃午饭。封肆看菜单时，陆璟深有些走神，垂眸看着自己的手。封肆抬眼间注意到他的动作，揶揄了一句："一直盯着自己的手做什么，还能盯出朵花来不成。"

陆璟深立刻收起手指，却见对面的人视线依旧落在菜单上，像随口说了句玩笑话。陆璟深没有理他，端起茶杯抿了一口，心绪逐渐平复。

陆璟深低了头看手机，陆迟歌刚发了消息来，提醒他飞机的事，他们后天就要用，让他记得叫人申请航线。

陆璟深回复之后语气平淡地把事情跟对面的封肆说了一遍，封肆已经点完菜，慢悠悠地喝了口水，再开口："陆总借飞机给别人，还要把我这个人也借出去？"

陆璟深道："迟歌他们是去外面玩，你跟着去不是正合你意，反正你也喜欢玩。"封肆道："我似乎不能拒绝？"陆璟深道："不能。"封肆

阿深

哂笑："行吧，伺候哪个陆总都是伺候，谁叫我拿了你这么高的工资。"

他既然答应了，陆璟深便不再说，看菜已经送上桌，拿起筷子。

封肆看着他，忽然说："你弟弟看起来和你很不一样啊，自由自在的。"

陆璟深夹菜的动作一顿，淡了声音："他的事与你无关。"

封肆道："他的事与我无关，他不是我朋友的弟弟吗？那我们以前不算朋友？"

这不是封肆第一次提从前，陆璟深没法再避而不答。

"……你如果一定要提当年，那就说清楚，我当时不告诉你真实姓名和来历，是不想说，后来不告而别是因为我以为我们只是萍水相逢，连朋友都算不上，所以没必要说，我以为你这么潇洒的人不会纠缠过去，现在再提以前的事情，没有任何意义。"

陆璟深少见地说了这么多话，声音里却不带多少温度，封肆的神情也跟着冷下，眼底甚至有了怒气："连朋友都算不上？那你还救了我。"

听着他意味不明的语气，陆璟深有些烦躁道："顺手而已，随你怎么想。"

"陆璟深，"封肆念出他的全名，"同样的游戏，我不会陪你玩第二次，这回的游戏规则，由我来定。"

>> 五 <<

服务生送菜过来，这个话题到此结束。陆璟深眉头紧蹙，封肆见他这样，笑意重新爬上了嘴角："你在紧张什么？"

陆璟深没出声，从再见到面前这个人那天起，他就直觉封肆是个难缠的麻烦人物，本以为留在身边就能将人牵制住，不让他折腾，结果是他高估了自己，低估了封肆。

056

封肆像看穿了他的心思，吃着东西不咸不淡地说道："不必紧张，我没有三头六臂，不会拿你怎么样。"

陆璟深脱口而出之前问过他的问题："你能从我面前消失吗？"

封肆看着他轻吐出两个字："不能。"

陆璟深彻底失语，低了头默不作声地吃东西。

饭吃完后封肆接到电话，又是约他去外面玩的，他随口应下，挂断后冲陆璟深说："你一会儿直接回去？我今天的工作是不是到此结束了？反正你看着我也烦，我自己滚了。"

陆璟深迟疑了一下，问他："你才来这里一个多月，就有这么多朋友？"

"陆总这又是在关心我的私生活？"封肆不以为意道，"要交朋友能有多难，就算是狐朋狗友，能逗乐子打发时间就行，还是陆总以为人人都跟你一样？除了工作应酬，只能自己一个人去打壁球？"他站起身，临走前最后说，"放心，晚上十点前我就会回去。"

封肆离开，直到他的背影走出餐厅，陆璟深依旧怔怔的，莫名想起早上封肆在阳台跟人打电话的语气和神情，皱了皱眉。

隔天周一，早上封肆照旧跟着陆璟深去公司，帮着干点打杂的活，中午之前就跑了，只跟刘捷招呼了一句"有事下午请假"。刘捷进陆璟深办公室报告工作时，顺便告了封肆一状，说请假不等批准直接走人的，他还是第一次见。陆璟深也不知听没听进去，一句话没说。

秘书离开后陆璟深拿起手机，封肆十分钟前给他发了条消息，解释了请假的原因，他下午要去公务机公司那边办手续，顺便买点东西。陆璟深没有回复，放下手机，强迫自己将那些莫名其妙的思绪抛到脑后。

晚上七点，陆璟深回到明月湾，进门便闻到一阵香味，封肆正哼着歌在厨房里准备晚餐。他一小时前再次收到封肆的消息，让他准时下班回来吃饭,原本不想搭理,过了下班的点在公司又耽搁了二十分钟,最后还是回来了。

"来吃火锅。"封肆冲他一抬下巴。

陆璟深脱了西服外套走过去,看到餐厅桌上热气腾腾的火锅和摆满的食材,奇怪地问了句:"你在Y国出生的,也会弄这些?"封肆把最后一盘菜端上桌,顺嘴道:"我是假洋鬼子,拜我妈所赐,长了个Z国人的胃,不像陆总,出了国到了没人认识的地方,非得装真洋鬼子,还假装听不懂中文。"

陆璟深在餐桌边坐下,以沉默应对他的翻旧账。

封肆问:"辣锅能吃吗?我记得你可以吃辣的。"

陆璟深点了点头,封肆随手拉开一罐啤酒,递给他:"喝这个。"他自己则拿了瓶可乐,"我就不喝了,明天还得陪你弟弟他们飞。"

陆璟深目光微微一顿,封肆笑着把啤酒罐又往前送了送,陆璟深接过往嘴里倒了一口,拿起筷子。

之后封肆开了投影仪随便挑了部电影,他们一边吃东西一边看电影,偶尔说几句有的没的,气氛尚算融洽。

吃完已经快九点,一起收拾了桌子,把锅碗扔洗碗机里,陆璟深回房去洗澡。

二十分钟后,陆璟深洗完澡出来倒水喝,封肆蹲在客厅里,正在收拾飞行箱。

陆璟深经过他身边时,封肆忽然抬手将人拦住,仰头看向他,从这个角度看过去,陆璟深低眉敛目,洗过澡之后湿发垂落的模样难得有些温顺,封肆轻声笑起来。

陆璟深皱眉:"你笑什么?"

"没什么。"封肆微微摇头,笑过又认真问他,"Alex,我明天就去外面了，你不跟我说点什么吗？"

陆璟深反问："你觉得我应该说什么？"

封肆道："祝我一路平安、早去早回……"

陆璟深视线转了一圈，落向沙发的方向，打断他的话："你落了手套。"

封肆瞥了眼，无所谓地说："旧了，不要了，正好今天买了一副新的。"

"你慢慢收拾吧。"陆璟深不再跟他说，去倒了水，直接回房。

第二天早上陆璟深起床时，封肆照常做好了早餐搁在餐厅岛台上，人却不在，陆璟深站在空荡荡的餐厅里失神了片刻，后知后觉想起来，那个人被他借出去，要一周后才会回来。

吃过早餐，陆璟深换了衣服，一边系领带一边往外走，忽然又想到什么，折回了客厅里。

他对着镜子试图系那天封肆帮他系过的花式结，试了几次，始终不得要领。陆璟深看着镜子里略显陌生的自己，停下动作。半晌，他闭了闭眼，系回了最简单正统的领带结。

转身准备离开时，又看到了扔在沙发上的那副手套，陆璟深顺手拿过来，灰黑色的皮手套边缘磨损得厉害，确实很旧了。

九点半，封肆和其他人一起站在舱门边迎客。

人还没过来，林玲她们已经兴奋地朝外看了三四次，封肆好笑道："我说，有没有这么夸张啊，那位陆二少爷你们之前难道没见过？"

林玲激动道："没有啊！陆总家里还有其他的私人飞机，这是第一次借这架机给他弟弟，而且这次不只有陆迟歇，还有凌灼，是凌灼哎！"

旁边的老机长一脸无奈，对小年轻们的话题完全插不上嘴，封肆偏了偏头。

林玲话音落下，那两位贵客已经到了，其他三人立刻站直身，保持

阿深

良好的仪态,面带微笑,欢迎客人登机。唯有站在后方的封肆姿态依旧散漫,饶有兴致地打量起迎面走上来的两位。

迎着空姐们热情的欢迎声,凌灼十分客气地与他们几个点头道谢,他身旁陆迟歇的目光则直接锁定了封肆。封肆泰然回视,陆迟歇上下扫了他两眼,若有所思。

坐下后,凌灼小声问陆迟歇:"刚那位年轻机长,就是璟清姐说的,深哥的新助理吗?璟清姐特地让你留意他,是什么意思啊?"

陆迟歇眯起眼想了片刻,笑了:"很有意思吧。"

六点半,陆璟深的车堵在下班高峰期的闹市大街上,拿起手机,十分钟前陆迟歇发来了一条信息,说他们到了,刚刚落地。

"哥,你那位封机长,他很厉害啊,我们去驾驶舱里参观,他竟然切了手动操作,把庞巴迪当战斗机开,一副不要命的架势,把他身边那位老机长差点吓出了心脏病,不过托了他的福,我们提前到了,还赶得上吃个消夜。"

陆璟深的目光停在"你那位封机长"那几个字上,顿了顿,没有回复。

封肆的消息跟着进来:"到了,收工了,晚点找你聊。"

陆璟深看了眼时间。意识到自己的动作时,他手指一顿,眉目间纠结起疲惫和烦躁,陆璟深搁下手机,闭眼倚着座椅的椅背。

>> 六 <<

封肆的消息进来时,陆璟深刚洗完澡从浴室出来,看到跳出来的新消息,他拿着毛巾擦头发的动作跟着停住。

在床边坐下,陆璟深慢慢滑开聊天界面,上面只有两个字:"睡了?"

他垂眸发呆了片刻，看到视频请求突兀地跳出来，下意识点下"拒绝"。

那边接着发来第二次，陆璟深犹豫了一下，终于接了，屏幕里出现封肆轻浮浪荡的笑脸，他像是喝多了，身后又是嘈杂昏暗的酒吧环境。

陆璟深不由蹙眉，立刻便想挂断，封肆说了句"别挂"，转头用外语冲屏幕外的人说："看到了？没骗你们，我真的有事。"

接着传来女人带笑的抱怨声，封肆轻声笑，手机画面一阵晃动，他的脸再次出现在屏幕里时，人已经走出了酒吧。

陆璟深冷冷看着他，封肆扯松了自己衬衣领口，愈显放浪形骸，压低的声音里带出些醉意："生气了？"

"是你弟弟，"他懒洋洋地解释，一边往酒店方向走，"晚上到这里跟他们一起吃了个消夜，又去酒吧喝了一杯，结果他俩跑了，留我一个人应付那些难缠的女士们，我只有找陆总你求救了，反正她们也不认识你。"陆璟深不为所动："你说完了？"

"别急着挂电话，"封肆制止住他，"陆总，你弟弟他们挺有意思的啊，一个晚上跟查户口一样，从我身家背景调查到过往感情经历，什么都要问，他们想干吗？"

陆璟深冷声道："你可以不说。"

"我当然不会跟他们说，"封肆轻轻眨眼，"除非陆总你亲自问我。"陆璟深拧眉，没接他的话。

封肆也不在意："那要不我问你吧，陆总，你弟弟他说你个性冷淡、不好相处，是真的吗？"

屏幕里的人目光促狭，陆璟深的面色又沉了些许。

封肆低低地笑："个性冷淡，原来如此，好吧，就当是吧。"

他的笑声穿透电波，不轻不重地叩击在陆璟深的耳膜上，这个人大概真的喝多了，眼神有一些迷离。

陆璟深被他看得有些烦躁，封肆已经回到酒店进了房间，关上房门时，他低哑的嗓音响起："Alex，这里凌晨一点了。"

凌晨一点，他们曾在荒无人烟的非洲旷野上一起看星空。

久远的记忆清晰浮起在脑子里，陆璟深失神片刻，含糊"嗯"了一声。回答他的，是封肆格外愉悦的笑声。

视频通话结束时，时间已经持续了一个半小时。

最后的画面里，是封肆的笑脸，和一句"晚安"。

那边先切断了通话。陆璟深怔了怔，放下发烫的手机。

之后一个星期，封肆偶尔会发一两条消息来，跟陆璟深说些有的没的。陆璟深没有回复过，电话也没再打过。陆迟歇也时不时给陆璟深发来信息，句句不离封肆。

"封机长今天陪那两位美女空姐出海钓鱼，日落了还没回来，估计去游艇上享受夕阳晚餐了。"

"他很厉害啊，女人用的香水、化妆品，都能侃侃而谈，他以前到底交过多少个女朋友？"

"封机长今天出去冲浪了，还约了个金发碧眼的美女一起。"

"晚上封机长泡吧喝酒去了，不知道几点会回来。"

……

这样的消息几乎每天都有，陆璟深一概置之不理。倒是刘捷敏锐地察觉出，他老板最近心情似乎不太好，这几天又开始留公司里没节制地加班了。至于原因，走出陆璟深办公室，看到秘书办里空着的那个工位时，刘捷顿悟，大概跟这个人有关？

陆迟歇再次发来消息时，陆璟深正在应酬场上，随意扫了一眼手机屏幕，这次是一段视频。

五分钟后,他去洗手间用冷水泼了把脸,没有立刻回去饭桌上,走进无人的楼梯间里想透口气,拿出手机,迟疑片刻点开了那个视频。

海边搭建得潦草的音乐台上,封肆正在弹电吉他。

屏幕中的男人随意地坐在高脚凳上,漫不经心地拨着吉他弦,慵懒的声线带着些许随性,他在唱着一首当年唱过的歌。

"Just let me fall,

in your arms like I am a leaf."

那也是在非洲广袤无垠的荒野上,星月浩瀚的午夜,封肆抱着一把借来的破旧吉他,轻拨着琴弦,用磁性的嗓音,一遍一遍唱着。

陆璟深忆起往事,一时有些失神。

只有三十秒的视频很快播完,陆迟歇新发来一条语音,笑着调侃:"哥,凌灼说,这位封机长要是打算改行进娱乐圈,我俩说不定都得失业。"

后面还附了一张照片,是抓拍的封肆抬眸的一瞬,那双黑眸不经意间掠过镜头,却让屏幕外的人有种被他盯上了的错觉。陆璟深再次点开了之前的视频。

陆迟歇发完语音随手搁下手机,身边的凌灼轻推了他一把:"你没事老是拿封机长的事逗深哥干吗?你看他理过你吗?深哥肯定觉得你脑子有问题。"

"你不懂,"陆迟歇笑笑道,"我哥那个人规矩一堆,吹毛求疵还有洁癖,我想去我哥家里借宿他说不定都会帮我订间酒店让我赶紧滚,但是这位封机长呢,堂而皇之住进我哥家里了,你说为什么。听说他在我哥面前还特别放肆,他这种个性的,我哥竟然愿意把人留在身边,不是很稀奇?"

凌灼将信将疑:"真的?那深哥和封机长,他们关系很好吗?"

陆迟歇笑着耸肩:"谁知道呢。"

"好什么？"封肆的声音在他们身后响起。

陆迟歇和凌灼同时回头，这位风流不羁的机长双手插着裤兜，扯开了上面两颗扣子的衬衣领口上还有口红印，是刚刚下台时，不知道哪个女人贴过来蹭上的。他不以为意，再次问他们："你们说我和陆总什么？"

凌灼有一点尴尬，陆迟歇则抱臂笑道："说封机长你和我哥关系好不好。"

封肆做思考状，抬头看了看繁星璀璨的夜空，莫名其妙冒出一句："这里的星空也挺亮的。"

他的眼里倒映着星空的色彩，流光却只停于表面，其下仿佛有落寞转瞬即逝。

凌灼注意到了，微微惊讶："封机长，你……"

封肆的目光重新投向他们，依旧是玩世不恭的模样："这个问题吧，我说了不算，你们得去问陆总。"

第三次重复播放完视频时，陆璟深站在月影稀疏的楼梯间里，看着地上自己的影子，突然有些想抽烟。伸手在身上摸了一下，才想起来刚在饭桌上接的烟被随手搁下了，没带出来。呆站了片刻，外头走廊上响起出来找他的刘捷的声音，陆璟深回神，强迫自己平复纷乱心绪，推门出去。

Chapter 3

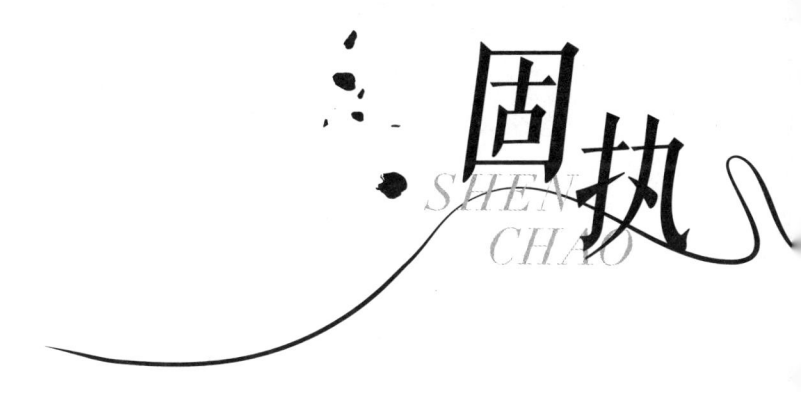

固执

SHEN
CHAO

/ 第三章 • Chapter 03 /
固执

>> 一 <<

办公室里。

陆璟深手边的咖啡已经半凉,他心不在焉地翻着手机,一小时前封肆发来消息说了一句"落地了",之后便没了下文。

而在他对面,脸色难看的老董事瞪着推到自己面前来的文件,半天没说话。

陆璟深搁下手机,眉目间的冷淡昭示他的耐性告罄:"文钟叔,把字签了吧,你这个年纪,早点退休回家颐养天年,没什么不好。"李文钟冷硬道:"要让我回家,至少得董事长亲自来说。"陆璟深声音淡淡的:"他这几天身体不舒服,需要静养,不方便见外人。"

"我今天是不是非要签这个?如果我偏不答应呢?"对方的声音里压抑着怒气。陆璟深不为所动:"文钟叔这两年倒卖公司资产赚到的钱够多了,足够你安度晚年,就这样吧,没必要闹得太难看。"李文钟的脸色在一瞬间变得铁青,陆璟深轻点了点头:"到此为止吧。"

僵持了一阵,李文钟终于上前一步弯腰拿起笔,快速在文件末尾签下自己的名字,再用力将笔扔下,愤恨咬牙:"我拿的都是我该得的,就算是董事长在我也是这句。"

陆璟深示意刘捷确认过他的签字，吩咐道："送文钟叔出去。"

一身机师制服的封肆出现在办公室门口，出门时刘捷看到他有些惊讶，这个人刚飞了近十个小时才回国，一下了飞机竟然衣服都不换直接就来了公司。

封肆目光扫过大步而去的李文钟的背影，冲刘捷努了努嘴："怎么回事？"

"老大让李董提前退休了。"刘捷没细说，也懒得管他，忙自己的去了。

封肆偏头想了想，刚才那一瞬间，走出去的人脸上是清清楚楚、咬牙切齿的恨意，完全不加掩饰，应该不是他的错觉。转身推门进去，陆璟深正在看文件，听到声音抬眼看到是他，一句话没说，低头视线落回了手中文件上。封肆走上前，抓过陆璟深的手腕。陆璟深神色一顿，抽回手时，他的右手衬衣袖口上多了一枚袖扣，闪烁而纯粹的蓝宝石。

"送你。"封肆说。

陆璟深的目光在那枚袖扣上停了两秒，问他："你没回去休息？"

封肆的身体往前倾了一些，弯下腰，慢条斯理地将另一枚袖扣也递给他。

刘捷敲门进来，提醒陆璟深晚上有一个商务酒会，怕路上堵车要早点出发。封肆靠在沙发里翻杂志，等刘捷离开后问陆璟深："你晚上有应酬？"陆璟深冷淡道："你可以先回去。"封肆道："那怎么行，那种鱼龙混杂的地方，我必须得跟着去。"

五点半，车开出公司，封肆随口问刘捷："酒会几点能结束？"刘捷道："那不好说，至少八点以后吧。"封肆嘴角微撇，兴致缺缺。

酒会举办地在四十分钟车程外的某间五星级酒店，因为路上堵车，他们快六点半才到达。酒店门口不时有豪车进进出出，甫一下车，便有侍者迎他们入场。

灯光明亮的宴会大厅里衣香鬓影、酒色浮华，男人女人们各自举着酒杯，与其间认识的、或想要认识的人问候敬酒，攀谈几句，再一起碰个杯，便有了之后生意场上往来的可能。

陆璟深也是其中之一，大多数时候都是别人来找他，他的脸上始终维持着公式化的浅笑，没有夸张的热络，也不冷淡，应付起这样的场合来游刃有余。封肆一直跟在陆璟深身边，机师制服外只套了一件飞行夹克，与这样的场合格格不入，但他自己不在意，也没人会在意他。

直到有人叫陆璟深的名字："璟深。"

陆璟深看向迎面走来的人，神色里有微不可察的不悦。封肆注意到了，不客气地打量起来人，这人有一张还算得上英俊的脸，和陆璟深一样穿着西装革履。

他称呼陆璟深为"璟深"。

对方站定在陆璟深身前，目光紧盯着他："璟深，我听说尚昕最近成功收购了信丰科技是吗？恭喜。"

陆璟深淡淡点头，没有与之交谈的兴致，抬手举起红酒杯抿了一口，移开视线，注意力已落向了别处。如果对方识相，就该知道他的意思离开。

姜珩的目光停在陆璟深的衬衣袖口处，那里别着一枚十分璀璨夺目的蓝宝石袖扣。不是陆璟深的风格，陆璟深向来内敛，不会用这么高调抢眼的配饰。

在姜珩微微失神时，一道不客气的声音打断了他的思绪："这位先生，麻烦让一步。"

对方这才分了一点注意力给陆璟深身边的人，满脸尴尬不敢说话的刘捷他认识，但刚刚出声的这一位，或许是陆璟深的助理或保镖，只是对上封肆气定神闲又警告意味十足的目光，他又有些不确定。这个人的气势和态度,根本不像一个单纯的助理或保镖。

封肆就站在陆璟深身后,微笑着地看着对方:"还要我说第二遍?"

姜珩皱了皱眉,隐有不快,他问陆璟深:"璟深,我能单独跟你说几句话吗?"

陆璟深没有理他,转头去与刘捷交代事情,一阵尴尬的沉默后,对方小声留下句"抱歉",终于离开。

很快有另一拨人来与陆璟深敬酒,封肆拽着刘捷后退开一步,张嘴便问:"刚那个,什么人?"刘捷轻咳一声:"川荣电子的总裁,名字叫姜珩。"封肆道:"跟你们老大什么关系?"刘捷微微摇头,摆明了不打算说。封肆道:"他曾经当众弄得你们老大下不来台,之后你们老大跟他绝交了?"刘捷大惊:"你怎么知道?"封肆一哂,果然是这个人。

当然是陆迟歇告诉他的,那天他们一起去酒吧,陆迟歇给封肆讲了不少关于陆璟深的事情。

封肆没再理刘捷,目光落向前方,看着陆璟深与人交谈。

他时不时抿一口酒,深红饱满的酒汁在酒杯中摇晃,他的眼角眉梢,都仿佛沾染上了酒色的潋滟。

封肆目不转睛地看着,也举起酒杯,将与陆璟深杯子里一样的酒倒进嘴里,慢条斯理地咽下。

>> 二 <<

八点半,酒会临近结束,陆璟深看一眼腕表,决定离开。走之前他去了趟洗手间,封肆在外头走廊上等,尽心履行自己身为贴身保镖的职责——如果他没有随手点了烟,背倚着墙站姿也过分随意的话。

姜珩走过来时,封肆刚把烟叼进嘴里。对方目光落向他,封肆不以

固执

为意地移开视线，不想搭理，姜珩却走过来问他："陆总在洗手间里？"

封肆抽了两口烟，烟灰抖落了一点，其上有火光闪过，他在旁边的烟灰桶里顺手将烟捻灭，漫不经心地回道："是吧。"

姜珩有些不满他的态度："你是陆总的助理，还是保镖？"

封肆看向他，唇角牵出一点笑意："一定要问的话，都是。"姜珩的脸色微僵："你不知道陆总不喜欢烟味？除了应酬时尤其不喜欢身边人抽烟？"封肆慢悠悠道："不知道啊。"

陆璟深已经从洗手间里出来，看到姜珩只当作没看到，示意封肆："走吧。"

十点半，封肆在厨房里煮消夜，陆璟深靠在岛台边的墙上，像在看他，又像在发呆。面条的香味逐渐弥漫在空气中，陆璟深隐约松了口气，紧绷的身体慢慢放松。

封肆端着两碗煮好的面过来，叫了他一句："陆总站这里发呆想什么呢？"陆璟深睁开眼，面前是封肆满盛揶揄的笑眼。

纠结的只有他一个。陆璟深坐下，默不作声地吃东西。

封肆有一下没一下地挑着面条，视线始终落在陆璟深身上，忽然冒出一句："你不喜欢身边的人抽烟吗？"陆璟深捏着筷子的手微微一顿，淡淡道："没有。"说话时陆璟深一直没有抬眼看封肆，看似专注地在吃东西。

封肆轻眯起眼，认真想了想当年，陆璟深也是抽烟的。那三个月，也不知道这个人还记得多少。

陆璟深已经吃完最后一口，抬眸对上封肆格外深沉的眼眸，下意识回避："你慢慢吃吧。"

封肆下巴点了点他的座位："还早，坐下来陪我吃完吧，好歹消夜是我做的。"

陆璟深迟疑了一下，还是坐了回去。

封肆吃着东西，没话找话："我煮的面好吃吗？"陆璟深含糊地"嗯"了一声。封肆无奈道："陆总说两句好听的夸夸我又能怎么样？"陆璟深不知道怎么说，干脆不说。封肆叹了口气："好吧，我又自讨没趣了。"陆璟深没理他，低头看手机。

吃完消夜各自回房，没过几分钟，封肆又来敲门，陆璟深已打算去洗澡，开门时有点不耐烦："还有事？"封肆啧啧道："刚吃完我做的东西就这个态度？"陆璟深看着他："有话就说。"封肆晃了晃手里的东西："我在国外买的香薰，你是不是睡眠不太好？试试这个。我帮你拆开吧。"

他的语气难得不那么没正经，还似有几分关切。陆璟深回神时，封肆已经站在他床头边，拆开了香薰盒，将东西摆上床头柜点燃。

做完这些，封肆目光忽然一顿，看到了旁边的他的那双旧手套，意外地扬了扬眉，问陆璟深："陆总拿我不要的手套做什么？"

>> 三 <<

隔天陆璟深难得起晚了，过了七点半才睁开眼。封肆过来敲门，直接进来了衣帽间，在陆璟深换衣服时帮他挑选起领带。

"昨晚还是没睡好？"陆璟深眉头紧蹙，封肆看着他，"陆总，失眠了？你黑眼圈好重啊。"陆璟深淡淡道："你的香薰没什么用。"

"那就是我的错。"封肆走过来，站定在陆璟深身后，把挑好的领带放在他身前比了比，满意道，"就这根吧，昨天那根估计是不能用了。"

陆璟深的眸光微动，封肆已快速帮他系好了领带。今天又换了种打结法，没上次的那么花哨，但也是陆璟深没有尝试过的。最后封肆双手搭在他肩头，扬起唇角。

陆璟深别开脸，转身道："走吧。"

到公司办公室，刘捷按照惯例叫人端来咖啡给陆璟深，跟进来的封肆看到，伸手接过去："归我喝了，你们老大睡眠不好，以后少给他泡咖啡。"见陆璟深没有反对的意思，刘捷也懒得说了，总归他老板特别纵容这位封机长就对了。

他跟陆璟深报告起今天一天的工作，又提起北欧的科技合作投资贸易洽谈会发来邀请函，时间是下周四，问陆璟深是亲自过去，还是让别人去。陆璟深沉吟了一下，说："我去吧。"刘捷点头："好，那我去安排。"

秘书离开后，封肆走到陆璟深身边，随口问："下周去欧洲？"陆璟深道："嗯，你也做好准备。"

封肆没什么需要准备的，对他来说开飞机就跟家常便饭一样："你不累吗？要不要去度假？"陆璟深皱眉："你才度假回来，又想去度假？"

"我是说你，"封肆提醒他，"每天就靠咖啡强撑着，然后晚上睡不着觉，这样能行？去欧洲顺便去度个假放松一下，有什么不可以？"

办公桌后面陆璟深双手交叠在一起，无意识地轻轻摩挲着手指，像在犹豫。

封肆倾身向前，陆璟深的眼睫不断颤动："我听人说，你每年都会独自去欧洲度假一个星期？"

陆璟深不堪其扰地转开脸："你又是听谁说的。"

封肆收回手："反正就是听说了，我还以为你真的全年无休呢，原来还知道给自己放假啊，要不这次带我一起去吧？"

陆璟深不耐道："我为什么要带你一起去？"

"那要不换种说法好了，"封肆无所谓地说，"你去度假，我这个贴身保镖跟去履行职责，这样呢？"

静了一瞬，陆璟深道："再说吧。"

这个话题到此结束，封肆在陆璟深办公室里待了半小时，等陆续有人来找陆璟深报告工作，他也晃去了外面秘书办打发时间。

快十点时，陆璟清匆匆而来，谁也没理，直接进了陆璟深的办公室。封肆瞧见她风风火火过去的身影，起身跟了过去。

陆璟清进门，陆璟深从文件里抬头，并不意外地问她："有事吗？"

陆璟清大步走上前，到他办公桌前，恼怒问他："你逼着文钟叔提前退休了？特地挑我去外面出差的这两天？"

"爸也知道，"陆璟深解释道，"我跟他提过，他首肯了。"

"是上次妈过生日那天？你提早回去，就是为了跟爸说这事？"陆璟清几乎立刻就反应过来，愈发生气，"你们都知道，就只瞒着我？"

陆璟深抽了一份文件给她看，都是李文钟这些年在公司不正当得利的证据，他让人查了有大半年才查清楚。

"我本来想报警，爸说念在他当年的功劳算了，免得事情闹大影响不好。"

陆璟清只翻了两页就搁下了："我问的是，为什么不告诉我。你是觉得我不值得信任，会偏袒他，妨碍你动手？"

陆璟深认真解释："我是担心他利用你，不想你蹚浑水。"

陆璟清又气又无奈："你就是不相信我，我是跟他走得近些，但我们才是一家人不是吗？"

"我没有那个意思。"陆璟深微微摇头。

封肆看一眼腕表，十点整了。陆璟清出来时，封肆跟上回一样，就站在办公室外面。

陆璟清不想搭理他，封肆主动将人叫住："总裁，我想陆总他不是不相信你，没必要跟他置气吧。"

陆璟清有点没好气："你怎么知道，他跟你说的？"

封肆笑了一下："直觉。"陆璟清道："直觉？"

封肆点头："是啊，陆总应该挺看重你这位姐姐的，总裁不要误会了他才好。"

陆璟清审视着他，忽然问："你觉得你有这么了解他？"

"比起了解，我更信直觉。"

封肆这种自大的语气让陆璟清十分不快，想起她刚才在陆璟深办公室里看到的，陆璟深今天系了去年生日他们妈妈送的领带，艳丽的玫瑰红，应该是他第一次用，且打结的方式又换了一种。虽然是来质问人，她还是注意到了，陆璟深的这些变化，只有可能是因为面前这个人。

陆璟清面色微沉，语带警告："记住你的身份。"

封肆愈发想笑，这姐弟俩不愧是龙凤胎，连说的话都一样。

陆璟清离开后，他转身去秘书办找刘捷。

"陆总去欧洲参会的行程一共几天？"

刘捷正在吩咐助手做行程计划，顺嘴回答他："总要个四五天吧，加上来回路上的时间，怎么也得一周了。"

封肆道："下半个月陆总的行程安排表也给我一份，必须陆总出面的工作能延后的延后，不能延后的你想办法解决，到月底前都别给陆总安排工作。"

"啊？"

封肆道："陆总顺便要去那边度个假，月底前都不会回来。"

刘捷一脸不可置信，这个时候去度假？陆璟深每年是会给自己放一个星期假不错，但也不是这个时候，而且每次都会提前一个月把工作安排好，从来不会这样突然说去就去，工作全都推了，一去大半个月。

"是老大自己说的吗？"

封肆面不改色地扯谎："不是他说的，难道是我'假传圣旨'？"

刘捷一听头都大了："可这么多事情，老大不在，我怎么……"

"刘秘书，"封肆拍了拍他肩膀，"听说你想外放去外面分公司做个总经理，回来好高升？现在就是展现你工作能力的时候了。"

刘捷顿时正色，再不抱怨："行吧，我会安排好的。"

封肆笑着提醒他："实在拿不定主意的事情，可以去跟那位总裁商量。"不等刘捷皱眉，封肆接着说，"都是为了公司，没必要分那么清楚，陆总不会有意见的，你老板的心思，你揣摩得还是不够，继续努力吧。"

刘捷瞪眼，封肆交代完事情，一挥手去了陆璟深办公室。

他推门进去，陆璟深听到脚步声抬了眼。

"刚跟你姐吵架了？"封肆走上前。

陆璟深没有回他，看了眼时间，将手边文件收起来。

封肆走近他身边道："手伸出来。"

陆璟深没动，封肆直接抓起他右手，快速擦过去。

陆璟深眼里有转瞬即逝的惊讶，他的手中多出了一朵花，不知道封肆从哪里变出来的。

"外面的秘书小姐收到的花，我请她送了一朵给我。"封肆笑吟吟地解释。

"……你刚才是在变魔术？"陆璟深问得有些不确定。

"小把戏而已，"封肆得意道，"有趣吗？"

陆璟深有些恍神，他知道这个人会这些，当年也是这样，这人总是出其不意地变出一些小玩意来逗他，看到他露出惊讶表情才心满意足。

回过神来的陆璟深站起身，将花插回封肆胸前的口袋里，封肆玩味的目光里出现了一丝波动，像是惊讶。

陆璟深不咸不淡道:"别人送你的,你自己收着吧。"话说完,他先一步离开,去外头开会。

封肆垂眼看向胸前那朵娇艳的花,笑了笑,转身跟上去。

>> 四 <<

出发去机场的路上,陆璟深拿过平板翻起去欧洲之后的行程安排,看到后面大半个月的空白,他眉头微拧,到底没说什么。度假的事是封肆自作主张,后来刘捷来跟陆璟深请示,陆璟深犹豫片刻还是点了头,事情就这么定下了。

之后这一周,陆璟深一直在让人协调安排后面的工作,即使那张惯常严肃的脸上没显露什么,刘捷还是敏锐地察觉到了他老板最近心情不错。

二十分钟后,陆璟深坐进公务机航站楼的休息室里,看到了比自己早一小时来机场做准备的封肆。他还跟上次一样,独自在停机坪上监督机务加油,风将他的机师衬衣吹鼓起来,他也浑然不在意,姿态懒散且潇洒。

封肆嘴里咬着笔帽,接过机务递来的加油单,挥笔签下名字,把加油单递回,冲对方道了声谢,将笔收回自己兜里转身时,视线不经意地扫过航站楼的方向。

明知道外面的人看不到玻璃幕墙里面,陆璟深依旧下意识避开了他的目光。

起飞之后陆璟深随便吃了点东西,一直在卧室里休息。凌晨时分他又一次失眠,出来问刘捷拿了平板,想看看文件打发时间。十分钟后,空姐来敲门,小声告诉他,封机长请他去驾驶舱里。

陆璟深出现，封肆回头冲他一笑，示意他在自己身后的位置坐下。

"看窗外。"

陆璟深抬眼，他看到前方绮丽的光，正于无垠的黑幕下肆意迸射，斑斓变幻的色彩交替显现，撞入他微微惊讶的眼瞳里。

是极光，如银河倾泻，极致的美。

而他们的飞机似一叶扁舟，徜徉其下，下方是绵延千里不尽的冰川。

陆璟深出神看了片刻，听到封肆的声音问："好看吗？"

他的视线收回，前座的人正回头笑意盈盈地看他，眼里也有极光旖旎的色彩。

一旁的老机长随口感叹："我都多少年没看见过极光了，飞北极航线飞得少。"

"我有段时间倒是经常看，"封肆道，"以前在北欧这边也待过半年。"

老机长闻言好奇问他："你还给北欧人开过飞机？"

封肆道："是啊，因为有人说，想来这里看极光。"

他的脸上一直是那种散漫的笑，说这句话时甚至没再回头看陆璟深。陆璟深眼睫轻颤，他知道封肆说的人，或许就是他。

当年他确实说过，有空的话，想来这边看极光。

最终成真，却是在七年后的现在，在这架飞机上。

陆璟深站起身，封肆叫住他："不看了？"

陆璟深微微摇头。

"现在才北欧当地时间上午七点，还早，"封肆提醒他，"再去睡一觉吧，很快就到了。"

陆璟深的目光在他脸上停了片刻，封肆再次回以微笑，他转身离开。

早上十点，飞机降落在纳维亚首都机场。陆璟深后来还是睡了两个小时，但是精神依旧有些不济。下飞机时站在舱门边的封肆伸手扶了一下他，轻声提醒："陆总，看路了，走路别打瞌睡。"陆璟深没有理他，快步下了飞机。

到酒店后，刘捷问陆璟深还要不要吃点东西，陆璟深拒绝了，让人别打扰自己，直接回了房。他想再睡一觉，躺在床上却没有睡意，半小时后有人来敲门，门外站的人不出意料是封肆。

封肆晚了半小时才从机场过来，到酒店后找刘捷问了陆璟深的房间号直接上来，把刘捷那句"别去打扰老大"完全当作了耳边风。

"我就知道你睡不着，我陪你吧。"不等陆璟深拒绝，他已经挤进了房间里。

房中暖气充足，封肆进门就脱了飞行夹克，随手扔沙发上，冲陆璟深努了努嘴："你回里面去睡觉吧，我借你沙发躺一会儿。"

"你可以回自己房间。"陆璟深皱眉。

封肆道："暖气坏了。我在飞机上也基本没睡。"他往沙发里一坐，直接躺下了，手臂横过眼睛，看得出来他确实很疲惫。

陆璟深道："你一定要在这里睡吗？"

封肆转过脑袋，手臂上移到了额头，侧目看向他："不然陆总让我睡在走廊上吗？"

陆璟深收回手，扔下一句"你就在这里睡吧"，回了房。

封肆的手臂挡回了眼睛，唇角上浮，无声一哂。

陆璟深进卧室关了门，重新躺上床，脑子里紧绷住的那根弦逐渐放松下来，终于入眠。醒来是下午两点，客厅沙发里的人已经不在。

洗漱时，他看到封肆半小时前发来的消息："我先去楼下餐厅吃点东西，顺便帮你打包点带回来。"

十分钟后，陆璟深走进餐厅，先看到了封肆，那个人懒洋洋地倚着座椅背，一边吃东西一边与人谈笑风生。他对面坐的人，是陆璟深私人飞机上的一位空姐。陆璟深想了一下，没想起对方叫什么。

陆璟深走过去，封肆笑问他："起来了？我不是说了我给你打包带上去吗？你怎么还自己下来了？坐吧。"他说着，拉开了自己身边的座椅。

陆璟深的加入让林玲一时有些拘谨，她还是第一次跟老板同桌进餐。

好在陆璟深的注意力完全不在她这里，坐下点了餐，一句话没说。

封肆似乎也半点不在意身边多了位老板，悠哉地吃着东西，继续聊天。

林玲犹豫了一下，不甘心错过机会，继续刚才被打断的话题："今晚这里会举办音乐节，我提前托这边的朋友订了票，封机长你有空一起去吗？"

封肆好奇地问她："听说那个音乐节的票挺难买的，本地人都不一定能买到吧？"

林玲点头："我朋友恰好有路子，帮我弄到了两张，你要去吗？"

"我倒是想去，"封肆笑了笑，转头问陆璟深，"陆总肯放我去吗？"

陆璟深目光顿了顿，沉默了一下，他说："今晚主办方安排了欢迎酒会。"

封肆仿佛十分遗憾，向林玲道歉："不好意思，老板发话了，我得工作，去不了。"

林玲有些尴尬："那算了，我找别人一起去吧。"她快速吃完了自己那份餐点，先一步离开。

陆璟深默不作声地切鱼排，封肆喝着水，看他。

"不喜欢就别到处乱聊，"陆璟深的声音冷淡，并未抬眼，"很容易让人误会。"

封肆笑道："谁会误会？"

固执

陆璟深微微拧眉,不等他再说,封肆慢条斯理地解释:"陆总确实误会了,刚我一个人在这里吃东西,她也恰巧过来,才一起坐下了,她特地托人买票邀我去音乐节,我要是直接拒绝了,不是很让人下不了台?所以勉为其难,让陆总做恶人了。"

"不过……"

封肆故意停下,陆璟深终于停下手中的动作,抬起眼睛看向他。

"别人误会不误会的,似乎跟陆总没什么关系吧?"说完封肆再次笑了笑。

陆璟深轻抿了一下唇角,没有回答。他不想回答问题的时候,封肆说再多也没用。

封肆也不再执着于这个话题,叫来服务生又点了一份甜点。

巧克力熔浆蛋糕送上桌,封肆拿小刀将蛋糕一切为二,分了一半送到陆璟深面前:"尝尝这个。"

陆璟深下意识地拒绝,他从不吃甜点。

"甜的不爱吃,就只靠苦咖啡吊命,难怪活得这么苦大仇深。"

封肆品尝着甜点,挖苦人的话张嘴就来。也只有他敢在陆璟深面前这么阴阳怪气。

陆璟深平静道:"你成语造诣挺不错的。"封肆乐了:"你是觉得我不应该会这个?"陆璟深道:"没有。"

"既然认同我的话,把这个吃了。"封肆提醒他。

陆璟深皱眉看着自己面前的这半块蛋糕,切口处流出黏糊的液态巧克力,实在提不起胃口。但被封肆目光一直盯着,他到底还是拿起了小勺子,送了一点到嘴里。

甜腻的味道在味蕾间炸开,陆璟深一阵头皮发麻,勉强将蛋糕咽下去。

封肆的视线跟着他的动作转,被陆璟深的神情取悦了:"这么接受

080

不了？"

　　陆璟深瞥他一眼，喝了口水，慢慢说："巧克力也是苦的。"只是这个苦味里掺进了过多的甜，让他有些难以接受。

　　"明明是好东西，你却敬而远之。"封肆意味深长地问，"陆总，你这算是太过固执吗？"

　　柠檬水的味道冲淡了甜味，陆璟深放下杯子，淡淡道："东西吃完了，走吧。"

　　封肆看着他，忽然倾身过来。

　　陆璟深一怔，眼前出现了一张纸巾，封肆笑着解释："嘴巴上，沾了东西。"

>> 五 <<

　　之后几天，陆璟深白天出席洽谈会，周旋于生意场上，晚上还要应酬各种晚宴酒会邀约，一刻不停。他原以为封肆会耐不住无聊，自己出去找乐子，但那个人没有。封肆不但每天寸步不离地跟着他，还分担了很大一部分刘捷该做的工作，把陆璟深从外到内的诸多事情安排得井井有条。

　　"我这个贴身助理，是不是让陆总刮目相看了？"帮陆璟深系上领结时，封肆笑着问他。

　　陆璟深的目光越过他的肩膀，看向前方镜子里的自己，刚才他已经靠在沙发里眯了一会儿，眼中依旧有疲态。

　　来了这里时差没完全倒过来，就持续四天连轴转，有时候累得不想说话了，依旧要勉力打起精神与人周旋，刘捷他们也不是不能干，但很多事情没有他开口，其他人根本不敢跟人拍板，最后还是要靠他。

固执

封肆却不一样，这个人仿佛根本不知道越俎代庖为何意，上亿的生意也敢胡乱插嘴，不打招呼直接替陆璟深拿主意。

"在想什么？"封肆一手插着裤兜，另一只手慢慢把衬衣领口捋平。

陆璟深叹了口气，眼前是封肆泰然自若的脸，这个人似乎永远都这么游刃有余。

对上陆璟深似在发呆、又似盯着自己的目光，封肆扬了扬眉："你是睁着眼睛在睡觉吗？"

陆璟深回神，对封肆的冷笑话并不感兴趣。

封肆笑着说道："每天行程安排得这么满，回到酒店还要熬夜处理国内的事情，有必要这么拼吗？"

陆璟深回道："你怎么知道？"

"问我怎么知道你每晚熬夜操心国内的工作，"封肆好笑地说，"你看看你自己的眼睛，黑眼圈都出来了，而且那位刘秘书每天早上听你布置工作，我随便听两耳朵不就知道了。"

他提醒陆璟深："你要是真相信你姐姐，就多交些担子给她，何必把事情都往自己身上揽。"

陆璟深轻声解释："公司里才有高层人事变动，怕有人趁机生事。"其实眼下绝不是外出度假的好时机，他本该出席完商务行程立刻回去，但最终他还是纵容了封肆的自作主张。

"就算有人趁机生事，总裁她压不住吗？"封肆不以为然，"陆总就是习惯了自己大包大揽，好让别人轻松，我看你们三姐弟，你是过得最累的那个吧？天天神经这么紧绷着，不难受吗？"

陆璟深的神情有些不好看，封肆"啧"了声："又板起脸了。"

晚上陆璟深去参加了一场私人舞会，只带了封肆一个助理。热情的

· 082 ·

格里格圆舞曲，明亮的水晶吊灯，舞池中一圈一圈旋转的光影，起伏的裙摆，热闹的欢声笑语，寒冷漫长的黑夜被隔绝在外，北欧人也并非全都是陆璟深以为的不喜社交。

这样的场合并不适合陆璟深，但发出请帖的人刚刚跟陆璟深谈成了一笔大买卖，盛情难却，他只能来这一趟。

除了进来时与舞会的主人打过招呼，陆璟深全程站在人群之外，手里捏着红酒杯，不时抿一口，打算等时间差不多了便离开。好在这里也没几个人认识他，偶尔有人经过友好地与他说笑一二句，并不难应付。

封肆慢条斯理地往嘴里扔巧克力，这种场合倒是挺合他胃口的，不过他因职责所在，得一直跟着陆璟深，不好擅离职守。

有盛装打扮的女郎过来，热情地用英语向陆璟深提出共舞的邀约，陆璟深目露歉意："抱歉，我不会。"

女郎略略失望，说可以教他，陆璟深仍是拒绝。

封肆站直身，上前一步不着痕迹地挡在了陆璟深身前。他微笑着向女郎示意，躬身伸出右手，标准的英伦绅士邀舞时的姿势，尽管与他的穿着打扮格格不入。

"我可以请您跳支舞吗？"

女郎昂起头，目光落在封肆的俊脸上，她不喜欢装腔作势的Y国人，但面前这张东方面孔又十分吸引她，女郎勉为其难地伸出手，搭上了封肆的掌心。

圆舞曲还在继续，盛大的华尔兹，音乐声、笑声，舞池中是蹁跹旋转的男男女女们，空气里弥漫着香水和鲜花的味道，这一切都让陆璟深感到不适。

只剩他一人独自站在舞池边的角落里，不知是酒精的作用，还是头顶过于刺目的灯光，让他觉得晕眩。

周遭的景象逐渐变成了流动的幻影。

酒水滑过喉咙，陆璟深觉得自己好像晕得更厉害了，那双一直笑着的眼睛，逐渐与记忆中的一幕重叠。

初踏上那段冒险旅程的第三天，他随身带的财物被盗，想要赊欠租车去往下一站大城市，没人肯搭理他，唯独那辆风尘仆仆的悍马停在他面前，车上下来的男人嘴角叼着烟靠在车门边，含笑的眼睛放肆打量他。

"没见过世面的公子哥也敢独自跑来这里，要跟我走吗？"

那时那个人是这么说的，以为他没听懂，其实他听明白了，也跟着那个人走了。

"要跟我走吗？"

封肆的声音靠近，陆璟深的瞳孔微微一缩，从回忆里抽身，恍惚看向不知几时回来他身边的人。

封肆笑着问他："你刚在想什么，反应这么大？"

陆璟深沉默一会，问："你刚说了什么？"

"要跟我走吗？"封肆道，抬手指了指腕表，"这个点了，可以走了吧？"

陆璟深已迅速收敛了情绪，平静道："没有，走吧。"

从舞会上出来，是夜里十一点，深夜阒寂，只有寥寥灯火。接他们的车停在外面，封肆没有像之前一样帮陆璟深拉开车门，而是说："这里离酒店也不远，不如我们走回去吧。"

陆璟深有些不情愿，封肆直接冲司机挥了挥手，用挪威语说了两句话，对方点头，独自将车子开走。

陆璟深知道封肆会挪威语，这几天他已经不止一次地帮他们做过一些简单的翻译，陆璟深忽然想到，是因为他说的，从前在这边待过半年吗？

封肆计谋得逞地笑道:"现在你只能跟我一起走回去了。"

陆璟深双手插在大衣口袋里,有些冷,好在还能接受:"走吧。"

封肆随手解下围巾扔给他:"拿着。"

陆璟深下意识伸手接了,不待拒绝,封肆已先一步朝前走去,陆璟深抬眼间看到那个人皮夹克下宽阔挺拔的肩背,犹豫之后,还是将那条围巾缠上了脖子。

"下次出门多穿点,这边冬天冷。"看到陆璟深跟上来,封肆提醒他。

陆璟深犹豫地问:"你的挪威语,是在这边工作那半年学会的?"

封肆随意一点头:"是啊。"

陆璟深道:"你之前,好像换过很多份工作。"

封肆转头:"你有兴趣知道原因?"

他的眼睛在黑夜下更显得明而亮,像含着某种莫测的意味,陆璟深避开了他的目光:"算了。"

封肆轻轻一哂,陆璟深低了头不再作声地朝前走。

一路看着地上自己被路灯拉长的影子,直到身后人跟上来扯住了他一边手臂:"看前面。"

陆璟深一愣,抬目顺着封肆视线的方向看去,远方天际倾泻下若隐若现的绿光,如漂浮的玉带,亦如河水在温柔流淌,不多时又逐渐变幻出其他缤纷的色彩,于夜幕下肆意渲染。

是极光,不像在飞机上看到的那般明亮而真切,仿佛夜色下的一场奇幻的魔术秀。

陆璟深看得有些出神时,听到贴近耳边的笑声:"你运气真不错,这个地方也不是总能看到极光,我在这边半年,真正在这里看到这还是第一次。"

陆璟深转头望向他。

固执

极光与星夜下，时间好像静止了一般。

>> 六 <<

隔天一早，结束了这边行程的刘捷和其他人先一步回国。

陆璟深习惯了早起，哪怕他的睡眠并不好。他心烦意乱间地走出酒店，原本想独自一个人在附近转一转，走到街尾时，却看到了封肆在对面的书摊边买明信片，正与摊主谈笑风生。

陆璟深在街边停步，安静地看着他，半晌没动。直到手机铃声响起，是陆璟清打来的电话。

陆璟深按下接听，电话另一端的人问起他是不是在度假，之前怎么没听他说过。陆璟深心不在焉地回答：“临时决定的，正好来这边参加洽谈会。”

陆璟清沉默了一下再次问："阿深，这个时候你去度假吗？而且一去两个星期，是跟你那个助理一起？"

陆璟深含糊"嗯"了声，陆璟清提醒他："我不知道你究竟是怎么想的，但是我觉得你最近很不对劲，尤其是你招聘了那个新助理之后。"

陆璟深眉峰轻蹙，下意识道："不是，不是你想的那样。"

陆璟清道："你不必跟我否认，重要的是你自己心里的想法，我也只是关心你而已，以前的事……"

陆璟深打断她："姐，公司的事情，先拜托你了，我休息一段时间就会回去。"

他很少这么称呼陆璟清，毕竟他们前后出生相差没超过半小时，但每次他这么喊时，陆璟清便知道他是认真地在恳求自己。

"算了，你心里有数就行，好好休息吧，公司我会看着。"

挂断通话陆璟深略松了口气，对街的人不经意间转头，目光落向他。陆璟深作出反应前，封肆嘴里叼着烟，已经晃过马路朝他走了过来。

"站这里做什么？"

不等陆璟深回答，封肆又笑吟吟地蹦出一句："早安，Alex。"

陆璟深微微一愣，当年那三个月，每天清早封肆都会笑着跟他说同一句话，他记得，封肆也记得。

陆璟深回神问他："你一大早就抽烟，烟瘾这么重。"

封肆随手捻灭烟："无聊而已，你一大早又出来做什么？"

"醒了就出来走走。"陆璟深的神色有些不自在。

封肆晃了晃手里的明信片："你要吗？难得来这里一趟。"

陆璟深并无兴趣，他家里人都是满世界走遍了的，不需要他寄明信片，除此之外，他也没有交情好到可以寄明信片的朋友。

封肆一眼看穿他："算了，当我没问过。"

他们一起回了酒店，在餐厅用早餐时，封肆拿出笔来写明信片。坐在对面的陆璟深看不清他在写什么，注意力落到他手中那支笔上，是来时那天在机场签加油单时，他用嘴咬住笔帽的那支。

封肆写完抬头见陆璟深盯着自己的笔看："这支签字笔是限量纪念版，我去年在中东那边买到的，你想要？"

陆璟深道："……去中东工作又是为什么？"

"你说那个，"封肆随口解释，"那边土豪多吧，像某人当年身上被偷得连一块钱都不剩，手上却还戴着价格几百万的名牌手表，也是土豪，要不我也不敢随便载他上车。"

他的话似真似假，像是一句不走心的玩笑，陆璟深却忽然有些食不知味。

封肆把笔递过来："看上了就送你。"

陆璟深犹豫了一下，伸手接过笔。

写完明信片，封肆又问："我听你弟弟说，你每年度假都是去 F 国，在那边买了个酒庄？"陆璟深敷衍道："那边清静。"

"原来你度假就是找个没人的地方避世啊！"封肆微笑说，"能带我去看看吗？"陆璟深到嘴边的拒绝顿住，在封肆明亮带笑的目光注视中，改了口："你想去就去吧。"

吃完早餐，封肆去投寄明信片。

酒店对面街边就有邮筒，陆璟深站在一旁等他，目光瞥过去，封肆一共寄出了两张明信片，不知道是寄给什么人。封肆回身过来时，他垂了眼，注意力落在街边的石头上。

"你刚是不是在偷看我？"封肆冷不丁问道。

陆璟深拧眉，封肆道："好奇我寄明信片给谁？"

陆璟深目光落回他，有些欲言又止。

"明信片是寄给——"封肆拖长声音，笑盯着他的眼睛，"我不想告诉你。"

意识到自己被他耍了，陆璟深脸色微僵，声音也冷硬了几分："走吧。"

才转身，又被封肆攥住手臂拉回去："想知道就直接问，别别扭扭有意思吗？"陆璟深道："我不想知道。"

先前他确实有些好奇，但封肆这种仿佛能掌控一切的态度，让他十分不舒服，昨晚是，今天也是，他宁愿不知道。

封肆松开手："好吧，那算了。"陆璟深转身就走。

封肆跟上去，偏头盯着他的脸："生气了？"陆璟深不想理人。封肆笑道："陆总脾气好大啊，说两句就生气了。"

陆璟深停住脚步，转身面对他："别用激将法，我也不吃这一套。"

封肆笑出声音："Alex，我发现，你其实还挺有趣的啊。"

大概是生平头一次被人说有趣，陆璟深虽然不喜，但顺着他的话说了："你也不差。"

"那是当然的，我很高兴能从你这里得到这样的评价。"封肆厚着脸皮道，在陆璟深作出反应前，揽过他肩膀，"走吧，我带你去到处转转。"

中午时分，封肆带陆璟深去海港的码头餐厅吃饭。进门他先跟餐厅老板打了招呼，像十分熟稔。陆璟深见怪不怪，封肆这种个性的人，就如他自己说的，想交朋友再简单不过。

选了个视野好的位置坐下，陆璟深朝外看去，窗外便是海，在日光下闪烁着银色光辉，偶有细风，吹起粼粼微波。海水咸涩的气息裹挟着淡淡花香扑面而来，让他全身心都放松下来。

封肆点餐，不时抬眼看他："你觉得这里风景怎么样？"

"挺好的。"陆璟深随口说，视线依旧停在前方的海平面上。

"我也觉得挺好，"封肆笑道，"我以前住的地方就在这附近，每天工作结束回来，都能看到这片海，那时候偶尔还觉得，一直在这里待下去，似乎也不错。"

陆璟深目光转向他，迟疑问："既然这样，为什么还要换工作？"

封肆想了想，回答："可能因为，没等到我想找的人吧。"

他的语气似认真又似玩笑，陆璟深沉默须臾，抿了一口杯子里的薄荷水，视线重新落回了海上。

封肆点的菜陆续送上桌，都是当地的特色菜，以海鲜为主。

"尝尝吧，来这里不吃这些等于白来了。"

封肆兴致勃勃，给陆璟深介绍菜色，陆璟深虽然胃口一般，也配合地拿起了刀叉。用餐快结束时，餐厅老板过来问他们今天的菜怎么样。像是为了陆璟深能听懂，他说的是英语，封肆提了些改进意见，陆璟深被问到时则轻轻点了点头，与对方道谢。餐厅老板十分开朗健谈，跟封肆闲聊了几句,最后离开时,还用挪威语问了封肆一句什么。

封肆瞥一眼陆璟深,笑着回答,说的也是挪威语。

人走之后,他告诉陆璟深,刚才对方问的是,陆璟深是不是他朋友。

"我说,是。"

陆璟深沉默了一下,轻轻点了点头。

Chapter 4

下墜
SHEN CHAO

/ 第四章 • Chapter 04 /

下坠

>> 一 <<

从餐厅出来,他们沿着海港长廊往前走。陆璟深一路都没怎么说话,沉默地看风景。

封肆叫了他一声:"Alex,拍张照吧。"

陆璟深第一反应便是拒绝,除了证件照,他极少拍其他的照片。封肆已经掏出手机,打开摄像头,请了过路人帮忙。他一手揽过陆璟深,提醒他:"就拍一张,看前面。"

陆璟深的身体略僵硬,帮忙拍照的大叔举高手机,以他们身后的海和天为背景,为他们拍下了一张合照。

手机递还到封肆手中,他跟人道谢,查看刚刚拍下的照片。陆璟深的唇紧抿,神色紧绷,脸上没有半点笑意,即便如此,这也是他和陆璟深的第一张合照。

"让你笑一笑就有这么难吗?"封肆无奈道。

将手机屏幕送到陆璟深面前,让他自己看,陆璟深有些尴尬地解释:"我不习惯拍照。"

封肆问:"我能把照片发进朋友圈里吗?"

陆璟深的眉头又拧了起来,他看过封肆的朋友圈,里面有他跟形形色色的男人女人的合照,这个人的生活过于丰富多彩,那是他敬而远之没有半分兴趣的世界。

"不行。"陆璟深斩钉截铁地拒绝。

封肆问:"为什么不行?"

陆璟深摇头:"你如果一定要发,现在就删了。"

封肆盯着他的眼睛,陆璟深坚持道:"要么删了,要么别发。"

封肆嘴角牵扯出一个意味不明的弧度,收起手机:"行吧,不发就不发。"

之后半个下午,他们就这么漫无目地在这座城市里闲逛。陆璟深始终心不在焉,四点不到便提出回酒店。

晚饭是在酒店房间里吃的,封肆来敲门时,陆璟深正在处理国内的工作,笔记本和平板一起开着,忙得晚餐只用了一半就放凉了。

"都开始度假了,不用这么拼吧陆总。"封肆随手帮他把笔记本合上,"刘秘书走时没把你工作相关的东西都带走?"

陆璟深阻止的话没来得及说出口,封肆拿过他的笔记本和平板搁到一边:"没收了。"

陆璟深道:"你来做什么?"

"来检查你是不是又在工作,果然不出我所料。"

封肆的声音忽然顿住,注意到了地上陆璟深摊开的行李箱。陆璟深视线跟着落过去,面色微变,大步上前,"砰"的一声用力带上了箱盖。封肆侧目看向他,故意与他较劲,似笑非笑:"陆总的行李箱里,是藏了什么不能见人的东西吗?"

陆璟深故作镇定道:"这是我的私人物品,你无权过问。"

封肆看到他眼神里的慌乱,收回手:"那好吧。"

陆璟深快速拉上行李箱拉链，上了密码锁，直接下逐客令："我要洗澡睡觉了，你回去吧。"

封肆不理会："你去洗吧，我在你这坐一会儿。"

这个人打定了主意要赖在这里，陆璟深知道自己轻易赶不走他，也没心思跟他耗，不再搭理人，转身去了浴室。

早八点，封肆上楼来敲陆璟深的房门，没有反应。他拨出电话，那边响了好几声才接，陆璟深的嗓音沙哑且鼻音浓重，问他做什么。

"你还没起？"封肆瞥一眼腕表，确定自己没弄错时间，"鼻音怎么这么重？生病了？来开门。"

等了五六分钟，房门才从里面拉开了一小道，露出陆璟深怏怏的脸。他眉头紧蹙，身上穿的仍是睡衣，脸上有不正常的潮红："有事吗？"

封肆撑着房门，手伸过去探了一下他额头，果然发烧了。

"假期才开始就病倒了，你怎么这么可怜啊。"嘴上说着挖苦人的话，封肆没给陆璟深关门的机会，强硬地推着他进门。

"你走吧，"陆璟深不耐道，"我睡一觉就行了，你去玩你的。"

"不玩了，"封肆坐在沙发上说，"你继续睡觉，我就在这里陪着你。"

"不需要……"

陆璟深还要拒绝，封肆直接打断了他："脸都烧红了还逞强呢，我不管你你打算一个人在这里自生自灭？"

陆璟深不太想理他，侧过头去。封肆抬手碰了碰他滚烫的脸，叹了口气。行程排满，熬夜工作这么多天骤然放松，病倒了实在不奇怪。

"这里还是太冷了，你不适应也正常，明天要是烧退了，我们直接去 F 国吧？"

封肆的提议，陆璟深也不知道听没听进去，闭起眼很快又睡了过去。

封肆就这么看着他，在床边安静坐了片刻后，起身离开。

陆璟深再醒来已临近中午。

封肆靠坐在床边地毯上看手机，察觉到身后动静回头看向他，陆璟深还有些迷糊，眼神迷茫，封肆被他的神态逗笑："醒了？不认识我了？陆总还是这样半醒不醒时的样子讨喜些。"

陆璟深逐渐清醒，封肆的手伸过来，将电子体温计贴到他额头上："37.5°，没刚才烧得厉害了。"

陆璟深撑起软绵无力的身体，犹豫地问他："你一直在这里？"

"去了一趟超市，顺便回房间拿了体温计和药来，"封肆把退烧药倒出来，和温开水一起递到陆璟深手边，"我猜你肯定没准备这些，吃了吧。"

陆璟深神情有些恍惚，没有伸手接。

封肆道："发什么呆，难不成还要我喂你啊？"

被他揶揄的目光盯着，陆璟深回神拿过药，仰头快速吞了。

封肆笑着问他："要吃饭吗？我煮了点粥。"见陆璟深不给反应，封肆站起身，弯腰轻拍了拍他的肩，"你怎么又在发呆了？去洗漱吧。"封肆走出卧室，陆璟深闭起眼，呆坐片刻，下床进去了浴室里。

洗完澡出来时，封肆刚把煮好的粥盛出锅。陆璟深这间房是套房，有个小厨房，锅和餐具以及食材则是封肆先前去超市买的，清淡的虾仁瘦肉粥搁上餐桌，封肆冲他示意："过来。"陆璟深走到餐桌边坐下。

封肆也随手拉开旁边的椅子，坐下看着他吃东西："昨晚又失眠到几点？"陆璟深的神色微微一顿："没有。"

他没肯承认，昨夜他确实又辗转反侧了大半夜，想起面前这个人既生气又难受，偏偏却无法像对别人那样与他彻底划清界限。封肆的存在就是他的一块心病，让他如鲠在喉，又无能为力。最后睡着是三点还是四点,他自己也不清楚,只知道一醒来就觉得浑身无力发烫,病倒被这个人看了笑话。

病了的人吃东西也没有胃口,陆璟深显然食不知味,还一直心不在焉。见他粥喝了一半就放下碗想起身,封肆伸手把人拉住:"就一小碗粥,喝完吧,别跟小孩子一样,吃东西还剩个一半。"

陆璟深不悦道:"你是不是管得太宽了?"

"我以为这也是贴身助理的工作职责。"封肆下巴再次点了点他面前那碗粥,"喝完。"

陆璟深实在没心情跟他纠缠,僵持片刻,重新拿起了勺子。

吃完饭封肆依旧赖在陆璟深这里不肯走,拉开窗帘看了看外面:"天晴了,今天天气不错,本来还想带你去附近山里转转的,算了,以后还有机会。"

刺目的阳光落进客厅里,陆璟深下意识抬手挡住眼睛。封肆回头看到他的动作,笑着提醒他:"你不觉得你身体太差了吗?以后要多出去走走晒晒太阳。"

"口无遮拦也是你的工作职责?"陆璟深放下手,冷冷问他。封肆神态自若:"我以前没给人做过助理,做得不好陆总多担待些吧。"陆璟深不再理他,回了卧室。

下午陆璟深也一直在昏睡,高烧反反复复,出了一身的热汗,越睡越昏沉,六点多时被封肆叫醒,更觉身上无力。晚餐就只喝了半碗粥,又重新躺回了床上。封肆让他吃了第二次药,再次给他试体温,37.8°,摸了摸他的额头:"怎么还没退烧,明天再这样得去医院了。"

陆璟深没有力气挣脱,闭起眼:"你走吧。"

封肆道:"我不走,就在这里,你睡你的。"

陆璟深身体还是很不舒服,不一会儿就睡着了。

>> 二 <<

陆璟深难得睡了个好觉,早上醒来身上热度彻底退了。封肆最后一次给他测体温,放下心:"36.5°,看来我的法子果然有用。"陆璟深不想搭理他,无论如何,他们的度假计划没有因为这一小段插曲泡汤,隔天便出发飞去了F国。

飞机上,林玲将餐点送进驾驶舱,老机长正问起封肆到了那边之后的安排,问他有没有兴趣去自驾游。

封肆摘下耳麦,随口说:"有兴趣是有兴趣,不过我已经有约了。"放下咖啡时,林玲也问他:"封机长,你在F国那边也有朋友吗?"

封肆笑着眨眼:"是啊。"

林玲轻抿了一下唇,祝他用餐愉快,转身离开了驾驶舱。

飞机落地F国首都是中午,去酒店的路上,封肆问起陆璟深来这里的原因:"我以为你会说直接飞去南法。"陆璟深淡淡道:"家里有个长辈在这边定居,来之前我妈让我带了些礼物来。"封肆问:"我陪你一起去?"陆璟深拒绝道:"不用。"

封肆对于这个结果并不感到意外,陆璟深总是这样,有意将他拒绝在私人领域之外。即便他正大光明地住进了陆璟深的家里,但陆璟深的私事,从来不肯让他触碰。如果他再强硬一点,非要跟着去,陆璟深只怕会翻脸。

"那好吧,你注意安全,早去早回。"

到酒店后陆璟深叫车独自离开,傍晚才回。上楼回房间,经过跟他同一层的封肆的房间门外时,他停住脚步。房间门没关,那位女空乘林玲侧对着房门的方向坐在沙发里,低着头似乎在哭,封肆靠站在她对面的墙边，不时给她递一张纸巾。察觉到陆璟深的目光，封肆偏头看过来，陆璟深收回视线，径直走了。十分钟后，封肆来敲门，陆璟深正准备出门去吃晚餐。拉开门陆璟深也没理他，回去里头换衣服。

封肆跟进来："你去探望长辈，对方都不留你吃顿晚饭？"陆璟深依旧没理人。

封肆轻眯起眼，像想到什么，轻轻莞尔："陆总别误会啊，林玲刚又来约我，上次陆总教育我不喜欢就不要乱聊，我受教了，跟她把话说清楚，她大概有些受打击，一时没绷住才哭了。不过好吧，惹女生哭了确实是我的不对。"

陆璟深的目光终于瞥向他："你很得意吗？"

"没有，"封肆收起玩笑的意思，认真解释，"毕竟同事一场，闹出不愉快总归不好。"

陆璟深换完了衣服，走他身边过时，丢出句"下次注意点"，大步出了房门，封肆无奈笑了笑，跟上去。

吃完晚饭，天色渐暗下，这座城市的夜生活才刚刚开始。封肆带陆璟深去了酒吧，陆璟深其实不想去，但这个点回去酒店也不过坐着干瞪眼，踟蹰间他已经跟着封肆走到了酒吧门口。

封肆拉着他往里走。陆璟深很快就后悔了。音乐嘈杂，灯光昏暗，烟酒味扑面而来，还有人群聚集带来的过热气息，所有这些都让他备感不适。中间的台子上，只穿了一条紧身裤的人正在上演钢管舞，台下是群魔乱舞陷入极度亢奋中的看客。陆璟深脸色变得有些难看，转身想走，被封肆拖住手臂拉回来。

"去喝杯酒？"陆璟深眉头紧蹙，封肆拉着他去了吧台边。

封肆坐上高脚凳，酒保回头看到他，先是一愣，随即面露欣喜，热情地跟他打招呼。

他们说的是法语，陆璟深能听懂，但没有心情听。

"Feng，好久不见，你回来工作了？"

"来度假而已，明天就走了。"

"真遗憾，你不来，这里生意都不如以前了。"

"没看出来，我们刚被挤得差点连门都进不来。"

封肆随口跟人调笑，接过对方递来的鸡尾酒，将其中一杯递给陆璟深。陆璟深没有接，冷眼扫过四周，眼前是光怪陆离的一幕幕。所有人都是一样的醉生梦死、放浪形骸。

或许封肆也曾经是他们当中的一员，在这里拥抱过一个又一个面目模糊不清的人。

陆璟深一阵反胃。

封肆偏了偏头，酒杯往他面前送："喝酒吗？"

陆璟深回头看向他，眼里冰冷的情绪让封肆微微一愣，没等封肆反应过来，他已经转身快步而去。

封肆搁下酒杯，没有理会身后酒保的挽留，起身追了上去。

酒吧里人实在太多太拥挤，陆璟深逆着人流往外走，与周遭的人摩肩接踵而过。那些令人作呕的酒味、烟味和香水味侵蚀着他的神经，让他越觉难堪和难受。好不容易出了酒吧，呼吸到新鲜的空气，胃酸上涌，他趴到路边的扶栏上，一阵干呕。

封肆走上前，用力将他扯起："Alex！"

陆璟深抬眼，泛红的眼梢浸染了夜色的浓稠，竟然显出几分可怜的意味。封肆神色复杂地打量他："不喜欢这种乌烟瘴气的地方？算了，我们换个去处吧。"

二十分钟后，封肆买了一打啤酒，拉着陆璟深在附近教堂外的台阶上坐下，拉开一罐，泡沫溅了满手，他不在意地随手一甩，递给陆璟深："这个总能喝吧？"

陆璟深的心情平复了些，变成了满腔说不出的复杂滋味，看着递到自己面前来的酒，半晌才伸手接了。

啤酒罐捏在手里，陆璟深没喝，看着封肆又拉开另一罐，送到嘴边，酒水顺着他喉结滑动的动作慢慢咽下，泡沫沾在他唇边被他随意舔去。

见陆璟深垂着脑袋像在发呆，封肆手伸过去，冰凉的啤酒罐碰到他的脸，陆璟深侧头躲开，眉峰轻蹙。

"别总是一副苦大仇深的样子，"封肆喝着啤酒，提醒他，"你就是心理包袱太重了，才总是端着放不开。"

陆璟深冷硬道："不必你说。"

"不说你能改吗？"封肆的目光转向他。

沉默片刻，陆璟深站起身，封肆伸手将他拉坐下来："不想听我不说了就是，喝酒吧。"陆璟深道："你一定要在这里喝？"

"那不然在哪里喝？"封肆凑近过来，看着他笑，又恢复了那副不正经的模样。

回到酒店，陆璟深默不作声地刷卡开门，封肆双手插衣兜里看着他的动作，在门开的瞬间拉了他一把。

陆璟深回头问："还有事？"封肆偏了一下脑袋："今晚真的很不高兴？"

陆璟深不太想提这些，微微摇头。

封肆道："不高兴就直说，以后不带你去那种地方了，我跟你说声对不起吧。"

陆璟深一愣，没想到他会这么说。

"你这什么表情,我说对不起很让你意外吗?"封肆道,"我没想到你反应那么大,是我欠考虑了,不该带你去的,让你难堪,不会有下次了。"见陆璟深不出声,他又添上一句,"你不会也想跟我坚决划清界限吧?"

陆璟深道:"……你回去休息吧。"

封肆道:"那就是不生气了?"

陆璟深反问他:"我跟你生气有用吗?你回去吧。"

他还是这样装着镇定,封肆凝视着陆璟深的眼睛,语气忽然认真起来:"从今天开始是你的假期,就两个星期而已,你能短暂忘掉自己的身份,做回当年那个人吗?"

陆璟深瞬间就说不出话了。

"你不出声,我当你答应了。"

结果那一晚陆璟深又没有睡好,一个晚上都在做梦,梦里都是曾经那三个月的画面。

陆璟深睁开眼时还没到凌晨六点,梦里的场景在脑子里挥之不去,连细节都清清楚楚。用手臂挡住眼睛,他自暴自弃地想,他确实很难受,一直都是。

机场停机坪上,封肆正在飞机下方做绕机检查。林玲上去了又下来,走到他身边。封肆回头,态度自然地跟她打了个招呼,林玲有些讪然,昨天哭过的眼睛还有些肿,被深色眼影遮挡住:"我已经没事了。"

封肆笑道:"没事就好。"

陆璟深过来时,正看到他们说话。

他示意林玲:"你先上去。"林玲看了封肆一眼,赶紧上飞机去了。

封肆转向陆璟深,晃了晃手里的检查单:"陆总,我事情还没做完呢。"

陆璟深不动声色道:"你干活吧。"

封肆继续绕机检查剩下的部分，陆璟深跟他一起，走到机尾部位时，避开了前方机务的视线，封肆回过身，目光落向陆璟深。

他今天穿了一身休闲西装，敞开着被风吹鼓起往后掀，露出里面灰黑色衬衣包裹住的腰身线条。

封肆走近一步，盯着他的眼睛："昨晚又没睡好？怎么黑眼圈都出来了？"陆璟深没有回避封肆的目光："你昨晚的提议，我答应了。"

他的声音有些轻，被风声遮掩，封肆几乎以为自己听错了。

"真的？"

陆璟深一抬下巴："就这两个星期。"

封肆道："哦？"

陆璟深说完像松了口气，让他接着做事，先上了飞机。

封肆看着陆璟深登上舷梯逐渐走进舱门里去的背影，机师帽下那双狭长的眼眸微敛，浮起些许笑意。

飞机落地是两小时以后，下飞机时封肆跟其他几人告别："两周后见。"开明的老机长笑着说："假期愉快！"林玲同样面带微笑："封机长，祝你心想事成，玩得开心。"封肆半点不脸红："你们也一样。"

先一步下机的陆璟深在外头等他，封肆过去时，陆璟深正站在机场出口处发呆。

封肆问他："你没叫车来接？"陆璟深道："忘了。"

其实不是，来这里之前，他还没想好是不是真要带封肆一起去，所以没有安排人来接机。这个公务机机场地处偏僻，只能叫地服帮忙安排车送他们去目的地了，封肆想了想提议："要不我们干脆跟机场借车，自己开车过去吧。"陆璟深无所谓："你决定吧。"

封肆借来的是辆敞篷跑车，坐进车里时他想点根烟，问了陆璟深一句："你不介意我抽烟吧？"

陆璟深脱下西装外套,解开了最上面一颗衬衣扣子,将袖子往上卷了两圈,终于显得随性了一些。十月底的南法天气还足够温暖,临近中午阳光炽热,落在陆璟深脸上,于上扬的眼梢处晕开,他转头看向封肆,目光顿了顿:"你抽吧。"

封肆勾唇,随手点了烟,发动车子。跑车沿着海边公路一路前行,蔚蓝海岸线在眼前铺开,音箱里流淌出热情的民谣,连拂面而过的风都似浸染了热烈的情绪,变得格外旖旎。

陆璟深靠在座椅里,目光从车外的风景转向身边人,封肆开车时嘴里还叼着烟,姿态落拓,一如往常。

"盯着我做什么?"封肆笑睨了他一眼。

静了一瞬,陆璟深说:"也给我一根。"封肆随手扔了一根烟给他。

陆璟深将烟点燃,慢慢吸了一口,呛得咳嗽了声。很刺激的味道,和当年这个人一同抽过的烟应该是同一个牌子的,那个时候他便经常被这个味道呛到,又格外迷恋它。

而现在,他又尝到了这个味道,依旧是身边这个人带给他的。陆璟深的手指微微颤抖,咬着烟蒂放空思绪闭起眼,沉浸其中。

>> 三 <<

路过一处小镇,封肆停了车,让陆璟深在车里等,下车去买烟。

"刚才是最后一根,"他提醒陆璟深,"我去去就来,在这里待着。"

陆璟深的视线跟随他转,封肆双手随意插着裤兜,走进了街边的烟店。

他像是认识烟店老板,陆璟深看到封肆跟人谈笑风生,五分钟后再出来时,手里不但多出了一条烟,还有两瓶矿泉水。扔了一瓶给陆璟深,封肆坐回车里,一只手拧开矿泉水瓶盖,另一只手灵活地拆开了烟盒包装纸。

"还要烟吗？"他笑问一直盯着自己的人。

陆璟深问："这里的人你也认识？"

"不认识，"封肆漫不经心地说，"两年前来过一次，跟朋友自驾游经过这里，也在这个烟店买了烟。当时零钱找不开，顺手买了一张彩票，没拿走，送给了店老板，他刚跟我说那张彩票中了十万欧，所以他一直记得我，我刚走进去就认出我来了，烟和矿泉水都是他送的，不要钱。"

陆璟深看着他，似乎不太信，封肆顺手点了烟，弹了弹烟灰："真的，你当我在编故事逗你？"

"十万欧……送人了？"陆璟深的语气，像是无法理解。

"买的时候也不知道能中奖啊！"封肆不以为意道，"十万欧而已，这点小钱还值得陆总你替我心疼？"

"而且，"他接着说，"人的运气值是守恒的，天降横财送出去，说不定能换回些别的地方的好运气呢？"

他这话像是意有所指，陆璟深想了想，猜不到他在打什么哑谜，懒得再问，重新指了路，让封肆继续往前开。

二十分钟后，车开进一片坐落于青山绿水间的庄园里。放眼望去可见大片的葡萄园，工人穿梭其间，正忙碌着进行采摘的收尾工作。再往前，是一座看着很有些年头的欧式古堡，藏于山脚下，轻易不能窥见全貌。下车时封肆四处打量了一番，这个地方如果不是有人带路，几乎没可能找来。

陆璟深在跟出来迎接他们的庄园管家交代事情，待人离开后，封肆叫住他："Alex，你以前每年，都是几月份来这里度假？"陆璟深犹豫了一下说："三月初。"

每年春节刚过，是公司事情最少的时候，他才有空来这里，且三月份这边干活的工人也少,不像这两个月,到了葡萄采摘的季节,庄园里到处都是人。

封肆在想的却是另一件事情,两年前他路过那座小镇时,也是三月初。那或许是这七年里,他离陆璟深最近的一刻。

二十分钟的车程,他又走了两年,绕了半个地球,才终于走到。

如果没有一点运气,还不知道要再走多少个两年。

"我们似乎来得不是时候。"封肆笑笑说,"会不会耽误别人做事啊?"

陆璟深淡淡道:"这几天就结束了,而且葡萄园和酿酒厂在庄园外围,这里不会有人进来。"

"噢,"封肆笑着说,"那你带我到处转转,参观一下?"陆璟深转身:"走吧。"

沿着旋转楼梯下去,便是地下酒窖,酒香掺杂了凉意扑面而来。封肆眼前一亮,这个酒窖里藏了至少有上万瓶酒,都是好酒。他随手从酒架上拿下一瓶,看着上面的产地和年份,问陆璟深:"这么多酒,总不能你一个人喝吧?"

"可以空运回国,用得上的地方很多。"陆璟深随口解释了一句,没兴趣多说。

封肆道:"怎么想到买这酒庄的?"陆璟深沉默了一瞬,没有回答他。

封肆也不勉强:"开两瓶酒试试?"陆璟深轻轻点了点头。

封肆选了几瓶,熟练地开酒、醒酒:"每次都是一个人来这里,也不带个朋友,喝酒都没人陪你一起,有意思吗?"陆璟深沉默不语,封肆将倒好的酒先递给他:"请吧。"仿佛自己才是这间酒窖的主人。

陆璟深接了,轻抿了一口。

"陆总怎么这么急啊?"

封肆倚墙笑看着他,手捏着酒杯伸过来,与他的轻轻一碰:"一起喝吧。"

　　陆璟深稍一怔神，回望着他，杯沿再次送到唇边，红酒滑入嘴里，醇厚浓郁的酒香，比刚才的更醉人。

　　之后半个下午，他们一直在这酒窖里品酒。

　　陆璟深是这方面的行家，酒质再细微的差别，他也能一口尝出来，因而格外挑剔。

　　封肆却没那么多讲究，完全凭直觉，随意从酒架上挑选他看得上眼的酒，饶是如此，每一次挑到的，竟然都能让陆璟深满意。

　　在有些方面，他们确实有这种天然的默契。

　　酒喝多了陆璟深有些头晕，困意来袭，上楼回了房间。他的卧房在三楼，很大的一间，房里陈设简单，空荡荡的甚至能听到脚步的回声。

　　陆璟深倒进床里很快睡了过去，看他难得睡得这么安稳，封肆没吵他，走去窗边拉开了一边窗帘。

　　前方有很大一片的向日葵田，向阳而生，延伸至远处的湖边。封肆轻眯起眼，看了片刻，又想起了一点从前的事情。

　　当年他和陆璟深初踏上旅途，曾开车经过一片如眼前一样的向日葵田，他们一起下车徜徉于花田间，享受落日时分天光的余韵。

　　陆璟深醒来时，封肆就靠在一旁沙发里玩手机，听到动静他偏头过来，冲陆璟深扬眉："醒了？"陆璟深恍惚了一瞬，点了点头，起身进去浴室洗脸。封肆跟过来，靠门边问他："晚饭想吃什么？这里的人都放假了，得我们自己做吧？"

　　陆璟深泼了把凉水到脸上，甩了一下头："随便，厨房里东西都有，你决定吧。"

　　下楼进到厨房，封肆随便翻了一下，食材一应俱全，管家都已经提前帮他们准备好了，别说两周，就是在这里与世隔绝两个月也没问题。"他卷起袖子："做法餐吧，我会一点，勉为其难试试，做得不好陆总别嫌弃。"陆璟深没有反对，脱了外套上前来，帮他打下手。

封肆偏头看他一眼,陆璟深问："做什么？"封肆笑了笑,什么都没说。

一起做了晚餐用完，傍晚时他们从古堡后方走出去，在那片向日葵花田中散步。陆璟深一路默不作声，封肆回头问他："这些，你叫人种的？"陆璟深道："这座酒庄买来时，这片向日葵田就在这里。"

"是吗？"封肆的语气像是遗憾，"我还以为，有什么特别的意义呢。"

陆璟深知道封肆指的是什么，当初他买下这座酒庄时，一眼看中的便是这片花田，特别的意义，或许有，或许没有，但唯独在这里，能让他得到片刻的放松和安宁。他之前也从没想过，有一天会带着这个人一起来。

"太阳快下山了。"封肆忽然说。

陆璟深抽回思绪，顺着他视线的方向看去，红日西斜，天际云影与暮色交融。山上的教堂里响起钟声，随风隐约送来。

失神片刻，身边人转目向他："Alex。"

陆璟深下意识应："什么？"

封肆看着他，笑着说："我很高兴。"

陆璟深看着他，轻轻点了点头。

>> 四 <<

第二天是个晴天，出门前，封肆提醒陆璟深："今天比昨天冷一些，你多穿点。"陆璟深拿了件大衣，封肆无奈说："也不用穿这个，你就没有别的衣服吗？"

他之前问过刘捷，听那位刘秘书的意思，陆璟深的日常衣着似乎永远都是西装加衬衣，无非是厚薄之分，冬天最多再加一件大衣，连私下出来度假，穿的也是休闲款的西服，且千篇一律的灰黑蓝深色系，单调又乏味。

封肆却记得陆璟深二十岁出头时的模样，简单的 T 恤长裤，背着个旅行袋，不经世事，像刚从校门里走出来的学生，轻易就能被他骗上车。

陆璟深还在犹豫，封肆走上前，接过他手里的大衣扔沙发里，帮他把身上那件碍眼的西服也脱了，再拿起自己的飞行夹克罩到他身上："穿这个，厚度正好。"

陆璟深低头，嗅到衣服上的烟草味，怔了一瞬，没有拒绝。

封肆很满意，笑容满面："这样看起来有活力多了，年轻人，别整天活得跟个暮气沉沉的老人一样。"陆璟深略不自在，避开了他的目光："走吧。"

封肆提议去葡萄园转转，陆璟深便带他过去。明天就是葡萄采摘作业结束的日子，工人们正在进行最后的紧张忙碌，他们走走停停、四处参观，没有打扰别人，一路走进了园子深处。层层叠叠的葡萄沿着藤蔓爬上去，往四方延伸，封肆随手摘了一颗，扔进嘴里，在口中爆开的果肉甜味很淡，微酸，还带了一点苦涩，味道实在说不上好。

"这是酿酒葡萄，"陆璟深提醒他，"跟食用葡萄不是一个品种，不好吃，你别吃了。"

封肆又摘了一颗，照样往嘴里扔："我觉得还好，你要尝尝吗？"

两个人一起优哉游哉随心所欲地玩了两三天，封肆提议去远点的地方转转。

清早出发，坐进车里陆璟深还有些困，身上裹着封肆的飞行夹克，靠在座椅里不动。

冰凉的矿泉水瓶贴上脸,陆璟深转头,驾驶座上的封肆笑看着他:"又没睡好?要喝水吗?"

接过水拧开瓶盖喝了一口,陆璟深皱眉:"你还不开车?"封肆笑着发动车子。

车开上出庄园的道,陆璟深开了手机导航,他们打算去离这里最近的大城市,开车过去一小时路程。

封肆瞥了眼他的手机屏幕:"你不认识路?还得用导航?"陆璟深道:"没去过。"封肆略微惊讶:"你年年来这里,就从来没去附近转一转?"

"没有。"他来这里度假就只在这座庄园里,别说是旁边的大城市,连那座小镇,他都很少去。

封肆心中叹气,陆璟深这种个性,似乎也不算奇怪。他藏得这么好,自己能最终找到他,何止是一点运气。

车开进那座海港城市时,陆璟深先看到的,是前方海鸥成群越海岸线而去。他的目光被眼前画面吸引,沉静看了片刻。

封肆叫他:"在看什么?"陆璟深回神:"这里的海相比纳维亚那边的,看起来更蓝一些,没那么冷清。"

"是吗?"封肆看着他,忽然问,"那非洲的海呢?"

陆璟深的神色动了动:"……都不一样。"

当年他们也不过窥见了一隅而已。

封肆笑了一下,视线落回前方,继续前行。半个早上将这座城市转了一遍,很快临近中午,封肆开着车在大街小巷随处逛,寻找吃饭的地方。

"本来还想让你推荐的,你竟然说没来过这里,最后还得靠我,就这儿吧,下车。"

下坠

他们的车停在一条陡峭坡道的最下方，沿坡道两边一路过去都是餐厅、酒吧和咖啡馆，封肆熟门熟路带着陆璟深往上走，说前面有间地道的本地菜餐厅，就去那里。

"你来过这里？"

陆璟深问得有些不确定，封肆随意点头："来过几次。"

"好奇我跟谁一起来的？"他偏头问。

陆璟深听他这语气，像是猜到他下一句会蹦出"不告诉你"，淡定道："不好奇。"

封肆道："好奇就直说，你问我，我会告诉你的。"

陆璟深微微摇头，偏不让他得逞。

封肆说的餐厅在坡道中间段，桌椅直接摆到了沿街边。在遮阳伞下坐下，封肆翻菜单，陆璟深的目光落向前方坡顶的蓝天，下方是教堂金色的尖顶，稀疏平常的景致，却让他的心逐渐放空，心头难得轻松。

封肆做主帮他点了餐，说去上洗手间，陆璟深点了点头，乐得独自坐一会儿。抿一口水，一只白鸽飞落到他脚边，陆璟深垂眸看过去，那只白鸽也抬了眼，像在回视他。他拿起桌上的面包，试着捻了一点扔下去，白鸽垂下脑袋，啄了两下，将那一小块面包衔进口里。陆璟深想了想，又多扔了一块下去。

贪吃的生物不知足地凑上来，想要直接抢他手里的，一口啄到了他掌心里，陆璟深的眼中有转瞬即逝的惊讶，快门声响起。他抬眼看去，是不知道什么时候回来的封肆举着手机拍照，封肆笑着说："拍这个总可以吧？"

陆璟深收回手，白鸽没抢到食物，扑腾了两下翅膀，飞走了。

封肆走回来坐下，把刚拍下的照片递给他看。被一只白鸽戏耍了的陆璟深看起来有些呆，拍下照片的一瞬间，封肆甚至觉得这七年光阴在他身上没有留下任何痕迹。

也只是那一瞬间而已。

陆璟深看着照片里略显傻气的自己，有一点不自在："能删了吗？"

封肆道："这也要删啊？我不给别人看也不行？"

听着他不情不愿的语气，陆璟深沉默了一下，改了口："随你吧。"

封肆忍住笑："多谢。"

用完餐，他们没有回去拿车，沿着坡道继续往上走。封肆嘴里叼着根烟，看到街边有卖手工冰淇淋的小店，拉住陆璟深："去试试那个。"

陆璟深第一反应便是拒绝："你不是刚吃了甜点？"

封肆走进店里，五分钟之后出来，手里多出了两个堆满奶油冰淇淋的甜筒，另一只手的手指间依旧夹着没熄的烟。

他懒洋洋地走回陆璟深身边，一口烟一口冰淇淋，分明是很不协调的组合，出现在这个男人身上，却莫名有种诡异的和谐感。

陆璟深看着他走近，封肆吞了口烟，在他面前缓缓吐出："看着我做什么。"

陆璟深道："……你到底是抽烟还是吃冰淇淋？"

"有冲突吗？"封肆把一个冰淇淋送到他面前，"尝尝？"

陆璟深的"不"字到嘴边，鬼使神差地咽了回去。他低头，小心翼翼地尝了一口封肆手里的冰淇淋，不自觉地舔了舔唇，过甜的味道让他略微不适。

走上坡顶，他们进去教堂里参观了一圈，看到角落里摆的钢琴，封肆走过去，两根手指随意敲了几下，陆璟深蹙眉："不会弹别弹了。"

"你会？"封肆挑眉问，拉着他坐下，"弹给我听听。"

陆璟深有些犹豫，随手弹了一段。封肆靠在钢琴边，专注地看他。陆璟深或许不是行家，但仅仅是坐在钢琴前，便优雅十足，叫人移不开眼。

"以前学过？"封肆问。

"我妈教的，"陆璟深说完微微摇头，"很久没弹了。"

封肆笑了："我看过你妈妈以前的采访，你真是她亲生的？我看你个性跟她完全没有相似的地方嘛，你要是能有你妈妈一半的开明开朗，过得肯定比现在多姿多彩。"

陆璟深道："你要是不满，可以去找开明开朗、生活多姿多彩的人，不必非赖我这里。"封肆道："是吗？"

陆璟深收回视线："那是你的事。"

"那可不行，"封肆笑着说道"我可是你的助理。"

陆璟深的眼睫动了动，没再搭腔。走出教堂时，有人叫封肆的名字。陆璟深回头看去，是个东方面孔的年轻女生，笑着飞奔过来，跳到了封肆背上："你怎么在这里？我还以为看错了，你来了这里怎么不告诉我？"封肆双手将人托住，一样笑容满面："别闹，下来。"

女生撒娇了几句，终于从封肆背上下来，封肆揉了两下她的脑袋，揽过她肩膀面向陆璟深："叫深哥。"

那句"深哥"从笑容甜美的女生嘴里叫出来时，陆璟深空白一片的大脑才缓慢重启，含糊说了句："你好。"

女生还要说什么，封肆打发她先去前面的咖啡馆："我们五分钟后过去。"

人走之后，他抬手在陆璟深面前晃了一下："回魂了，想什么呢你？"

陆璟深沉默看着他，眼中情绪复杂。

封肆"啧"了声："那是我亲妹妹。"

·112·

>> 五 <<

咖啡馆中。

封婷小心翼翼地偷看陆璟深，他身边封肆抬眼："别看了，再看也不是你的。"女生撇了撇嘴，笑问陆璟深："深哥，你跟我哥是什么关系？"陆璟深道："朋友。"

封肆目光瞥向他："他是我老板。"

封婷"啊"了声："老板啊……"

陆璟深轻抿唇角，坚持道："是朋友。"

封婷一时有些不知该说什么，封肆笑了笑："行吧，老板说是朋友就是朋友吧，能跟老板做朋友，我求之不得。"陆璟深眉峰轻蹙起，不再出声。

封肆顺势教训起封婷："下次见了我别招呼不打一声就往我身上跳，还没大没小直呼我的名字，很容易让人误会我跟你的关系。"封婷冲他做鬼脸，封肆指着自己妹妹跟陆璟深介绍，"她在这里念大学，学音乐，所以我来过这座城市好几次，之前你要是问我，我就直说了。"

封婷不满抱怨："哥你跟朋友来这里度假，怎么都不跟我说一声，刚我在教堂门口看到你，还以为看错了。"

陆璟深不着痕迹地打量了封婷几眼，小女生眉目间和封肆确实有相似之处，那一双内敛狭长的眼睛长在封肆脸上，显得他薄情浪荡，但换到封婷这里，竟然有几分灵动活泼，也算是奇妙。

陆璟深又想到某天清早，听到封肆在阳台上跟人讲电话时温柔带笑的语气，电话那头的人他之前一直不知道是谁，现在几乎能确定，应该就是他这个妹妹。

封婷好奇地问："我刚在教堂外面，听到有人弹琴，然后就看到你们出来了,弹琴的肯定不是哥你,那是深哥吗?"封肆点头:"就是他。"

"真的?"女生一脸崇拜地看向陆璟深,"深哥你弹得很好啊,你也是学这个的吗?"

封肆提醒她:"都说了他是我老板,大公司 CEO,哪有工夫学这种东西。"

陆璟深解释:"班门弄斧而已,我的技巧不行,以前也只学了一段时间就没再继续了。"

"不不不,"封婷不赞同道,"深哥你不用谦虚,技巧是其次,关键是灵性,这个靠天赋的,练也练不来。我觉得你弹出来的曲子就很有灵性,要是让我导师来听,他肯定也会这么说,更会大叹可惜你没往这方面深造。"

女生直白的夸赞让陆璟深不知该怎么接话,在生意场以外,他是第一次应付这样的热情,但不抱任何别样心思的小女生,尤其她还是封肆的妹妹,更让陆璟深觉得棘手。

封肆将他的无措看在眼里,开口解救了他:"行了,不用拍你深哥马屁了,他不吃这一套,喝你的咖啡吧,别一直盯着他。"

他主动跟自己妹妹聊起别的话题转移她的注意力,问她明信片收到了没有,封婷高兴点头,从背包里拿出封肆给她寄来的明信片:"前天就收到了,这一套四张就差这一张,我差点以为集不齐了,幸好你这次又去了一趟北欧,帮我买到了。"

封肆淡定道:"正好看到了,免得你一直惦记。"

陆璟深视线落过去,是那天早上封肆买的两张明信片其中一张。

封婷把东西夹回书里:"对了哥,你什么时候回家去啊?妈一直念叨说好久没看到你了,昨天跟我打电话还说起你,说你满世界跑就是不回家。"

"有空会回去，"封肆说着偏头向陆璟深，似笑非笑地说，"还得看老板什么时候给我放假吧。"

陆璟深抬眼，神色微顿，反问："你现在不是在放假？"

封肆道："出来度假的是老板，我只是履行工作职责而已，哪里能算放假。"

陆璟深微拧起眉，这个人虽然在笑，笑却不及眼底，一口一句"老板"，分明是故意的。

说完这句，封肆转回头去叮嘱封婷："你放假了先回去看看她，帮我跟她道个歉，等过段时间我也会回去。"

陆璟深犹豫想说点什么，话到嘴边，最终没有说出口。

封婷问他们："那你们哪天离开这边？"

"下周就走了，"封肆懒洋洋地说，"毕竟休假而已，还能在这里待一辈子吗？"

陆璟深眼睫轻颤了一下，是他亲口说的，就这两个星期。

咖啡喝到一半，封婷看到对面街边的蛋糕店，让封肆去买。

"想吃你自己不会去？"说是这么说，封肆还是动了身。

等他离开，封婷重新拿出那张明信片，递到陆璟深面前："深哥，你能给我写个祝福语吗？就写这上面。"

陆璟深道："写祝福语？"

封婷双手合十祈求他："我快考试了嘛，积攒祝福语保佑我一次考过啊。"

陆璟深理解不了小女生这种略迷信的心理，但没有拒绝她，他看向递过来的那张明信片，封肆只在上面画了一个笑脸，他记得那天坐在餐厅里时，那个人似乎写了许久，是写在了另外一张上面吗？

"写英文啊。"封婷提醒他。

下坠

陆璟深拿出笔，在明信片上认真写起来，封婷的目光落到他手中那支签字笔上，好奇地问："深哥你这支笔真好看，我见过是限量纪念版，很难买。"

陆璟深轻握了一下笔帽，把笔连同写好的明信片一起递过去，淡淡道："你想要送你吧。"

封婷道："那怎么好意思，你真的给我啊？"陆璟深道："没关系，给你吧。"

封婷不再推辞，笑着跟他道谢，拿起那张明信片。陆璟深的英文字迹很漂亮，流畅内敛，叫人过目难忘。她认得这个字迹，她哥当年从非洲回来，随身带的记事本上被人写下了一页游记，说是这人救过他，之后这七年，她哥满世界换工作，都是为了找这个字迹的主人。

果然如她所料，她哥要找的人，已经找到了。

"深哥，你跟我哥怎么认识的啊？"女生似不经意地问他。陆璟深抿一口咖啡，平静说："他是我私人飞机的机长。"

"这样啊……"把明信片收起来，她没再问下去。

封肆买完蛋糕回来，打断了他们之间不尴不尬的对话。

"说什么呢？"

瞥见封婷面前桌上那支笔，他顺手拿过来，封婷伸手去抢："深哥说送我了。"

"我不答应，"封肆把笔揣自己兜里，"没收了。"

封婷气道："真小气，一支笔而已，送我怎么了？大不了我下次还你一支别的好了。"

封肆不再理她。

封婷向陆璟深求助："深哥你说说他啦，是你说的把笔送我的。"

·116·

陆璟深迟疑地看向封肆，但没等他开口，封肆先道："不送，哪有大姑娘家找别人要东西的，没规矩。"

他眼里的笑比先前更敷衍，陆璟深沉默一瞬，低了头视线落回手边的咖啡杯上。

喝过咖啡，由封婷做导游，继续带他们在这座城市游逛。陆璟深心不在焉，封肆倒是一路跟他妹妹说说笑笑，笔虽然没送，吃的玩的给买了一堆，哄得小女生高高兴兴。入夜吃完晚餐，他们将封婷送回住处，开车离开。

车中没了第三个人的声音，封肆把车开得飞快，不再说话。陆璟深转头看了他几次，有些犹豫地开口："是你妹妹说想要那支笔，我才送给她，你既然拿回来了，要不还我吧。"

"不还，"封肆依旧是那句，"没收了。"

陆璟深心里不太舒服："……你在生气吗？因为我把你给我的东西送给别人？"封肆没说话。

二十分钟后，封肆把车停在酒店停车场，冲身边人示意："不回去了，在这里将就一晚吧。"

陆璟深没心思问他为什么要住外面，安静跟着他下车、开房间、上楼。

敲门见陆璟深依旧皱着眉头，封肆叫他："Alex。"

陆璟深抬眸，就见面前人姿态散漫，又恢复了不正经的模样："想什么呢你？"

陆璟深有一点无言，封肆将那支笔插回他衬衣口袋里，轻拍了拍："还你了，好好收着吧，以后别人送你的礼物，别再大方送人了。"

九点半，封婷打电话过来说钱包丢了，封肆趿着拖鞋准备出门，去楼下帮封婷找钱包。他去隔壁，拉住打算上床睡觉的陆璟深道："你跟我一起，下去一趟就回来。"不等陆璟深皱眉，封肆帮他拿起夹克外套套上:"走吧,顺便去楼下便利店买几瓶水,房间里没有。"

无论是找钱包还是买水,都是封肆一个人就能做的事情,陆璟深不懂他葫芦里又卖的什么药,非要叫上自己一起。封肆并不多说,强硬拉着他一起出了门。

坐电梯下楼时,陆璟深也懒得多想了,困顿地闭起眼睛。

以前是失眠睡不着,最近几天他越来越有睡不够的架势。封肆看着他这副模样,笑了笑,想的却是别的事情。特地拉着陆璟深一起出来,是因为刚才无端想起从前,陆璟深当年就是这么消失的。他出门去买东西,回来时发现隔壁那个原本该在床上睡觉的人就这么不见了,除了交代酒店服务生跟他说的一句"farewell",什么都没留下。

他以为那是陆璟深跟他开的一场玩笑,在原地又等了那个人一个月,终于死心,从此以后只能抱着没有希望的希望,满世界地找他。

他比陆璟深更清楚,"farewell"的英文原意不是再次相见,是永别。陆璟深当年离开时,是打定了主意不再见他。

封婷的钱包果然掉在车后座座位下,封肆捡起来,回头见陆璟深依旧眯着眼,有些好笑,捏着钱包轻拍了拍他的肩:"真有这么困?"

Chapter 5

骑士
SHEN CHAO

/ 第五章 • Chapter 05 /

骑士

>> 一 <<

阳光晒到肩背上时,趴着睡的陆璟深悠悠转醒。

封肆正坐在床边垂头看他,陆璟深问:"做什么?"

"醒了就起来,我们出门去。"封肆提醒他。

陆璟深去浴室洗漱,封肆跟过来倚在门边等他,陆璟深看到镜中自己略显精神不济的脸,轻轻闭了闭眼,慢慢醒神。

"快十点了,你起得越来越晚了,这样回去了还能适应每天高强度的工作吗?"

封肆随口调笑,陆璟深不想搭理他,洗漱完转身出去。

窗外传来阵阵喧嚣,人群的欢呼声、音乐声,伴着彩炮拉响的巨大声响,不断入耳。陆璟深有些不明所以,封肆推着他去窗边看了眼,前方的街道上有游行队伍簇拥着花车浩荡而过,人群欢呼雀跃、摇摆舞动着一路往前走。陆璟深尚未看清楚,封肆催促他:"去换衣服,我们下去看看。"

一刻钟后,他们走出酒店,游行队伍已经过去,留下声浪滚滚。"他们往中心广场去了,我们也去那边看看。"封肆提议。他带着陆璟深穿近道,十分钟后到达这座城市最大的中心广场,这里已经聚集了数万人。

七彩旗帜飘扬，打扮得花俏亮眼的男男女女们纵情高歌热舞，沉浸在这一刻的欢愉之中。

陆璟深反应过来时，已经被封肆带着走入了人群之中。人太多了，他的神经反射性地紧绷，呼吸不畅，想要离开。封肆把人拉住，温声说："别想太多，现在是白天，你就当是看个热闹吧。"陆璟深的脸色很难看，几乎从牙缝里挤出声音："为什么要来这里？"

封肆的目光落在他脸上，陆璟深的反应果然不出他意料，他抬起手，将掌心贴在陆璟深的背上，熨帖的热度给他以安抚："放松。"

头顶是刺目的阳光，面前人的眼神却沉静而深邃，陆璟深在心神恍惚间渐渐找回理智，深呼吸，听到自己的声音再次问："为什么要来这里？"

"Alex，逃避不是办法。"封肆道，"你如果觉得人太多不舒服，看一会儿我们就走。"

他的语气太过温柔，陆璟深即使难受也说不出难听的话。

封肆双手按住肩膀让他转过身看四周，陆璟深的呼吸加重，勉强自己睁大眼。所有人都在笑，酣畅淋漓，纵情地享受着这一刻，他们是发自真心的快乐，不像他，越是陌生人多的地方，他越是下意识想要逃避。

陆璟深的手指微微发颤，无意识地绞紧，挣扎抗拒。

广场上的钟声响起，狂欢中的人们纷纷停下，与身边同伴相拥在一起。

喧嚣声更响时，陆璟深隐约察觉有什么人在盯着他们，伸手推了封肆一下，转头看去。

视线扫过，眼前所能看到的，只有沉浸在喜悦中的人们，方才那一瞬间的不对劲仿佛是他的错觉。

"你在看什么？"封肆问他。

陆璟深回过神，微微摇头："没什么，可能是我看错了。"

陆璟深道："……现在走吧。"封肆莞尔："那走吧。"

之后他们开车去封婷的住处，还了钱包，顺便带她一起去吃午餐。时间还早，封肆先把车开去商场，买了一堆化妆品和香水，交给封婷："还有两个月就圣诞了，到时你回家去一趟，帮我把礼物送了。"封婷不满地抱怨："你自己不回去？这也要我代劳。"

说是这么说，东西她麻利收下了，副驾驶座的陆璟深回头瞥了一眼，封婷注意到他的眼神，笑着跟他解释："这些都是我哥要我带回去送礼的，除了我妈的，还有我妈一堆姐妹和干女儿的，也是我哥的干妈和干姐姐干妹妹们。"

陆璟深："……"

封肆一手扶着方向盘，不以为意道："不是你的干妈和干姐姐干妹妹？"

"都一样。"封婷笑着说。

到了地方，封肆去停车，陆璟深和封婷先进去餐厅。封婷自来熟地勾住陆璟深的手臂，好奇地问："深哥，那支笔，我哥还是还给你了吧？"

陆璟深点了点头，犹豫着如果封婷再问他要，得想个什么借口拒绝。

封婷却道："那你收着吧，我哥虽然看着嬉皮笑脸的，其实心眼也挺小，你们别因为我闹不愉快。"

陆璟深道："……没有。"封婷放下心："那就好。"

陆璟深迟疑问她："那支笔，对他是有什么特殊意义？"

"我不知道啊，"封婷摇头，"这你得去问我哥。"

用餐中途，陆璟深去了趟洗手间，封肆过来时，他刚洗完手准备离开。

封肆是躲来这里抽烟的，把人拉住："等会一起过去。"陆璟深有些受不了他："你烟瘾怎么这么重？"封肆慢慢抽着烟："我刚进来怎么看你站这里发呆？又在想什么事情？"

被他的目光盯着，陆璟深到底把那个从昨天思考到现在的问题问出了口："那支笔，对你来说很特别吗？"

"为什么突然这么问？"封肆道。

陆璟深道："我随便问问的。"

封肆捏着烟头在烟灰缸上慢慢捻灭："好奇？"

陆璟深难得诚实地点头。

"不特别，"封肆不在意地说，"我不习惯用别人的东西，不想每次签字都拿机务的笔，就自己买了一支。"

陆璟深看他的眼神，分明写着不信。

封肆道："真的，一支笔而已，哪来那么多特殊意义，不给婷婷是因为她看到别人有什么好东西就想要，得治治她的毛病。而且，虽然我是不介意送给你，但就算只是随手一送，那也是礼物吧，你招呼不打一声就转手又送了人，我不能在意？Alex，你这样好伤我的心啊。"

陆璟深顿时没话说了，说来说去还是他自己理亏。他转身先走，封肆笑出了声音，扔了烟跟上去。

下午五点，车开上出庄园的道。

陆璟深扣上安全带，转头问身边人："这个点要去哪里？"

"出去转一圈。"封肆随口说。

那天回来后，连着这两三天他们都没再出过门，两周的假期转眼过去了一半，直到今天，封肆才突然提议开车出去一趟。陆璟深刚想说马上要天黑了，他的手机里进来了几条新消息，全都是跟他说生日快乐的。陆璟深一愣，后知后觉想起来，明天是他生日，国内已经凌晨了。

"生日快乐。"身边封肆也笑着说。

陆璟深惊讶道："你知道？"

封肆道:"本来不知道,之前问过你弟弟。"

陆璟深有点不知该说什么,封肆勾唇道:"我当年就是太绅士了,一次都没看过你的证件。"要是当初就注意到他手里拿的护照是什么颜色,也不会被他骗了这么久。陆璟深道:"你跟绅士这个词,没有任何关系。"

说完他似乎觉得自己说了个冷笑话,有些尴尬地丢出句"谢谢",低了头看手机。

封肆一阵笑,好吧,这话其实也没错。

说是绅士,不过是他自信过头,其实从头至尾,他才是被陆璟深牵着走的那个。

陆璟深的注意力放回手机屏幕上,掐点给他发生日祝福的,几乎都是他家里人。陆迟歇在问他在这边玩得愉不愉快,陆璟深不太想回,退出时手指一顿,发过去一条:"下次别胡乱跟别人说我的事情。"

陆迟歇很快回复:"哥你别冤枉我,我没跟别人说过,只跟封机长说了,你要是真不想让他知道,他也没机会来问我。不说了,我睡觉了,你跟封机长在那边好好玩吧,过生日高兴点。"

陆璟深摁灭了手机屏幕。封肆伸手过来,将他的手机顺走,关了机塞自己兜里:"坐车别看手机,会晕车的。"

陆璟深没跟他计较:"现在去哪里?"封肆道:"机场。"

他说的机场,是离酒庄只有半小时车程的一座小型私人飞机场。停机坪上停着三四架轻型通用飞机,一个褐发蓝眼、穿着花衬衫低腰牛仔裤的男人正在这里等他们。

看到封肆,对方笑容满面,上来就要跟他来个贴面礼,封肆没肯:"我说了多少次了,我是东方人,这个就算了吧。"

"你明明是Y国人。"对方不留情面地揭穿他。

陆璟深皱了皱眉,在封肆给他们做介绍时,只冷淡地点了一下头。

这位热情的 F 国男人，其实是这边一间跨国大公司的高层，封肆在这里工作时的前任雇主，这座小型飞机场和这里的飞机都是他的。

如果换个场合认识，陆璟深说不定有兴趣跟对方交流一二，或许日后有生意场上合作的可能，但现在他没了丝毫想法。对方也毫不客气地打量他，笑着跟封肆调侃："这就是害你满世界跑到处找的那个人？"

封肆手指摇了摇："你这么说他要生气了，他是我现任老板。"

他们说的是法语，陆璟深能听懂，觉得不快，沉声蹦出句："是朋友。"

在那 F 国男人饶有兴致的目光中，陆璟深冷着脸重复："我是他朋友。"他说的也是法语。

封肆笑了，这次是真心实意发自肺腑的笑声，胸腔震动，像十分开心。

陆璟深眉头未松，还是不痛快。

封肆长臂钩过他，冲 F 国男人道谢："飞机两小时后还你，谢了。"对方笑着祝他们玩得愉快，先走了。

封肆的目光落回身边的人，陆璟深不悦地问："快天黑了，开飞机去哪里？"

"看日落啊。"封肆笑道。陆璟撒开他的手，先一步上了飞机。

封肆跟上来，阖上舱门时他偏头向陆璟深："我是你朋友？"

陆璟深反问："你不是吗？"

封肆再次笑了笑，将耳麦扔给他。

飞机驶离跑道尽头，迎着薄暮起飞。翻滚的金色麦浪逐渐后退，流云在眼前渐次推开，隙曛自云缝间漏下，一路霞光铺路。天色还未晚，封肆操纵着飞机，直接往海上开。

陆璟深的视线落向舷窗外，豁然开朗的视野里，是浮天沧海、碧浪潮生，飞机擦着海面过，惊涛拍打而上，几乎就在他们脚下。夕晖正在一点一点收敛,像一幅水彩画准备着收尽最后的绮艳,而他们是闯入其中的一个意外,给这浓墨重彩添上更多姿的一笔。

"开这种小飞机飞得低,适合赏景。"封肆慢慢说道,"之前就想带你来看看,好不容易才借到飞机。"

陆璟深问:"为什么要看?"

封肆无奈道:"陆总,好歹有点浪漫细胞吧,在飞机上近距离看夕阳和大海,别人想也没机会,你就当是我送给你的生日礼物吧。"

陆璟深的目光重回窗外,他们的飞机正徜徉于流霞与暮霭之间,一切都触手可及。

见陆璟深看得入了神,封肆轻弯了弯唇角:"想不想试试刺激点的?"陆璟深下意识地问:"什么刺激点的?"

"坐好了。"封肆提醒他,吹了声口哨,操纵驾驶盘开始爬升。

陆璟深不明所以,脚下的海平面逐渐远去,眼前只余暮色苍茫。

他刚要开口,耳边忽然响起刺耳的失速警报声,封肆用力一脚踩下方向舵,陆璟深只觉一阵天旋地转,机身往右侧栽去,机头开始以螺旋姿态朝下俯冲。陆璟深一瞬间心跳到了嗓子眼,失重的不适感让他肾上腺素疯狂分泌,余光却瞥见身边人不慌不乱、稳若泰山地操纵着驾驶盘,嘴角还有笑。

这就是封肆说的刺激,他是故意的。

每往下转一圈,下坠的速度便猛增一回,俯冲的角度也更大,三圈之后飞机的姿态几乎已经变成了垂直俯冲。

陆璟深脑中一片空白,浑身血液都凝固了,他想叫,但叫不出声音,心脏疯狂跳动的频率就在耳边。

第四圈结束,封肆才不紧不慢地开始做改出动作。几分钟后,飞机重回平飞状态,失速警报消失,陆璟深的大脑终于缓慢重启,用力握了握拳。

封肆问:"好玩吗?"陆璟深眉头紧拧:"你觉得好玩?"

"还行吧,"封肆淡定道,"这是飞行学员的必修课,我做过有上百回了,必须做到心跳不会加速的程度,才算合格,不过对你来说确实刺激了点。

"做极限运动时,人体内分泌的除了有肾上腺素,还有多巴胺,会让人产生错觉,Alex,你有吗?"

陆璟深想了想,回答他:"你也说了,是错觉。"

"你还真是,一点都不懂浪漫啊,"封肆笑着叹气,"行吧,那大概是我的错觉吧。"

沉默了一瞬,陆璟深道:"你认为这种错觉是好事吗?这不是更像逃避责任的借口?"

封肆侧头看他:"你说你自己?"

陆璟深再次沉默。他知道封肆指的什么,当年不告而别的那个确实是他。

"抱歉。"陆璟深犹豫地说出口。

封肆挑眉:"你跟我道歉?"

陆璟深道:"……你如果一直介意当年的事情,我跟你道歉,招呼不打一声就不告而别,是我的错。"他说话时没有看封肆,声音很低,掩在发动机轰鸣声中,难以辨别其中的情绪。

"我不需要你的道歉,"封肆慢吞吞地说,"这样的道歉对我来说没什么意义。"他提醒陆璟深,"看前面。"

陆璟深抬眼,前方红日已经沉到了天际线以下,只余一片暖色晚霞的余韵。时间推移,天色渐暗,最后一缕残霞收尽,在天际逐渐渲染成冷色的蓝。

骑士

海岸边亮起星星点点的灯火，夜幕已然降临。

>> 二 <<

回程封肆特地将飞机绕去他们前几天去过的城市，沿途可见下方大片斑驳闪耀的橘色亮光，交织成繁灯霁华、星海璀璨。

陆璟深这才想起来，今天也是万圣节，这座城市正在举办万圣节的南瓜灯会。

"知道你不喜欢凑这种热闹，就这么看看吧，也挺有意思。"封肆道。

陆璟深道："你要是想去凑热闹可以去，不必迁就我。"

封肆偏头又睨了他一眼："迁就你有什么问题，不是你过生日？"

见陆璟深神色不自然，封肆笑了："还在想先前的事？"

陆璟深抬眸对上他促狭的目光，略无言，封肆道："我倒是挺意外的，你竟然会跟我道歉，好吧，我给你个面子，接受就是了。"

陆璟深想说点什么，又觉得说什么似乎都不对。

飞机飞回机场，挪回停机坪上，已经过了晚八点。塔台管制确认他们回到点位，迫不及待地切断了通信，整座机场静悄悄的，除了跑道上的引进灯还亮着，航站楼里一片漆黑。先前那位 F 国男人提醒过他们，八点机场的地服、机务会准时下班，请他们自便。

封肆摘下耳麦，看向身旁有些走神的陆璟深："这个生日礼物还满意吗？"

陆璟深轻点了点头："谢谢。"

封肆道："你今天跟我说两次谢了，需要这么客气？"

陆璟深眸色闪烁。

封肆笑着提醒他："不用再说谢。"

陆璟深道:"好。"

走下飞机时,陆璟深依旧有种脚踩不到实地的飘浮感。瞥一眼腕表,已经夜里九点多了。

晚一步下来的封肆看到他这副呆怔模样,忍着笑问:"想什么呢?"

陆璟深回过神,不知为何有些不敢看他:"……没有。"

封肆注意到他尴尬的表情,弯起唇角,脱下自己的外套扔过去:"冷就穿我的。走了,回去了。今晚好玩吗?"

陆璟深含糊"嗯"了声。

从机场出来,封肆没有直接开车回酒庄,拐了个弯往附近山上去。陆璟深靠在座椅里不想动,车子在山顶停下时,才恍然发觉他们走的不是回去的路,疑惑转头,封肆解释了一句:"今天天气好,看会儿夜景,晚点再回去。"他随手开了车顶棚。

陆璟深抬头,夜色苍茫,星河影动,万籁俱寂。起伏不定的心绪逐渐平静下来,身边的人点了根烟,有一搭没一搭地抽着。

封肆回头望向他说:"Alex,等两个星期结束了,你要怎么办啊?"

陆璟深微微一愣。他没想过。

封肆推开车门下去,从后车厢里拿了东西出来,是一个蛋糕盒,陆璟深一看到眉头就纠结成了一团,脸上写满了拒绝。

封肆坐回车里,坚持把蛋糕拿出来,点上蜡烛:"许愿。"

陆璟深虽然不情愿,但还是闭上眼睛几秒,说:"可以了。"

封肆问他:"许了什么愿?"陆璟深道:"生日愿望不是不能说?"

他的愿望其实很简单,只希望以后烦心的事情能少一些,虽然不确定能不能成真,但至少现在,面对着这个让他觉得麻烦又不愿意推开的人,他的心情很平静,这样就好。

陆璟深不肯说,封肆便也没再坚持问:"吹蜡烛。"

对上他眼中笑意，陆璟深忽然有种说不出来的感觉。

成年以前的每一年生日他都是跟陆璟清同过，家里人为他们一起庆祝，后来他去国外念书，回国进公司工作，这十来年再没认真过过一次生日。但是今天，在他二十九岁生日的这一天，面前这个总是吊儿郎当不正经的男人，不但送了他一份特别的生日礼物，还用心为他准备了生日蛋糕和蜡烛，让他许下生日愿望，他没法不动容。

将蜡烛吹灭，封肆再次跟他说："生日快乐。"

陆璟深轻点了点头，那句"谢谢"到嘴边，知道封肆不爱听，便没有说。

封肆切了一小块蛋糕给他，陆璟深安静地吃着，第一次觉得这种甜得腻人的食物，味道也还不赖。

封肆看着他细嚼慢咽，有些想笑，刚要开口，身后传来汽车马达轰鸣声。

刺目车灯扫向他们，封肆微眯起眼回头看去，两辆没有挂牌的黑色轿车出现在视野里，一辆停在了他们身后，一辆绕到了他们前方。车上下来四五个人高马大的外国人，走向他们。

陆璟深脸色微变，对方已走近过来，围到了车边，封肆落下自己这侧的车窗，冷静地问道："有事？"

靠在车边的人弯下腰，打量了两眼车中的陆璟深，示意他们："下车。"

他的手里赫然握着一把枪。

封肆作势要拉车门，下一秒却手上一晃，动作极快地将手伸出车窗，扣住了对方拿枪的手腕用力扭过去，在对方哀号声中干脆利落地抢下枪。

另几个人见势不对纷纷动了，大力踹拉着车门，"砰"一声响，有人朝着车内开了一枪。

陆璟深只觉耳膜猛烈一震，前方的风挡玻璃出现了一片蜘蛛网状的裂纹。不等他反应，封肆一脚踩下油门，蛮横撞开围在车边的那些人，快速调转车头，疾驰出去。

封肆一路加速踩着油门，沿着下山的公路飞驰。陆璟深回头看去，后面那两辆车闪烁着刺目的大灯追了上来，跟得很紧，怕是轻易甩不开。

"你解开安全带，侧过身来帮我稳住方向盘。"封肆忽然说，他捡起刚才抢到的枪，提醒陆璟深，"动作快些。"

陆璟深没有犹豫，几乎是本能地相信他，按照封肆说的放开安全带侧身靠过来，双手帮他扶住方向盘，即便这个姿势对陆璟深来说十分困难。

封肆丢出句"别回头往前开"，一只脚还踩在油门上，猛推开了自己这边的车门，探身出去，身体下滑，速度极快地朝着后方连开了两枪。

耳膜的震荡比先前更猛烈，陆璟深脑子里几乎一片空白，除了尽全力稳住方向盘，做不出别的反应。

再之后他听到刺耳的轮胎擦地声和碰撞声，封肆回到了车里，用力带上车门，从他手里接回了方向盘。

一切就发生在瞬息之间，陆璟深放开时，双手已冷汗涔涔。

他挪回副驾驶座，这才有精力去看后方，封肆的两发子弹打中了前车的轮胎，那两辆车撞在一块撞向右侧山壁后交叠侧翻在了山道中间，里面的人短时间内只怕爬不出来。

陆璟深略松了口气，封肆把手机扔过来，提醒他："报警。"

一刻钟后，他们的车停在山脚下的公路边等警察，陆璟深还有些缓不过劲，眉头紧锁。

封肆伸手过去，碰了一下他耳朵："痛不痛？还能听到声音吗？"

陆璟深有些难受地偏了一下脑袋，枪声震荡下他的耳膜确实有些刺痛，但是还好，应该问题不大："……你自己怎么样了？"

封肆笑笑道："没事，我经过专业训练的，你忘了我以前做过三年空军，枪也是练过的。"

陆璟深了然，难怪他能打得那么准，而且信心十足。心绪逐渐平复下来，陆璟深还想说点什么时，隐约嗅到空气里的血腥味，神色微微一顿。

按开车内灯，这才看清楚是封肆的左手臂上正在渗血，衬衣袖子一片污渍。

见陆璟深目光里流露出惊骇，封肆不在意地解释："刚在山上那一枪子弹正好擦过去了，还好，只是擦伤而已。"

陆璟深有些着急："你刚才怎么不说？"他的眉头拧了起来，拉过封肆的手，小心翼翼帮他把衬衣袖子卷上去，伤口在小臂上侧，灼伤的面积颇大，还在不停往外渗血，完全看不出"还好"在哪里。

"我们现在去医院。"陆璟深铁青着脸道。

封肆道："警察还没来，得搞清楚那些是什么人，他们好像是冲你来的。"

"去医院。"陆璟深坚持。

封肆无奈，他的手也确实得尽快处理，犹豫之后没再反对，打了个电话出去。

陆璟深心烦意乱，没心思听他打给谁，在封肆准备发动车子时，推开了车门："换手，我来开。"封肆道："你有这边的驾照吗？"

陆璟深已绕到驾驶座来，拉开了他这边的车门，声音不容抗拒："下车。"

封肆想想陆璟深每年来这边度假，大概是有驾照的，不再逞强，跟他交换了位置。

之后陆璟深按照导航上的线路走，一路把车子开得飞快，神情始终紧绷着，一句话没再说。封肆几次偏头看他，话到嘴边还是算了，陆璟深大约是真的担心自己，这个时候就不逗他了。

半小时后的医院急诊室里，医生帮封肆处理伤口，陆璟深看着他手臂一团血肉模糊的样子，有些难受，起身去外头走廊上想透口气。

才走出去便有人进来跟他打招呼，陆璟深回头，是先前借飞机给他们的那个F国男人，封肆似乎说过他叫罗恩。

"Feng刚才跟我打电话说你们遇上了带枪的劫匪，让我跟警察那边打声招呼，他怎么了？"男人说着话，朝急诊室里看了一眼，见封肆还精神抖擞地在跟医护谈笑风生，并没有半死不活，顿时不再对他感兴趣。

他打量起面前有些魂不守舍的陆璟深，扬了扬眉："你不进去看看他？"陆璟深勉强找回声音："他没什么事。"

罗恩点点头，又说："Feng为我工作过一年，他告诉我说他来这边工作，是因为他要找的人听得懂法语，他想来碰碰运气。"对方说话时视线一直在陆璟深的脸上，肯定自己的猜测，"他说的人，应该是你吧？"

陆璟深愣住，他大学选修的二外就是法语，非洲很多国家的人都会说法语，当年在非洲他确实经常用法语跟人问路，封肆看似漫不经心，其实都记得。

>> 三 <<

在陆璟深愣神间，罗恩去接了个电话。陆璟深站在门边，垂目看向夜色在脚边投下的一片阴影，微微失神。

封肆出来，叫了他一句："低着头站这里做什么？睡着了？"

陆璟深抬眼，封肆手上的伤口已经处理完毕，用绷带包扎了起来，这个人受了伤也没个正经，笑容散漫地看他。

陆璟深的目光落到他手臂上，顿了顿："处理好了吗？医生怎么交代的？"

封肆不在意道："打了消炎针，缝了针上了药，问题不大，就是这几天得注意点，不能沾水。"

他转头看到罗恩过来，问他："警察那边怎么说？"

"他们到的时候那几个人刚从车里钻出来准备跑，全被逮住带回去了，他们说是看你们有钱，想打劫你们。"罗恩把刚收到的消息告诉他们。

封肆神情收敛，严肃起来："不对，他们当时的注意力在 Alex 身上，是冲着他来的，带的枪也不是普通的手枪，还对我们穷追不舍，绝对不是打劫那么简单，我那里也捡到了一把枪，麻烦你帮忙送去警局告诉他们一声。"

"这没问题，"罗恩道，"我已经跟他们说了，让他们仔细查，不会轻易就这么算了，之后你们可能还要亲自去警局做个笔录。"

封肆点了点头："多谢。"

回程依旧是陆璟深开车，上车时封肆看到掉在副驾座位下只吃了几口的蛋糕，捡起来随手扔进路边的垃圾箱里，略微可惜："你这生日过得够惊心动魄的。"

陆璟深道："回去我会给你加工资。"

封肆闻言惊讶地看向他，然后笑了："那是不是还要算一算医疗费、营养费和精神损失费？这算工伤后的补偿？"

陆璟深听得有些气闷，除了给钱，他好像确实没什么能跟封肆表达谢意的，这个人看着也根本不缺钱。

"要算也不急着现在，先回去吧。"封肆笑过提醒他。

陆璟深沉默不言地发动车子。封肆点了根烟，开了自己这边的车窗，没受伤的右手手臂撑在窗沿上，不时抽一口，刚才的惊魂像半点不放在心上。

"手受伤了，少抽点烟。"陆璟深没忍住提醒了他一句。

封肆的目光睨过来:"这好像不冲突吧?"

陆璟深再没多说,目视着前方专心开车,风挡玻璃上裂开的纹路映在他眼睛里,也像是有什么冰封的东西在逐渐动摇碎裂。

清早,陆璟深睁开眼醒来时,听到露台外面传来封肆的声音,他正在跟人打电话。

陆璟深下床,随手拿了扔在一旁沙发上的浴袍裹上,拿起桌上扔的烟盒,抽了根烟出来。点燃香烟,陆璟深有些心绪不宁。

"你学谁的?一大早起来先抽烟?"封肆打完电话进来,强硬地拿走了陆璟深的烟。

陆璟深皱了皱眉,没跟他计较:"跟谁打电话?"

"罗恩,他跟我说昨晚那伙人的情况,一开始什么都问不出来,用了点非常手段终于老实交代了,他们是收了钱要绑架你。"说起这个封肆的眼神有些冷,"这边有个专门做这种生意的团伙,罗恩猜到他们是里头的人,他也恰好认识他们背后老大,有些交情,对方想换昨晚那几个人出来,破例把雇主的信息告诉了他。找他们的雇主是通过一个国外的邮箱联系他们,钱也是转了几道手才到他们户头,但是追踪邮件发出地址,可以查到源头是 Z 国国内。"

陆璟深听明白了:"他们的目的是什么,绑架我要钱,还是要我从这个世上消失?"

封肆沉声道:"都是。"

陆璟深问:"……邮箱地址有吗?我叫人查一下。"

封肆把刚记下的字条递过去:"你心里有数?"

"大概有,还要确认。"陆璟深说。

封肆道:"罗恩跟他们说好了,这笔生意他们不会再做,让我们放心,不过还是要小心些。"陆璟深心不在焉地点了点头。

封肆捏着烟盒拍上他的脸："Alex，你这日子到底怎么过的？出去谈生意被人泼咖啡，出国度假还差点遭人绑架，有意思吗？"陆璟深不耐烦道："要不我请你做什么？你拿了钱不想干活？"封肆笑："现在知道我有用了？还会随便跑吗？"

玩笑不经意的语气，问的或是他真正关心的事情。

陆璟深沉默了一下，回答："我现在还能跑去哪儿？"

封肆笑道："但愿。"

十点半，他们吃完早餐出门。车换了一辆新的，车上还坐了个司机，封肆见状问陆璟深："你不是让人都放假了？"

"临时叫回来的，"陆璟深平静地说，"我开车在这边出过事故，有心理阴影。"

封肆："……"

陆璟深拉开车门坐进了后座，封肆跟上去："那你昨晚还敢跟我换手？"陆璟深道："没想那么多。"

他看到封肆手臂上的伤口时，确实有些慌了，才会做出这种不像平常的他会做的事情。不想封肆一再追问，陆璟深偏头看向窗外。

四十分钟后，他们到达医院，来复诊换药。封肆手臂上的绷带解开，显露出来的伤疤不像昨晚那么骇人，但也很不好看。

陆璟深只看了一眼便移开目光，想离开时被封肆拉住了手腕："别走了，就在这里陪我。"

陆璟深的目光落过去，坐着的封肆仰头看他，拖长声音："很疼啊……"

陆璟深迈出去的脚步收回，留在了原地。嘴上说着疼的人，其实眉头压根就没多皱一下，在护士帮忙换药时还有空跟对方说笑。

他总是这样，三言两语就能把人逗笑，轻易让人对他产生好感。陆璟深看着护士小姐灿烂的笑脸，又有些后悔留下来。

在陆璟深失神间，封肆已经上药完毕重新包扎了伤口，站起身："Alex，走了。"

陆璟深回过神，默不作声地跟着他离开。

出了门封肆把他拉住："刚在想什么呢？"

陆璟深的目光在他脸上停了两秒，伸手过去，轻戳了一下他才包扎好的手臂，面无表情地问："疼吗？"封肆手插着裤兜，盯着他的眼睛，依旧是故意拖长的语气："疼——"

陆璟深道："你多少岁了，还撒娇？"

封肆一阵笑。

>> 四 <<

离开医院后，他们接着去了一趟警局，做完笔录出来，已经是中午。在附近的餐厅用了午餐，离开时封肆说起这附近有个跳蚤市场，问陆璟深想不想去看看："我之前来的时候去过一次，好玩的东西挺多的，有没有兴趣？"

陆璟深其实无所谓，封肆想去，便跟着他去了。跳蚤市场在附近的广场上，零零散散的地摊遍布，卖什么的都有，行人穿梭其间，交谈问价的声音络绎不绝，是市井味十足的地方。这场景对陆璟深来说虽然难得，但不算陌生，从前他也跟着封肆去过类似的地方。

是在非洲时，途经某座城市碰上这样的集会，他们顺便去逛逛，买了一堆有当地特色的东西，其中就有他这些年一直戴在手腕上的那条皮绳。

那是用当地一种特殊的犀牛皮手工鞣制而成的皮绳，卖东西给他们的商贩说戴上会给他们带来好运,价格很便宜,他和封肆一人买了一条。

皮绳是不是真的会带来好运陆璟深不知道,当年皮绳他戴上手腕后,这七年一直没再摘下来过。直到与封肆骤然重逢,或许是因为心虚当年的不告而别,他才将那条皮绳取下来收了起来。

在陆璟深愣神间,封肆倾身向他:"又在发呆?想什么呢?"

陆璟深目光转向他:"没什么,你要买什么?"

"随便看看。"封肆丢出这句,揽着他继续往前走。

封肆一路兴致勃勃,不时停步在那些地摊前挑挑拣拣,跟人讨价还价。陆璟深对卖的东西兴趣不大。

一圈逛下来,封肆今天还算克制,只买了几样东西,但都是出乎陆璟深意料的东西——一台复古留声机、两张黑胶唱片,还有一本二十世纪出版的诗集。

陆璟深有点不知该怎么评价:"……你买这些?"

"不行吗?"封肆笑着扬眉。陆璟深道:"不像你的风格。"

封肆问他:"所以我的风格是怎样的?不正经?耍流氓?吊儿郎当?"

陆璟深无言,词都被封肆自己说了,他还说什么。

"其实我偶尔也挺认真的。"封肆道,"你不觉得吗?"

陆璟深彻底无话可说:"东西买完了还要逛吗?还是回去?"

封肆随意点头:"那就回去吧。"昨晚才发生那种事,他也不想在外面逗留太久。

结果回去封肆才发现自己被骗了,那台老旧留声机根本不能用。陆璟深目露嘲弄,像在讥讽他也会有翻车的时候。

封肆本来就不怎么在意,倒是陆璟深这副生动的表情看得他心情不错。

之后半个下午,封肆的时间都耗在了修理这台留声机上。陆璟深没打算帮忙，他也帮不上忙。

傍晚，他收到国内回复的消息，关于那个邮箱账号的主人，已经确定了，是上个月才被他逼退休的李文钟身边的一个助理。这大半个月他人在国外，公司内部确实有不小的异动，陆璟清一力压着，怕打扰他休息一直没跟他说。

陆璟深直接拨了陆璟清的电话号码。修理东西的封肆瞥了他一眼，没说什么。

电话接通后，陆璟深开门见山地说了昨天晚上发生的事情，电话那头原本有些睡意蒙眬的陆璟清瞬间清醒，提起声音紧张问他："那你怎么样？受伤了没有？那些歹徒抓到了吗？有没有事？要不要我过去？"

"我没事，人已经都被警察带走了，封助的朋友跟他们的人有些交情，这桩生意他们不会再做了。"陆璟深简单解释道。

陆璟清仍是不放心："那也还是不能掉以轻心，你提前回国来吧，确定是李文钟叫人做的，我现在就去报警。"

"没用的，"陆璟深提醒她，"没有确实的证据，事情发生在国外，你不可能拿他怎么样。他最近是不是一直在私下联系其他股东和董事？"

陆璟清道："你都知道了，他确实不死心，还想回公司，我以为他只是小打小闹，没想到他胆大包天敢做这种事情。"

"如果我没猜错，"陆璟深道，"等我被人绑架失踪的消息传回国内，他应该很快会让人提出开董事会会议改选新董事。爸现在身体不好，他们可能会想把你推上董事长的位置，借着掌控你来掌控公司。"

陆璟清冷笑："那也要他们有这个本事，阿深，我说过我们才是一家人，之前无论我跟李文钟走得多近，我都不会让他这么对付你，你信我吗？"

"除了你我没告诉其他人这件事。"陆璟深平静道,"我想再过一段时间再回国,这些事情只能推给你了。"

陆璟清听明白了:"你打算将计就计,等他们在董事会会议上发难再跟他们一起清算?"

陆璟深没有否认。

陆璟清痛快应下:"好,我知道该怎么做了,你在那边多加小心,就算有保镖在身边也别随便出门,公司的事情交给我就行。"

陆璟深也提醒她自己也注意安全,挂断了电话。

封肆凑过来顺走了他手机,点开,帮他给陆璟清发了"谢谢"两个字。"拜托人帮忙,要礼貌一些,谢谢这两个字是最基本的。"他教育陆璟深。

陆璟深蹙眉,封肆将手机递还给他:"一点都不犹豫就把事情跟你姐姐说了,真这么信任她?"

"你不信任封婷?"陆璟深反问他。

封肆笑了:"我确实不信任那个小丫头啊,她不给我找事添麻烦就够不错了,我哪敢信任她。"

陆璟深没理会他的玩笑话,解释了一句:"我爸身体不好,我妈和弟弟不管公司的事,我和她只能互相信任。"

这应该是陆璟深第一次肯跟自己说起他的家事,虽然也只有寥寥两句话。

封肆道:"你们家人关系挺好的啊。能让我见见吗?"

陆璟深神情一顿,避开了他的目光:"……以后再说。"

封肆扔了颗薄荷糖进嘴里,慢条斯理地咀嚼,凝视着他。陆璟深的神情略不自在,坚持没有松口。

短暂沉默后,封肆换了个话题:"你的假期是不是延长了?"

陆璟深点了点头:"嗯。"

"那算不算因祸得福？接下来有什么计划？想去别处玩吗？Y国去不去？去我家里。"封肆的语气，像随口一说的提议。陆璟深轻抿唇角。

"算了，你姐姐也不放心你随便出门，老实在这里待着吧。"封肆说完，起身继续去对付那台留声机。

陆璟深怔了怔，跟过去，封肆把零件拆了一地，蹲在地上慢吞吞地擦拭着发条。陆璟深有些犹豫地陪他一起蹲下，封肆目光睨过来，看着他没动。

陆璟深道："……做什么？"

"应该我问你做什么吧。"封肆无奈又好笑，"陆总，你挡着光了。"

陆璟深略微窘迫，往旁边挪了一些。他的模样，就像是心虚做错了事，有意想要讨好人，却又别扭地做不好。

封肆道："别动了，你越动我越没心思做，到这边来，老实待着。"陆璟深心头稍松，听话地挪去了另一边："要我帮忙吗？"

"先前不是没打算帮忙？"封肆笑问他，"你能帮什么？你分得清这些什么是什么吗？"

陆璟深面露难堪，封肆冲他抬了抬下巴："去给我拿瓶水来。"

陆璟深说了句"好"，站起身。

五分钟后再回来，手里多出了瓶矿泉水，递给封肆。

难得陆璟深这么好说话，封肆有意逗他："我肚子有些饿了，你再去给我拿个三明治来吧。"陆璟深看他一眼，转身去了楼下。

第三回时，封肆又说想要纸巾，陆璟深依旧去拿了。

"还要别的吗？"他大概已经看出了封肆在耍着自己玩，脾气很好地没计较，"你一次说清楚，我全部去给你拿来。"

封肆见好就收："不用了，跑来跑去你不累吗？在这里待着吧。"

陆璟深没再说什么，在他身边蹲坐下，随手拿起一旁那本诗集，翻了几页又搁下。这种东西连他都不怎么有兴趣,他不信封肆会喜欢。陆璟深的目光落回身边的人,安静看他干活。

半小时后,将最后一个零件装回,封肆拍了拍手:"应该修好了,要试试吗?"陆璟深点头。

封肆把留声机搬上桌,将买回来的黑胶唱片放上去,轻轻摇动手柄。音质细腻的歌声穿透岁月而来,随着唱片转动的频率缓缓流淌出。

>> 五 <<

之后半个月,陆璟深和封肆除了偶尔去附近镇上采买东西,再没离开过酒庄。其间罗恩来酒庄蹭了一顿饭,陆璟深与他口头上谈成了一笔生意,如果最终能敲定,未来尚昕可以借着罗恩的公司的助力,在欧洲市场上大展拳脚,陆璟深带着这张成绩单回国,也好让董事会那帮人彻底闭嘴。

当然了,罗恩这边能捞到的好处同样不会少,这个 F 国男人虽然看着比封肆还不正经些,谈起生意来却十分谨慎犀利,轻易不好拿捏。

正经事谈完,罗恩也没少祸害陆璟深的好酒,说是回头也要去买个酒庄。临走前罗恩看到封肆买的那台留声机,嘟哝道:"你们东方人就喜欢搞这些含蓄的浪漫,我还是比较喜欢酒吧里的音乐,那才适合年轻人,我被 Feng 你的外表骗了。"封肆却笑而不语,没打算解释。

清静下来陆璟深的脸色有点不好看,封肆问他:"不高兴?刚谈成了一笔大生意还不高兴?"陆璟深冷淡道:"等真签了合同再说。"

陆璟深没再理他,去跟陆璟清打电话。这段时间他们一直保持着联系,他被绑架失踪的消息已经传回国内,知道真相的只有家里人,公司里乱成一团,人心惶惶,心思浮动、趁机搞小动作的人不在少数。陆璟深早就想整顿公司多年积弊,如今正好借题发挥。

陆璟清告诉他,那些人已经做好准备,下周一会召开董事会会议:"你在那之前回来吧。"陆璟深应下:"好,我让人安排。"

陆璟清松了口气,说起另一件事,她这段时间在跟进一个大项目的竞标,投标文件已经制作得差不多了,因涉及资金多达好几亿,想让陆璟深也看一眼,看还有没有什么需要修改的地方。

"我发到你邮箱了,你有空看看吧,等你回来我们再讨论。"

挂断电话,陆璟深拿出平板,顺手点开了工作邮箱,投标文件已经发了过来。

封肆跟过来瞄了眼:"三点六个亿?这什么项目?"陆璟深没多说,只道:"后天回国。"封肆扬眉:"确定了?"陆璟深点头。

那就回去吧。封肆道:"假期结束咯。"

两天后,陆璟深的私人飞机启程回国。

封肆手上伤口刚拆线,回程不能飞,公务机公司特地派了个人过来临时接替他。

他和陆璟深一起登机,林玲他们一早在飞机下等候迎接,封肆跟人打招呼时笑容灿烂、春风满面。

陆璟深先一步进了客舱,林玲他们只知道封肆手受了伤,围着他关心问候了几句,封肆随口说没事。

说笑了几句,他跟进客舱,陆璟深已经坐下靠着座椅在闭目养神,看起来十分疲惫。

封肆去前面备餐室拿了一杯温热的蜂蜜水回来,递给陆璟深:"知道你不喜欢吃甜的,但把这个喝了。"

陆璟深接过杯子,轻轻握紧,跟他说了声谢谢。

"谢就免了。"封肆说完坐回去，随手拿起刚才陆璟深在翻的杂志，翻了两页又搁下，这种财经杂志，他一点兴趣都没有。陆璟深喝了小半杯蜂蜜水，放松下来，重新靠回座椅里。

飞机落地京市是下午五点，外面正在下今年入冬后的第一场雪。

从温暖的地方乍回到料峭寒冬，陆璟深有些不适应，裹紧身上大衣走下舷梯。回身时看到封肆正笑着跟其他人告别，吐息间的雾气让他的脸显得模糊，陆璟深就这么看着他，心绪逐渐平静。

封肆回头见陆璟深竟然没先走，还站在飞机下面等自己，意外过后他大步下来，眼里闪烁亮光："在等我？"陆璟深双手插着大衣衣兜，转过身："走吧。"封肆跟上他，笑说了句："那回家吧。"陆璟深心头微动，再没说什么。

接机的车子早半小时到了，就在外头等他们。刘捷也在车上，除了家里人，陆璟深平安回国的消息，只有少数几个亲信知道。坐进车里，刘捷立刻跟他汇报起工作，这一个月公司发生的事情太多，三言两语根本说不完。

大部分事情陆璟清该说的都在电话里跟陆璟深说过了，刘捷又补充了不少细节。陆璟深安静地听着，事态发展一如他所料，等后天的董事会会议过后，踢开那些心思不正的绊脚石，他就能真正掌控公司。陆璟深不是没有野心的人，这么多年他兢兢业业为公司作奉献，为的也不过是这个。刘捷说了一路，回到明月湾后，还想跟上去继续汇报工作。

封肆制止住他："行了刘秘书，我们飞十个小时回来，时差都没倒过来，晚饭也还没吃。"刘捷面露尴尬，封肆直接一锤定音："今天就这样吧，你明天再来。"陆璟深瞥他一眼，没有反对，像默认了他的提议。刘捷也意识到不合适，讪讪说明早再来，麻溜走了。封肆回头笑着跟陆璟深调侃："一个多月不见，刘秘书还是这么急躁。"

陆璟深转身先进去了电梯，封肆跟过去，拿出手机刷外卖 app，问他想吃什么。先前在飞机上陆璟深就只吃了一顿，后面倒是睡了很久，这会儿还算有精神，随口说："你决定吧。"

封肆收起手机："那去外面吃吧，就在小区对面，新开的餐厅。"陆璟深点了点头。上楼放了行李，接着出门。

封肆说的餐厅从小区大门口步行过去只要十分钟，雪还在下，他撑开伞。陆璟深看一眼头顶，有些犹豫道："你再去拿一把伞。"

"你刚才怎么不说？"封肆懒懒道，"不想去了，就这样吧。"陆璟深略微尴尬，只能算了。

夜色渐沉，雪比之前又大了不少，城市灯火显得朦胧寂寥，两人走进漫天雪雾里。陆璟深专注地看脚下的路，耳根被冻得微微发红。

封肆问："以前跟人一起看过夜雪吗？"陆璟深道："没有。"

"我倒是有，"封肆低声道，"有一年，也是初雪，跟人这么共撑一把伞走了一路。"

陆璟深下意识看向他，封肆笑了笑，没多解释。那一次是他参加一个派对，喝高了，临走时发现雪下得很大，他没有带伞，正好有一个人提出同行，他已经不记得对方长什么样，只记得那双眼睛和陆璟深很像，那也是个亚洲面孔的男人。

封肆突然想到这桩陈年往事，倒不是当时那个男生有什么特别值得怀念的，不过是从那以后他的心态就发生了转变。不再抱有期望，就不会有失望，把找人的过程当成一种享受，未尝不是乐趣。

而且最后他找到了，不是吗？

吃完晚餐回来，已经过了八点。封肆把堆积成山的快递包裹搬进家里，这些都是他买的，陆璟深从不网购，家里冰冷空荡，这间房子多了

骑士

一个封肆才终于有点像个家的样子。陆璟深注意到墙上万年不用的信箱里夹了一张纸，走过去发现其实是张明信片。他把明信片拿下来，没来得及细看，封肆将最后一个包裹搬回屋，在里面叫他。陆璟深将明信片随手塞进大衣口袋里，先进了门。

洗完澡也才不到九点，陆璟深坐到书桌前打开笔记本，想看会儿刘捷发过来的文件打发时间。心不在焉时，他想起刚拿进来的那张明信片，从一旁挂在衣架上的大衣里翻出来，坐回书桌前。

红色底的明信片，是之前在纳维亚，封肆寄出去的两张明信片中的另外一张。

陆璟深微微怔神，将明信片翻过去，背面的空白处，有封肆亲笔写下的内容。

Alex,

写这张明信片时我在纳维亚，你也在这里，清早阳光很好，我们一起坐在餐厅里吃早餐。

约好了一起来看极光，这次终于能成行，听说如果夜里在这座城市看到极光，是好运来临的象征，昨晚我们一起看到了，是不是预示着好运已经降临到你我身上？

但愿如此。

我知道你很好奇我这张明信片要寄给谁，你如果肯主动问我，我会告诉你，是要寄给你。

第一次能将明信片寄到目的地，我很高兴。

期待你收到这张明信片时，也能跟我一样高兴。

Feng

10.19

Chapter 6

慌乱
SHEN CHAO

/第六章 · Chapter 06/

慌乱

>> 一 <<

早上九点,车停在陆家大别墅外。陆璟深下车,让封肆和刘捷就在车里等,独自进去了别墅里。封肆的目光落向车窗外,四处看了眼,这里应该是城中黄金地段的高档住宅区,陆璟深原本的家。他回头问后座的刘捷:"你们董事长是什么性格?"刘捷无奈道:"……你觉得你问这种问题合适吗?"

"随便问问,"封肆漫满不在乎道,"不说算了。"他推开车门,刘捷叫了他一句,警惕问:"你要干吗?老大说了让我们就在这里等。"

"不干吗,"封肆好笑地说,"下去抽根烟可以吗?"

陆璟深随他父母出来时,封肆倚车门边,正一边拨弄着打火机在抽烟。看到陆璟深皱眉,他随手扔了烟头,用脚尖碾灭。陆璟深瞥开眼,陪两位长辈往后面那辆车去,送他们上车。

封肆的注意力转向那位陆董事长和他夫人。

陆璟深父亲看起来确实有些精神不济,但身形笔直,举手投足间都是气势,并无老态。陆夫人则显得更年轻些,笑容温和,陆璟深在她面前难得有些乖顺的感觉。

很奇妙的一家人。

安昕倒是多看了封肆两眼,坐进车里时,问自己儿子:"那就是你新请的助理?"陆璟深点了点头,不想多说,帮他们关上车门。

安昕看着他走回去,那位助理帮他拉开后车门,上车时似乎在他耳边笑着说了句什么,不由若有所思。

封肆说的是:"你爸看起来挺严肃的,你长得像他,所以你五十几岁时也会变成那个样子吗?"

陆璟深一言不发地坐进车里,带上车门,将封肆的调笑挡在车外。

四十分钟后,他们的车到达尚昕大楼外,收到消息的人匆匆出来迎接。公司高层正在召开董事会会议,许久没在公司露脸的董事长突然出现,一起来的还有传言中在国外失踪了的陆璟深,无人不惊讶。一行人快步进门,直接坐高层专用电梯上楼。

会议室大门敞开,陆璟深随同他父亲走进去,在座众人纷纷回头,看向陆璟深的是一张张或惊讶、或激动、或愕然、或不知所措的脸。

主持会议的陆璟清第一个站起身,将位置让出。

陆父坐上去,扫视了一圈众人,问:"听说诸位觉得我不中用了,想要我退位让贤?"

封肆没有跟着进去,他在外边走廊的自助贩卖机上买了瓶可乐,捏着易拉罐有一搭没一搭地喝。

四十分钟后,有便衣警察上来,进入会议室。再出来时,一左一右夹着双手都被铐上了的李文钟。

这个人虽然被陆璟深勒令退休了,但还是公司股东,今天也打着旁听的名义出现在这里。他买凶绑架陆璟深的事他们没有证据,侵吞公司资产这笔账,却可以跟他算个清楚。

经过封肆身边时,他叫了对方一句:"喂。"李文钟面色阴沉地看向他,封肆偏了一下脑袋,说:"听说你家还有个败家子儿子?"

认出他是陆璟深身边新请的助理,李文钟咬牙:"你们想做什么?"

"不是我们,是我,跟陆总没关系。"封肆轻蔑道,"也没什么,放心,花钱雇人绑架动静太大了,犯法的事情我不会做,但引人误入歧途什么的,我挺擅长的,你留下的那点身家,不知道够不够你儿子以后挥霍。"

李文钟怒道:"你!"

便衣警察听得直皱眉,赶紧把人带走了。

陆璟清后一步出来,跟过去也和李文钟说了几句话。回来时她脸色不大好,看到封肆,则更冷淡了些。

封肆主动开口:"总裁刚跟他说什么?我猜,应该是问他为什么要绑架陆总?"

陆璟清道:"你这么喜欢自作聪明?"

"那看来我猜对了,"封肆道,"不过看总裁这个表情,他的回答应该不太让你满意。"

陆璟清沉了脸,确实被封肆说中了,她想要一个答案,她和陆璟深小的时候,那位文钟叔一直对他们很好,她能感觉得到,那种好是不掺假的,即便知道人都会变,她还是不甘心。

封肆提醒她:"总裁,比起陆总,你还是有些感情用事了,难怪董事长把 CEO 的位置给他而不是你。"

"你是想说阿深他无情?"一提到陆璟深,这位女总裁便戒备起来,教训他,"你身为他的助理,似乎不该这么不守规矩地评价自己的老板。"

封肆无所谓地一摊手:"好吧,是我口无遮拦了,不过我就是有点好奇,陆总今天要对付的人,不少都是你的亲信吧,你这么大方配合他?"

"不听话的人,留着也没用。"陆璟清不屑道,真正肯听她话的人,早在她的提醒下安分下来,剩下这些,都不过是借她的名义针对陆璟深,居心叵测罢了。

"这句话也送给你。"陆璟清说完,直接回去了会议室。

封肆笑了笑,依旧在门口没走。从百叶窗的缝隙间隐约可以看到里面,上座位置的人换成了陆璟深,他父亲坐在他身后,陆璟清则在他左手侧。陆璟深正在说着什么,神情严肃,侧脸紧绷着。封肆想,这副模样还真是不讨喜,大概再过二十年,他确实会变成和他父亲一样的商场老狐狸,喜怒不形于色,那可真没意思。

会议快结束时,一直在休息室里等候的安昕过来,原本懒散靠墙上玩手机的封肆站直身,冲她点头示意:"夫人。"

安昕打量着他,亲切地问候:"我听说阿深遇上绑匪,全靠你才能平安脱逃,你的手臂上还受了枪伤,现在怎么样了?"

"已经好了,被子弹擦伤了而已,多谢夫人关心。"封肆难得正经。

安昕道:"无论如何,我是阿深的妈妈,我都该跟你说谢谢,很感谢你帮了阿深。"

"我应该做的,"封肆微微摇头,"我帮他是我的事,不需要道谢。"

安昕觉得这句话听起来有些奇怪,还想再说点什么时,会议宣布结束。里面的人陆续出来,有人兴奋激动,也有人面色颓败,众生百态。

封肆看向陆璟深,他还在会议室里跟人说话,侧着头眉峰轻蹙着,是他在公司里一贯的形象。陆家三人最后出来,安昕过去扶住陆父的手臂,陆璟深让开位置,回头看到封肆,抿了一下唇角,什么都没说,将他父母送去电梯间。

陆璟清陪两位长辈一起下去,刚出来时她看到安昕在跟封肆说话,电梯门合上后便顺嘴问了句:"妈你刚在外面跟封助说什么呢?"

"问他手臂上的伤怎么样了,"安昕解释道,"他因为阿深受了伤,我们得好好跟人道谢。"

陆璟清不以为意:"那是他职责所在,他拿了阿深的工资,帮阿深挡刀挡子弹都是应该的。"

安昕不赞同道:"他确实救了阿深,道谢才是应该的,倒是你,以前不会说这么尖锐刻薄的话,你对阿深的助理为什么是这个态度?"

陆璟清摇了摇头,不想多说:"跟阿深没关系。"

陆璟深回去办公室,封肆跟过去。出外一个多月,加上公司这一场动乱,之后还会有大规模的人事变动,堆积成山的工作都在等着他来处理。封肆看一眼腕表:"十二点了,去吃饭吗?"

陆璟深翻着文件,没有抬头:"去吃饭这些工作你来帮我做?"

"可以啊。"封肆满口便答应下来。

陆璟深随手扔了一份资料过去:"你能看懂再来大放厥词。"

封肆翻了两页,倒也不是看不懂,就是中文字太多了,他看着累。

"看来我这个助理除了给老板挡枪,确实没什么用。"封肆撇嘴笑道。

陆璟深抬眼看向他,皱了皱眉。

"看着我做什么?我说得不对?"封肆半点不觉脸红。

陆璟深想了想:"也有别的用处。"

陆璟深想的是,封肆的存在虽然叫他觉得棘手且难以掌控,又确实填补了他内心深处的一块空洞,让他至少在工作之外,还有可以一起玩的朋友。这一点他之前一直不愿面对,现在才不得不承认。但他没有说出口,心理障碍并非那么轻易就能克服。

封肆也不强求,倚在桌边信口说道:"你家里人我都已经见过了,果然每个人个性都不一样,你还是最像你爸吧?"

陆璟深没作声,封肆兀自说下去:"今天你爸要是不来,只怕事情还不会这么顺利,他往桌子前一坐,我看那些人阵脚就已经乱了。你爸确实很厉害，就算身体不好了，气势还在，让人不敢忤逆他。"

"所以你以后也会变成他那样吗？"封肆坐在陆璟深面前问，"等你到了五十岁的时候，真的会变成你爸那样？"封肆的眼里盛了揶揄，玩笑一般。

陆璟深想到的却是，等到他五十岁，那还有二十年，二十年以后自己变成什么样，面前这个人还会看到，还有兴趣看到吗？

他不确定、不自信，也给不出答案。

但是话到嘴边，像是不愿见封肆的眼里流露出失望，陆璟深改了口："等到五十岁再说。"

封肆轻声笑："最好还是不要吧，你爸那样的朋友，我不太喜欢啊。"

陆璟深道："我妈喜欢。"

陆璟深有时出其不意的一句话，还挺有幽默效果，封肆脸上笑容加深："好吧，萝卜青菜各有所爱，我不喜欢也不能勉强别人不喜欢。"

陆璟深道："……你别五十岁时还像现在这样不正经，到时候被人说'为老不尊'。"封肆受教点头："我勉力改正。"

陆璟深根本不信他会改，但被封肆这么一打岔，他也彻底没心思再工作了，五脏庙跟着抗议，他干脆把手边的文件合上，起身："走吧，去吃饭。"

接下来一个月，陆璟深又开始每天加班，应对公司动荡和年底烦琐忙碌的工作。好消息是，之前跟罗恩口头谈下的项目正式敲定了，因为这个，那些对他大刀阔斧朝公司元老动刀子颇有微词的人全部闭了嘴，这一关总算过了。

也确实很累，度过了一个月假期后，身体重新拧上发条、高度紧绷，这种感觉实在算不上好。好在有封肆时刻在他眼皮子底下晃着，虽然这个人霸道、强势、不讲理、不着调，让陆璟深心烦，但这种心烦未尝不

慌乱

是他情绪宣泄的一个出口。

深夜工作结束坐上车回家时,有朋友一起远好过独自一人。

>> 二 <<

办公室里。

陆璟深听完下属的工作汇报,把人都打发走,看一眼时间,继续翻起文件。封肆进门来,招呼都懒得打,也不打扰陆璟深,往沙发里一坐,自顾自地翻杂志。陆璟深瞥他一眼,收回视线,继续工作。二十分钟后,封肆的手机铃声响起,他随手搁到茶几上,按下免提。

是罗恩的声音,问他明天跨年夜,有没有什么安排,要是觉得无聊,愿意连夜飞来Z国陪他。封肆漫不经心地将杂志翻过一页:"免了,我有节目了。"电话那头的人嘀嘀咕咕地抱怨,封肆懒得理他,把对方的声音完全当作背景音。

半分钟后,另一只骨节分明的手伸过来,拿过他手机,直接按下挂断。

封肆抬头,陆璟深皱着眉有些不悦,他好笑地说:"陆总,你亲自帮我挂电话?老板连员工跟谁打电话也要管?"

陆璟深看着他问:"你有什么节目?"

"不知道啊,"封肆懒洋洋地靠回沙发里,"有没有节目,就看陆总肯不肯分出点时间给我。"

见陆璟深不表态,封肆继续蛊惑他:"明天放假了,你还打算加班?我看你弟弟的朋友圈,他又跟他朋友出去玩了吧。还有你姐,刚下班那会儿见她光彩照人地出门了。你呢?还要留这里?"封肆说着指了指自己腕表,"七点了陆总,下班吧。"

沉默了片刻,陆璟深站起身,拿下衣架上挂的大衣,冲封肆一抬下巴:

"走吧。"

大约没想到他突然这么好说话，走出办公室时，封肆笑问："真的现在就回去？"

陆璟深没有回答，交代看到自己出来也立刻跟过来的刘捷："让其他人都下班吧，你也回去。"

陆璟深已转身往电梯间去，封肆回头冲刘捷挥了挥手："刘秘书，放假了，再不回去跟女朋友约会，小心被人甩了。"

刘捷："……"关你屁事。

下楼之后把司机也打发离开，封肆开车载着陆璟深驶离尚昕大楼。陆璟深指的路与回家的方向截然相反，封肆挑眉："去哪里？"陆璟深道："往前开，你去了就知道。"

陆璟深带他去的地方，是他们家在城郊开发的一个私人度假村，地处依山靠水的森林静谧处，占地面积颇大。

进门时封肆吹了声口哨："原来城外还有这种地方，果然是有钱人的天堂，看不出来你还挺会享受的。"陆璟深道："我很少来，来也是带人来应酬。"封肆的评价只有四个字："暴殄天物。"陆璟深反唇相讥："你成语确实学得不错，但这个词不是这么用的。"

"陆总谬赞。"封肆直接无视后面一句，将陆璟深的讥讽当作夸赞笑纳。陆璟深说不过他，干脆闭嘴。

车子一路往度假村里面开。陆璟深在这座度假村里有一栋独栋的小别墅，他每回来都住这儿，今天是第一次私下带朋友来过夜。

封肆倒了酒，在房间外的露台上欣赏夜景。这个地方确实不错，没有大都市里严重的光污染，可见稀疏月色和隐约几颗星星，在前方湖面投下波光粼粼的影子。看着就叫人心情放松。

陆璟深跟出来，接过封肆递来的酒杯，将那小半杯红酒慢慢倒进嘴里。

慌乱

封肆倚着扶栏看他:"这里是不是除了我们没有别的人？元旦假期大概连干活的工人也放假了吧？"

"有区别吗？"陆璟深反问他。

"没有，能跟着老板来，我已经很高兴了。"

封肆笑了笑，与陆璟深碰杯:"喝酒吧。"

夜色渐浓，他们有一搭没一搭地喝酒聊天，听到楼下传来汽车发动机的声音时，封肆眯起眼朝下看了眼，有车灯的亮光正逐渐靠近。"有人来了。"他提醒陆璟深。

陆璟深看过去，皱了一下眉。车已经停在了楼下，陆璟深道:"是我爸妈，我下去一趟。"

封肆拉住他:"我要不要跟你一起下去啊？总得去打个招呼吧？"陆璟深摇头:"不用麻烦了，我下去就行。"

"Alex，我不是你朋友吗？来了你家的度假村，正巧碰上你爸妈，去打个招呼不是基本礼貌？"封肆慢慢说道。

"不用了。"陆璟深还是拒绝，下意识地，他不想让自己父母知道他和玩世不恭的封肆混在一起，"我去去就回。"

封肆独自留在了露台上继续喝酒，看着楼下陆璟深走出去，和自车上下来的安昕说话。

他的视线落在陆璟深身上，漫不经心地晃了晃杯中的酒。

几分钟后安昕重新上车，车子往山腰上的另一栋别墅开去。

陆璟深回来时，封肆杯子里的酒刚刚见了底，他放下酒杯，和陆璟深提议:"我们还是走吧。"

陆璟深一愣:"你不想在这里玩？"

封肆却道:"你爸妈也在，你能玩得自在？"

离开度假村已经快晚上十一点，坐上车陆璟深给安昕发了条信息，解释临时有事先回去了，摁灭手机屏幕后他目光转向封肆，说了句："抱歉。"

　　"抱歉什么？"封肆好笑说。

　　陆璟深嘴唇动了动，不知道该怎么说，他能感觉出封肆有些不高兴。封肆接着道："行了，道歉的话我不爱听，省省吧。"

　　回到城中，等红绿灯时，陆璟深犹豫问："你饿吗？我们去吃个消夜吧。"封肆转头看向他："吃消夜，你确定？"陆璟深点头："你想吃什么？"

　　封肆倒是无所谓，陆璟深说吃，那就吃吧。他把车开去朋友推荐的附近的一个大排档，人声嘈杂喧闹的地方，停车后指了指大排档大红大绿、没什么格调的招牌："要吃就吃这个，要去吗？"陆璟深没有反对，跟着他下了车。

　　五分钟后，他们坐进油烟味浓重的大排档餐馆内。

　　桌上是油腻的一次性桌布和被塑料膜包起来的餐具，周围是喝着酒吃着东西一边大声吹牛的深夜食客，这样的氛围让陆璟深十分不适，但见封肆自在地拆开餐具点菜，他捏紧手里的纸杯，抿一口热水，强迫自己融入其中。

　　封肆的神情有些懒散，点完菜问人要了热水烫餐具，还随手又点了根烟，反正在这种地方，吞云吐雾的也不止他一个。

　　陆璟深看着烟雾后他有些模糊的眼，想起先前的事情，心脏一阵不舒服。封肆把烫好的碗碟递给他，抬眼时瞧见他心神不宁，顺嘴说："不是你提议要来吃消夜的，怎么又一副坐立不安的样子？"

　　"没有，"陆璟深放下杯子，问他，"你要喝酒吗？"

　　封肆反问："一会儿你开车？"

"我跟你一起喝，"陆璟深道，"叫代驾。"

"行吧。"封肆打了个响指，叫来服务员，给他们上了半打啤酒。

点的菜也陆续上齐，封肆拿起筷子，冲陆璟深示意："试试吧，这家店味道还挺好，我之前来过一次。"陆璟深犹豫了一下，问他："你在国外出生长大的，也吃得惯这种路边大排档？"

"有什么问题？"封肆弹了弹烟灰，捻灭烟头，"我倒觉得这比西餐好吃得多。"

"你以前，来过Z国吗？"陆璟深问出口，又觉自己是在没话找话，他更想问的其实是，这个人还打算在这里待多久。

他希望封肆一直留在这里，但他确实没有什么底气提出要求。

封肆给他和自己各倒了杯啤酒，解释道："小时候来过很多次，我爸妈都是南方人，早年去Y国留学在那边入籍定居，家里长辈还在时每两年会跟着爸妈回来探亲一次。"

不过他前一次回来，已经是十年前，他来参加祖母的丧礼。

这七年他满世界找人，东亚乃至东南亚其他国家都转了个遍，唯独没来过Z国。就因为陆璟深当年在他面前装得太好，让他深信陆璟深不可能是Z国人。

最终能找到陆璟深，其实是机缘巧合。

年初他去中东，接了一份当地土豪的半年短期合同，雇主的一个朋友一直在东亚这边投资做生意，也和Z国的有钱人打过交道。

那次是在飞机上开派对，那个人拿出自己在Z国参加商务酒会时拍下的照片给大家看，他去敬了杯饮料，恰巧瞥见那张照片，就这么毫无预兆地看到了照片角落处，失踪了已有七年多的那个人。

当时那一瞬间的激动过后，随之而来的是满心说不出的苦涩，那时他才终于确信，那个人从一开始就在防着他，连真正的来历，都不肯对他透露分毫。

但封肆还是想还清欠那个人的人情，也很担心他，至少要再见他一面，所以他辞去中东那边的工作回到这里，应聘进公务机公司。

再之后毛遂自荐来帮陆璟深开飞机，在那个晨光明媚的清早，与陆璟深重逢。

说要来吃消夜的是陆璟深，他胃口却不怎么样，筷子没动几下，酒倒是喝了不少。

"你心情不好？"封肆接着给他倒酒，顺手夹了一筷子菜到他碗里。

"你心情好吗？"陆璟深反问，声音有些底气不足。

"本来是挺好的，"封肆笑，"你家那个度假村地方真不错，还没仔细逛过呢，原本还想着这两天可以好好玩玩，结果泡汤咯。"

陆璟深道："你要是想，下次有机会我们再去。"

封肆道："算了吧，我无所谓，倒是你，从刚才进来起就不自在，你受不了这种地方其实不用勉强自己。"

陆璟深犹豫了一下，有点艰涩地说："但是……"

封肆看了他一会儿，难得认真地道："Alex，我觉得很多时候你都在勉强自己，工作时也是，生活中也是，你好像过得不快乐，很紧绷，连面对你爸妈时也一样，或许你愿意跟我倾诉吗？我希望至少和我在一起的时候，你能放松点。"

封肆的声音不轻不重地敲在陆璟深耳膜上，让他心脏不断紧缩，沉默许久终于说道："……我愿意跟你说，但是你可不可以再给我一点时间。"像是怕封肆不肯答应，他又添上一句，"我会努力。"

封肆点了点头："随你吧。"

陆璟深听出他语气里的失望，那种心脏不舒服的感觉更加强烈了，

慌乱

他捏起杯子，继续往嘴里倒酒。

半打啤酒喝完又加了半打，全部见了底，一顿消夜吃完，已经快凌晨一点。走出餐馆时，封肆抬头望了望天，忽然说："这里的凌晨一点，一颗星星也看不到。"

陆璟深知道他的意思，愈发不知道能说什么。

代驾司机将车开过来，他们一起上了车。车子在灯火都显寂寥的午夜街头飞驰，封肆靠在座椅里漫不经心地跟人发消息，陆璟深瞄了一眼，屏幕里全是英文。

他没有偷窥的想法，很快又移开视线。

封肆发完最后一条，收起手机，一只手枕到脑后，目光转向窗外。

陆璟深有心想说点什么，但车中还有陌生人，话到嘴边终究没有说出口。

>> 三 <<

第二天是假期，清早陆璟深起床时，封肆已经出了门，给他发了条信息说约了朋友出去玩，晚点回来。

陆璟深握着手机，心情略复杂。他喜欢和封肆待在一起，但他不知道，封肆和他在一起的时候会不会觉得无聊。

他是这么一个无聊的人，活不成别人那样的多姿多彩。

犹豫之后他给封肆回了条消息，问他什么时候回来。半小时后，封肆才回复过来，只有两个字："再说。"陆璟深摁灭手机屏幕，没有再回。

最后他一个人出门，去了家附近上次带封肆去过一回的健身俱乐部，独自打了一早上的壁球。其实也心不在焉，一下比一下更用力地把球抽到对面墙壁上，心却静不下来，脑子里挥之不去的都是那个人的影子。

打了足足两小时，他累到快虚脱时才扔了球拍，弯下腰双手撑着膝盖喘气，汗流了满面，疲惫又难堪。

出门呼吸到新鲜空气，那种让他窒息的反胃感才稍微缓解了一些，掏出车钥匙想开车门，钥匙没拿稳从手中滑落，滚进了车身下。

他一阵烦躁，失态地一脚踹到了车胎上。

中午前陆璟深就回了家，随便煮了口面吃，下午在家里开着投影仪放电影打发时间。

封肆是在傍晚回来的，进门手里拎着两大袋食材，肩膀夹着手机还在跟人讲电话："不去了，去了也是喝酒，没意思，我回家了。"

听到这句，陆璟深移开眼，视线落回了电影屏幕上。

封肆挂断电话，去厨房放东西，叫了他一声："我买了材料，晚上吃火锅，过来一起收拾。"

陆璟深过了半天才起身走过来，看着封肆干活。封肆把食材一起扔水池里，回过身问："今天一天都在家里？怎么还是一副精神不济的样子？"陆璟深皱眉躲开："早上去打了球。""又是一个人去打壁球？"封肆"啧"了声，"有意思吗？"

确实没意思。

"你跟人出去浪就有意思？"陆璟深不悦地说。

封肆笑着纠正他："朋友聚会怎么能叫浪，早上去玩赛车，中午一块吃了个饭，下午打台球玩桌游，晚上他们还要去酒吧，我懒得去了，知道你不喜欢这种活动，所以没叫你一起。"见陆璟深不说话了，封肆的视线停在他脸上，"我说你，真的就一个合得来的朋友都没有？除了工作谈生意，就没点其他的社交？不至于吧？"

"没有，不需要。"

像封肆热衷的这种社交活动，他的确不需要。陆璟深冷淡地丢出这句，卷起衣袖，开始动手帮忙。

东西上桌时，陆璟清打来电话，跟陆璟深说了个事。

李文钟的老婆今天来找她，说他们的独生子上周去镜海城赌博，后来失踪了，昨晚才得到消息是在赌场里欠了大笔赌债，被扣下了，赌场那边要他们给钱赎人，开口就是上亿现金。

"她说李文钟和她自己名下的资产股份都被冻结了，求我借钱给她去赎儿子，要不是我拦着，她大概会直接去打扰爸妈。"

陆璟深问："你什么想法？"

"肯定不能让她去烦爸妈，我会先稳住她。"陆璟清没好气地说，"但是李文钟他买凶绑架你是冲着要你命去的，我们凭什么借钱给他救儿子？李文钟现在在看守所，他老婆没什么主见，有我盯着她，暂时闹不出什么事。"

陆璟深尚在思考，封肆晃过来，插话道："赌场的人只是要钱，最多打他几顿，要不了他的命，那位大少爷一身的肥肉，受几天苦就当减肥了，管他干吗。"

陆璟深有些怀疑地看了他一眼，想了想，叮嘱陆璟清："把事情告诉李文钟的律师，让他知会李文钟，想尽快救儿子就别死咬着牙不松口，痛快承认罪行早点了结案子，他名下这些资产股份解冻了，还了欠公司的账，剩下的变卖之后足够他们把人赎回来。"

挂断电话后，陆璟深直言问封肆："这事你为什么会知道？"

封肆往桌子前一坐，顺手拉着他一起坐下："吃东西。"

陆璟深没动筷子，盯着他非要个解释，封肆笑笑说："没什么，正好有个朋友是那边一个赌场的厅主，那位李董家的败家子又喜欢去那边赌，就麻烦人帮忙好好招呼他一番，不这样他老子哪肯痛快低头，把吞的钱都吐出来。"

"你昨晚就知道李家那边收到了消息?"陆璟深拧眉问,不由想起昨夜回来的车上,封肆用英文跟人发的消息。

"啊,"封肆随意点头,见陆璟深眉头紧蹙,冲他抬了抬下巴,"嫌我多管闲事了?"

这种野蛮手段,确实不是陆璟深会用的解决问题方式,如果是别人这么做,即便是为了帮他,他都不会高兴。但是做这些事的人是封肆,似乎也不奇怪,封肆就是这种个性的人。

"没有,多谢。"说完这句,陆璟深拿起筷子,不再将事情放在心上。

封肆稍显意外,他以为陆璟深怎么都会板起脸,教训自己几句,却没想到他在纠结过后,竟然眉头松开,跟自己道了谢。

——嗯?

陆璟深抬眼,神色平静:"你不吃?"

大惊小怪的那个反成了自己,封肆乐了,给他倒酒:"吃吧。"

吃着东西,封肆随口问:"一个人在家,除了打球、看电影,就没做别的?"

"中午睡了一觉。"陆璟深闷声说。"生气了?因为我招呼不打一声就出去了?"封肆笑问。陆璟深道:"没有。"封肆拖长声音:"哦。"

他看不像,陆璟深这又在意又不好多说的纠结模样,可太好玩了。

吃完晚餐,接着看电影。封肆懒散地靠在沙发里,长腿交叠搭在茶几上,随便挑了部片子,拉着陆璟深坐下陪自己一起。

陆璟深早习惯了他这副坐没坐相的德性,在家里也懒得纠正,他对电影没兴趣,抱着笔记本想看点资料消磨时间。

封肆脑袋凑过来,瞥一眼他笔记本屏幕:"下午我回来,你一个人不也在看电影?怎么现在就不看了?故意的啊你?"

陆璟深盯着电脑上的资料没转开眼:"我对这个电影没什么兴趣。"

但半分钟后,陆璟深还是将笔记本收起搁到茶几上,靠回沙发里,勉强自己集中精神去看电影屏幕里的内容。

封肆看着他的动作,忍不住笑。

结果封肆不让陆璟深看笔记本,自己却玩起了手机,跟人来来回回地发信息。全是他的朋友,说今晚跨年夜,约他出去玩。

陆璟深无意偷看,但封肆丝毫不避讳他,聊天页面几乎就在陆璟深眼皮子下方,他视线稍一偏过来就能看到,越看越觉得心里不舒服,犹豫了一下还是说:"你不让我看笔记本,你自己也别玩手机,要不就别看电影了。"

封肆看他一眼,眼睛里闪烁着狡黠:"好吧,你说了算。"说着收起了手机。

零点过时,窗外有隐约的喧嚣声传来。

封肆捡起手机看了眼时间,对陆璟深说:"新年快乐。"

这是他们一起迎接的第一个新年。

陆璟深怔了怔,下意识问:"零点了吗?"

"嗯,零点了。"

看着他眼中的亮光,陆璟深忽然感到心安:"新年快乐。"

电话响起来,是陆璟清打来祝陆璟深新年快乐,没开免提封肆都听到对面陆迟歇的大喊大叫,对面似乎是什么新年聚会,还有小孩子的声音,陆迟歇和小孩子打闹得不亦乐乎。

打完电话封肆笑道:"你们亲兄弟怎么差这么多啊?你要是有他一半放得开就好了。"陆璟深不知道怎么接话,封肆却又道,"还是算了,你不用像别人,这样就挺好。"

陆璟深起身去浴室洗漱。

封肆跟过来:"Alex,新年有什么新愿望吗?"

陆璟深正在刷牙,从镜子里瞥了他一眼,将嘴里牙膏吐了,慢慢说:"多赚点钱。"

封肆笑了:"就这个?陆总的愿望果然朴实无华,不愧是资本家。"

陆璟深问:"你呢?"

封肆想了想:"希望大家都能过得更开心点。"

陆璟深无言一瞬,点了点头:"但愿如此。"

隔天陆璟深一早起来,家里又只有他一个人。陆璟深环视一圈四周,后知后觉回过神,封肆又招呼都不打一声,出门去了。

他拿起手机,今天甚至连消息也没留。

"你去了哪儿?"

消息发出去,陆璟深皱了皱眉,想要撤回,那边电话已经打进来。他按下接听,封肆带笑的声音传来:"起来了?"

陆璟深沉声道:"你也很有精力,一大清早又出去'朋友聚会'。"他话说完,电话那头一阵笑:"陆总这话好酸啊,今天不说我浪了?"

"你不浪吗?"陆璟深反问,瞥见窗外还飘着雪,"下雪也拦不住你出门的脚步。"

"你要是想跟着我一起去可以直说,不必这么话里话外地刺我。"封肆说完改了口,"逗你的,我出来跑两圈而已,顺便买个早餐回去。"

陆璟深声音一顿,略微尴尬:"真的?"

"真的,我就在小区附近的街心公园,马上就回去了,这会儿雪也不大,外面人还不少。"封肆说。

陆璟深想挂掉电话,封肆接着问他:"早餐想吃什么?包子、馒头、煎饺、油条,或者粉、面、汤,你自己挑。"

陆璟深道:"随便吧,你决定就行了。"

"不能随便,"封肆提醒他,"别总是跟我说随便,吃什么你自己选。"

陆璟深像故意刁难他:"那你每样都买吧。"

封肆道:"你吃得下这么多吗?"

陆璟深道:"你让我自己选,我选了。"

"行吧,老板说了算。"封肆不再跟他耍嘴皮子,挂断电话后,走进早餐店里,把能打包的吃食都打包了一份。出来时他看到前边还有间花店,一大早就开了门,过去随手买了束花。

陆璟深回房冲了个澡,出来见封肆还没回来,先去了厨房。

陆璟清的电话进来时,他正在冲咖啡。

"阿深,出事了。"陆璟清上来便是这句。

>> 四 <<

封肆进门时,陆璟深仍在和陆璟清通电话。

封肆走过来,将买回的早餐搁到餐桌上,把花插到花瓶中,回头注意到陆璟深眉头紧锁脸色也不太好,用眼神询问他发生了什么。

陆璟深挂断电话,沉声解释:"南湾区那个项目的投标文件泄露,被对手公司拿到了,过两天就是开标会,事情很棘手。"

封肆扬了扬眉:"之前说的那个三点六个亿投标报价的项目?从公司内部泄露的?谁干的?"

陆璟深道:"应该是,具体是谁还不清楚。"

他又给刘捷打了个电话,那边也是一头雾水,完全搞不清楚状况。

陆璟深的脸色愈发难看,挂断电话时一个不小心带倒了桌上的咖啡杯,"啪"一声落地,褐色液体带着滚烫的温度四溅开,连他腿上也沾到了。

陆璟深没有理会，转身想进去书房，被封肆拦住。

封肆冲他努了努嘴："你脚都烫红了，没感觉的吗？"陆璟深垂眼看去，不禁蹙眉，似乎这才注意到发生了什么。

封肆不再说，把他按坐下，回房去拿上回自己没用的那支烫伤膏。上药时封肆看着他小腿上通红一片，"啧"了声："陆总什么大风大浪没见过，这点事情不必这么紧张吧。"

陆璟深皱眉道："公司刚刚发生高层人事变动，这个节骨眼上出事，很麻烦。"

"这个项目是你姐姐在跟进的，出事了也是她的责任比较大。"封肆说着，手在陆璟深没伤到的地方敲了一下，"痛吗？"

陆璟深闷哼了一声："我自己来。"

"行吧，别发呆了，赶紧把药抹了，上完药去吃早餐。"封肆说完，把药膏递给他，先去把地上的狼藉收拾干净。

陆璟深根本没胃口，封肆买了七八样东西，他只拿了一碗白粥，视线晃过时，瞥见桌子中间的花瓶里插的花，微微一愣。

封肆扫荡着剩下的食物，淡定解释："刚回来时随手买的。"

陆璟深："……你不是去买早餐？"

"本来想买束花回来看着也心情愉悦，"封肆说着撇嘴，"现在看来用不上了，你这副样子买几束花都没用。"

陆璟深犹豫了一下，说了句"谢谢"。

封肆放下筷子："我吃饱了，先去冲个澡，剩下的你解决吧，多少吃点，让我买了这么多，自己也别只喝粥。"

起身时，他抬眸冲陆璟深一笑："放轻松点，别把自己绷这么紧，天还没塌下来。"

陆璟深的喉咙滚了滚，慢慢点头。

慌乱

新年上班第一天,陆璟深照旧在早上八点半准时到达公司办公室。

十分钟后封肆推门进来,把他的咖啡换成牛奶,坐到一旁的沙发里翻杂志。陆璟深的视线在他身上停了片刻收回,等一会儿正式上班了,这里很快会有人进进出出,但撵人的话到嘴边,到底没有说出口。

半小时后陆璟清过来,封肆自觉起身打算让地方,被陆璟清叫住:"事情反正你也知道了,没必要出去,留下来吧。"见陆璟深没有反对的意思,封肆无所谓地又坐了回去。

陆璟深先开口问:"谁泄露的投标文件,你这边有头绪了吗?"

"没有,"陆璟清道,"我已经报了警,也让人在加班加点重新制作,应该能赶上截止时间,但是我们的投标报价露了底,对我们很不利。"

这点不必陆璟清说,陆璟深也很清楚,尤其公司内部风波才刚刚平息,就怕又有人借机生事。

陆璟清接着说:"无论最终结果怎么样,我会给董事会一个交代,但是阿深,我可以保证,投标文件不是从我这边泄露的。"

她直视陆璟深的眼睛,问:"你这里呢?中间环节有没有出错的地方?"

陆璟深皱眉道:"投标文件我只给刘捷看过,我昨天已经问过他,他没有再给过其他人,如果说是他有意泄露,这不可能。"

"只有刘捷吗?"陆璟清的话像意有所指。

陆璟深刚想说"是",忽又顿住,目光转向了沙发里的封肆。封肆翻着杂志,似有所感,抬眼朝他们看过来,他懒洋洋地将杂志搁下,坐起身:"啊,还有我,我也看过。"

虽然他只瞄到了那么一眼,不过文件就在陆璟深的电脑里,他真有心想做点什么,确实很容易。

"跟他没关系，"陆璟深收回视线，告诉陆璟清，"封助也不会做这种事。"

陆璟清却问："你能肯定吗？"

陆璟深道："既然已经报了警，就让公司保安部配合警察一起调查吧。"他的态度坚决，陆璟清不好再说什么，瞥了封肆一眼，先一步离开。

陆璟深眉头未松，目光重新落向了封肆。封肆冲他抬了抬下巴："有话直说。"

陆璟深犹豫问："事情与你无关对吗？"

封肆反问他："刚才不是还在你姐姐面前说跟我无关，怎么现在你自己也不确定了？"

陆璟深双手交叠，无意识地摩挲了一下手指，道："例行的流程如此，所有接触过投标文件的人都有嫌疑，包括我自己。"

封肆好笑地说："陆总，你现在是在审问我吗？你既不是警察，也不是保安部的，这活不需要你亲自干吧？"不等陆璟深说，他接着道，"投标文件是总裁那边负责的，出了事还没查出个结果，她就能信誓旦旦保证不是她那头泄露的，怎么陆总你却怀疑上自己人了？"

听出封肆语气里的讥诮，陆璟深心下不舒服："我不是这个意思……"

"是不是你自己心里清楚，"封肆不客气地打断他，"你相信你姐姐的保证，信任跟你工作多年的刘秘书，唯独对我这个所谓的朋友，从始至终都不那么信任。"

陆璟深立刻道："我没有。"

封肆起身走上前，两手撑在他办公桌上俯身看向他："你有。"

被封肆漆黑如墨却仿佛能洞穿人心的眼睛盯上，陆璟深瞬间哑然。

"你如果没有，当年就不会不告而别，你如果没有，就不会到现在还不肯对我袒露心扉、真正当我是你朋友。"封肆笃定道。

陆璟深一个字都说不出。封肆又一次看穿了他，在陆璟清面前，他有心维护封肆，他甚至知道封肆不是那种人，但潜意识里，他对这个人的信任始终没有那么多。

封肆太飘忽、太难以捉摸，是他想控制却无能为力的，所以也不敢毫无保留地对他。

两人僵持住时，敲门声打破了沉默。

刘捷进来提醒陆璟深，十分钟后有个会议，并且告诉封肆保安部来人了，需要他去配合问话。

陆璟深仍绷紧着脸坐在办公椅里没动，甚至避开了封肆的目光，封肆沉默看他片刻，站直起身讽刺一笑，转身离开。

关门声响起，陆璟深怔了怔，靠进座椅里用力闭起眼。

刚才封肆说话时那个失望的眼神在他脑子里挥之不去，让他愈觉烦躁。

会议室里，过来参会的各部门中高层大多到了。会议还没正式开始，众人三三两两地落座，说起投标文件泄露的事情，议论纷纷。公司这段时间风波不断，现在又出了这种事，免不得叫人多想。陆璟清进门来，立刻有人注意到用力咳嗽了一声，众人纷纷噤声。

陆璟清走到位置上，坐下时镇定说道："昨天发生的事情我知道大家都很好奇，但事情来龙去脉还有待查证，也不是今天会议的议程，暂时就不说这些了。"她这么说，别人自然附和，待陆璟深进来时，大家的话题已经转开。

陆璟深坐下，只有一句："开会吧。"

原定一个半小时的工作会议一直开到了中午。

陆璟深今天似乎格外严厉，抓着一些细节问题反复推敲，批评起人来半点情面不留。

别人看他这样只以为他是因为早上的事情心情不好，只有陆璟清不时观察陆璟深的神情，隐约有些担心。看看腕表也快十二点了，她打断还要接着汇报工作的人，冲陆璟深说："阿深，先让大家吃个饭，下午再继续吧。"

陆璟深始终蹙着眉，目光落过来时，陆璟清冲他点了点头。

他这才妥协了："先散会吧。"

人都离开后，只剩他们，陆璟清让刘捷和自己秘书也先回去，叫住准备起身的陆璟深："你还好吧？"

陆璟深的声音有些哑："没事。"

"你一上午情绪都不太对，"陆璟清提醒他，"到底怎么了？"

"没事。"陆璟深坚持道，起身拿起自己面前的文件，"没其他的事我先回去办公室了。"

封肆一直没回秘书办，陆璟深中午饭也没吃，回到办公室便接着工作，之后一整个下午都没离开半步，但始终心神不宁，几次拿起手机想给封肆发消息，犹豫之后又搁下。

快下班前，保安部那边终于传来消息，他们检查之后发现刘捷的手提电脑有被人动过的痕迹，泄露的投标文件应该是从他电脑里拷贝走的。

而做这事的人，保安部在反复查看过监控后，将嫌疑锁定在了一个后勤部的实习生身上。

"上周我办公室里的打印机坏了，叫人来修，之后我跟着老大你出去，应该是那个时候被人把文件弄走了。"刘捷来跟陆璟深当面交代，脸色也很难看，"这事我确实要负很大责任。"

"实习生？"陆璟深皱眉问，"谁安排进来的？"

刘捷解释："刚人事部的打电话来告诉我，说那个实习生是前两个月老大你在国外时进的公司,那段时间公司人事乱得很,李董,我是说李文钟他们,塞了很多乱七八糟的人进来公司。"

而且这种小角色,别说陆璟清,连刘捷这种级别的都不会去在意,才因此埋下了祸患。

陆璟深听明白了,李文钟人虽然在看守所里,但并非什么事情都做不了,如果李文钟觉得自己儿子被人扣押是他有意为之,或许是想用这种方式报复他和公司。

陆璟深冷下脸:"我知道了,你先盯着他们查清楚吧,有结果再来告诉我。"

刘捷离开后,消失了快一整天的封肆终于出现,在门上敲了两下,走进来:"听说已经找到人了?"

陆璟神色复杂,把刘捷刚才说的话转告给他。

封肆听完半点不意外:"哦,原来是他啊,人都进去了,还有能耐安排做这种事,也挺厉害。"陆璟深皱了皱眉。

封肆盯着他打量,忽地笑了:"陆总,你告诉我这些,是想说明什么?觉得我多管闲事,把主意打到他儿子身上,才让李文钟狗急跳墙,用这种下三烂的手段对付你?"陆璟深冷着脸没出声。

封肆扯了扯嘴角,知道自己说中了:"但是陆总,我帮你做的事,是想帮你出口气,就算我什么都没做,你觉得他也会什么都不做吗?他本来就是个下三烂,从他试图绑架你,你叫来警察把他从公司带走那天起,你们之间就没法善了。而且,他儿子还没回来,他就敢做这种事,证明他那个儿子在他心里也不是那么有分量,他就是想让你不痛快,有没有他儿子的事情都一样,你现在这么着急愤怒,才是正中他下怀。"

陆璟深依旧沉默,接不上话。

他知道封肆总是有理的,没理的那个是他自己,他不该迁怒封肆,但是他控制不住。

"那要不,我引咎辞职吧。"封肆忽然道。

>> 五 <<

陆璟深愣住,看着他半晌才找回声音:"……你要辞职?"

"那不然呢?"封肆一脸无所谓地说,"陆总你既然觉得我有责任,那就有吧,辞职信我懒得写了,你让人看着办吧。"

陆璟深想说"不要",封肆没给他机会:"我先走了。"

人已经离开,陆璟深仍愣在原地没动,他的心脏不断紧缩,甚至抽痛。因为封肆刚才那些话,也因为他走时最后看自己的那个眼神,失望、冷漠,再没有别的。

他心底没来由地泛起一阵恐慌……之后呢?

走出陆璟深办公室,封肆回去自己工位,拎起早上来时扔那里的外套。除此之外,别的东西他一样没拿。

旁边位置的女秘书见状问他:"封机长,你现在就下班吗?"

封肆冲人笑了笑:"辞职了。"

女秘书轻轻"啊"了一声,十分意外:"那封机长你还会回来吗?"封肆瞥一眼陆璟深办公室的方向,漫不经心地说:"这得看你们老板。"

他不再多说,最后冲人挥了挥手:"不聊了,走了。"

快六点时,刘捷来敲办公室的门,问陆璟深晚上想吃什么,准备去叫餐。陆璟深才从呆愣中回神,看一眼电脑屏幕显示的时间,疲惫道:"下班吧。"刘捷有些意外,随即说:"好,那我去叫老王把车开出来。"

陆璟深点了点头,示意刘捷先出去。他靠进座椅里闭目放空思绪,半晌才重新睁开眼,简单收拾了办公桌,起身拿了挂在衣架上的大衣,走出去。

慌乱

傍晚时下了一场大雪,陆璟深坐在车里看窗外,雪还在下,街头行人匆匆而过,没有谁为谁停留。冰冷、萧条,叫人生不出半点快意。

进家门之前,他迟疑了一下,手指放到指纹锁上时,一瞬间脑子里转过无数个念头。

推开门,屋内灯火通明,封肆正在厨房里煎牛排,肩膀上还夹着手机在跟人说话。

"晚点再说吧,不一定有时间,地址发我一个,有空我就过去喝两杯。"

陆璟深绷了一路的神经骤松下。封肆挂断电话,抬眼看到他,抬了抬下巴:"今天回来得挺早啊,正好晚餐做好了,去洗个手,来吃东西。"陆璟深走上前:"……你在做什么?"

封肆道:"你没看到吗?煎牛排。"

他又指了指旁边,还有其他刚做好的菜,都是简单的西餐:"随便吃点吧,懒得做了。"

陆璟深见他神色如常,心里反而七上八下的,不知道该说什么。

进门之前他预想过无数个可能,甚至做好了封肆再也不会回来的心理准备,唯独没想到封肆的态度会是这样,不咸不淡,避而不提,早上的事情在他这里仿佛没发生过。

见陆璟深站着不动,封肆好笑地催促他:"你肚子不饿吗?这个点回来,总不会已经在公司里吃过晚饭了吧,还不去洗手?"

"你中午回来后一直在家里?"陆璟深犹豫问。封肆道:"啊,外面冷,没哪里好去的。"

陆璟深道:"之前的事情……"

"别提这些了,"封肆打断他,"怪没劲的。"陆璟深抿了一下唇角,不好再说,转身去洗手。

用餐时，陆璟深还是跟封肆说了句"抱歉"。

封肆却问他："今天又打算跟我道歉几次？我说陆总你，就没点别的招数吗？"陆璟深面色尴尬："我不知道能说什么。"

"那就别说了。"封肆丢出这句，悠哉切着牛排，摆明了不想继续这个话题。陆璟深只能作罢。

他中午就没吃东西，这会儿依旧没什么胃口，勉强吃了两口牛排。

安静了一阵，封肆开口道："你走那天，我去火车站、机场到处找你，那天的最后一班航班起飞，还是没看到你，我只能回去酒店，一遍一遍问那个帮你带话给我的服务生，问他你还说了什么做了什么，他说没有，你只留下了一句再见，拿了自己的行李离开。"

陆璟深的手指骤然收紧，甚至微微发颤，封肆在跟他说的，是七年前，他一直回避的过往。

"我那时在想，你是不是在跟我开玩笑，也许过个一两天你就回来了，等了足足一个月，你还是没有回来。

"那段时间我也一直试图回忆我们相处的细节，到底是哪里出了错，是我弄错了，还是你搞错了，那时我才意识到，我根本不知道你从哪里来，真名叫什么，我从来没有看过你的证件，过关查验时，你也是总是有意回避我，不让我看到你的信息。我自己也没上心，所以没当回事。

"你就那么走了，根本没给我还清你人情的机会。"

封肆的声音很平静，一句一句说得很慢，几乎不带起伏，仿佛在说着别人的事情。

陆璟深只是听着这轻描淡写的几句话，就已经像被人攥住了心脏，压抑得几乎喘不上气。

"我等了你一个月，没等到你，只能放弃，回去之后我辞了原本的工作，独自一人来到亚洲，一边帮人开私人飞机，一边找你……整整两

慌乱

年时间，我把这周边的国家翻了个遍，唯独没来这里，就因为我们第一次见面那天，你便装作没听懂我说的中文。"

"谁能像你一样，在人生地不熟的地方，听到自己的母语，下意识的反应却是假装听不懂?

"也是我太自信了，觉得你没必要这么骗我，可人跟人是不一样的，你永远都在封闭自己，你的戒备心太强，我费尽心思，也撬不开你的壳。"

陆璟深想争辩，但从封肆说出第一句话开始，他已经节节败退，嘴唇翕动，却发不出声音。

封肆像看出他的想法："你不用说，听我说就行了。"

"后来我满世界地找你，只要有一点可能都会去试一试。你早猜到了吧，我半年一年换一份工作，为的都是找你，这不是一件简单的事情，几乎可以算大海捞针，当初你连一张照片都没给我留，我要拿什么在六十亿人口的世界里找到你？

"除了还欠你的人情，我还想要一个答案，不找到你我咽不下这口气，我就是想再见你一面，想问问你当初为什么招呼都不打一声，就那么决绝地离开。

"但等我真正见到了你，我突然又不想问了，问了也没用，你不会给我答案，七年了，你还是像以前一样，戒备我，防着我，不肯敞开你的心，要不是这里就是你的地盘，你是不是还想再跑一次？

"我只是想要你多信任我一点，怎么就这么难呢？"

"不，不是……"

陆璟深终于说出声，嗓音破碎嘶哑得厉害。封肆每说一句话，他的心脏就随之抽痛一次，无法呼吸的窒息感已经将他逼到了崩溃的边缘。

"你很难受吗？"封肆直视他的眼睛，慢慢说，"可怎么办，我比你更难受。"

封肆说，他比他更难受。

陆璟深或许感知到了，封肆的声音并不激烈，里面浸染的失望情绪却即将将他溺毙。

"Alex，我这样一直缠着你，想用我自以为是的方式帮你打开心结，你很辛苦吧？我放过你，你是不是就能跟之前一样过平静舒坦的日子？

"与其这样，不如算了吧。"

封肆的语气既温柔又残忍，陆璟深终于看清楚了他的眼睛，里面的光黯淡了，不再有半分温情，冷漠平静得近似可怕。

最后一句，他说："游戏结束了。"

>> 六 <<

陆璟深坐在沙发上，微微发颤的手指间夹着燃着的烟，差点拿不稳。掉落的烟灰烫到脚掌，他如梦初醒，抬眼间封肆已经拉着行李箱从房里出来，手臂上搭着飞行夹克，平静跟他说："这阵买的乱七八糟的东西太多了，装不下，就不拿了，陆总帮我都扔了吧。"

陆璟深艰难地咽了咽口水，嗓音沙哑："你一定要走吗？"

封肆看着他，弯起唇角："那不然呢？我有什么资格留下来？"

封肆还是一贯的模样，玩世不恭、漫不经心，他越是表现得平常，陆璟深心里越不好受。

就像是他一个人还沉浸在突然转变的打击里回不过神，对方已经抽身出来，恢复如常，不再将这件事放在心上，头也不回地往前走了。

"我……"

封肆将他车子的备份钥匙搁到茶几上："还你了，走了啊。"说完他拉着行李箱转身离开，走得潇洒。

陆璟深愣了两秒，猛站起身，追了过去。

封肆换了鞋正要出门，陆璟深脱口而出："你能留下来吗？"

封肆回头看他，视线在他脸上停了两秒："不能。"

陆璟深用力一握拳头，封肆已经走出去，没有回头地进了电梯里。

电梯下行的声音格外清晰，陆璟深呆站在门边，浑身的血液凝固住，冰冷彻骨。

声音彻底消失时，他恍惚回头看向重新变得沉默安静的家，只是少了一个人而已，甚至封肆的大部分东西都还在，却好像哪里都变得不一样。

在F国的跳蚤市场上淘回来的留声机也在，依旧摆在客厅显眼的位置，陆璟深走过去，放上唱片，试图摇动手柄弄出一点声音，试了几次都是徒劳。

留声机又坏了，会修理它的那个人已经离开。他松开手往后退了一步，靠着墙支撑自己身体，艰难深呼吸，勉力才没有滑坐下去。

那个人走了，他像是到现在才真正意识到。

原来会走的人，并不只有他自己。

隔天清早陆璟深八点不到就去了公司，昨晚他几乎一夜没睡，一到了公司叫人泡了咖啡，立刻强迫自己打起精神开始工作。

刘捷进来看他眼下浓重的黑眼圈，吓了一跳，陆璟深神情紧绷着，句句不离工作上的事。他以前就是这样，只是现在看着比从前更冷更严肃。

从那天起，陆璟深又恢复了工作狂人的状态，最早到公司最晚离开，事无巨细、事事亲力亲为，甚至把办公室当成了家，宁愿就睡在办公室里，也不想回去那个冷清空荡的家。

投标文件泄露一事后来证实确实与李文钟那伙人有关，好在补救及时，最后尚昕还是拿下了那个项目。

李文钟他们已经是黔驴技穷，报警之后陆璟深便没再过问，李文钟侵吞公司资产罪证确凿，且数额巨大，坐牢是肯定的。

　　动荡过后，一切又走上正轨。

　　收到安昕发来的消息时，陆璟深仍在办公室里加班。安昕提醒他过两天回家吃饭，陆璟深看一眼日历，后知后觉意识到马上春节了，这么快那个人就已经走了有大半个月。

　　疲惫地靠进座椅里，他望着头顶明亮的白炽灯，怔神片刻，眼睛疼痛酸涩时，拿起手机，不自觉地点开了与封肆的聊天对话框。

　　盯着那个头像看了一阵，点进封肆的朋友圈。

　　那个人回去了Y国，偶尔会更新朋友圈状态，都是跟各种朋友聚会玩乐的照片。

　　照片里的封肆笑得更开心，张扬恣意，无论身边人是谁，他在人群里总是焦点，最引人注目的那一个，像天生就有这样的气场和魅力。

　　这样的人耗费七年时间追寻自己，最终失望离开。

　　陆璟深弯下腰握成拳的手抵住额头，趴到办公桌上，半晌没动。

　　一直到除夕当天，陆璟深才在清早回家了一趟，简单收拾自己换了身衣服，独自开车去父母家。

　　停车时，他看到陆迟歇带着凌灼在院子里玩烟花棒，两个人凑在一块笑得跟小孩一样。

　　陆璟深没有立刻下车，安静看了他们片刻，直到陆迟歇回头看到他的车，走过来，弯腰敲了敲他车窗。

　　"哥你来了不下车，在这儿干吗呢？"陆迟歇问。

　　陆璟深收回视线，推开车门，淡淡说道："没有。"

　　陆迟歇笑着"哦"了声："我听说那位封机长被你开了？他回Y国去了吧，我看他朋友圈里过得挺丰富多彩的啊。"

慌乱

　　陆璟深知道陆迟歇这是有意调侃他，他没心情计较这些，光是听到封肆的名字从旁人嘴里说出来，就已经让他很不舒服，根本不想多说。他没有搭理陆迟歇，先进去了里面。

　　陆家的团圆饭气氛很好，饭桌上谈笑风生，谁都没提那些叫人不愉快的事情。陆璟清说起他们明年打算结婚，沉默寡言的陆璟深闻言看了眼她和她男朋友。

　　陆璟清一直对自己的人生有明确规划，说三十岁结婚就三十岁结婚，也找到了合适的人，在这一点上，他远不如陆璟清。

　　他们爸妈自然是最高兴的，眉开眼笑连连说好。

　　陆迟歇和凌灼一起举杯向陆璟清道喜，轮到陆璟深，他也举起酒杯，冲陆璟清和她男朋友真诚地说了句："恭喜。"陆璟清看着他，话到嘴边还是忍住了："谢谢。"

　　吃完饭，陆璟深独自一人去外面院子里抽烟。他最近烟瘾重了不少，失眠睡不着觉的夜里，只能靠抽烟缓解过度压抑的情绪，但也只是饮鸩止渴，或者说恶性循环。

　　陆璟深无意识地摸着烟盒，封肆留下来的烟只剩下这最后一盒。

　　抽出一根，重新点燃。

　　他很想像封肆说的那样，坦诚一些、潇洒一些，可他做不到。

　　对他来说很难，真的很难。

　　半夜，陆璟深又一次从噩梦中惊醒，浑身大汗地睁开眼，梦里的场景刺激着他的神经，那些恶臭腐朽的味道像还在鼻端，让他几欲作呕。

　　好不容易平复过快的心跳，陆璟深摸过床头柜上的手机看了眼时间，凌晨三点，他一共也就睡了三小时不到。原以为回来父母家能稍微睡得好一点，结果还是一样。

头疼得厉害，脑子里昏昏沉沉的，但没有了睡意，陆璟深撑起身体，靠在床头，开了一盏昏暗的床头灯，点开手机，点进那个这段时日反反复复盯着看的头像。

反应过来之前，一句"新春快乐"已经发送了过去。手指停在撤回键上，犹豫了两秒，还是算了。他确实期盼着封肆能回复他，跟他说点什么，哪怕一句也好。

天快亮时，陆璟深干涩充血的眼睛依旧在盯着手机屏幕。封肆没有回复。这个点他或许在吃晚饭，或许在跟人聚会开派对，没有必要理会自己。

陆璟深捏紧手机，不甘心地又发过去一条："我们的合同还没有结束，你还会回来吗？"

这是他现在唯一能找封肆的借口。

当初他们签的雇佣合同期限是一年，但从合同签下到封肆离开，一共也才三个多月。

又是三个月，如同一个魔咒，时限一到，总有一个人会选择先离开。

封肆在陪家里人搓麻将，新消息进来时，他正叼着烟在摸牌。

瞥一眼搁在桌角的手机屏幕，他站起身说去洗手间，拿着手机到外面露台上封肆重新点了根烟，看着那两条消息发来的时间，轻眯起眼。

半晌，他一只手打字，慢慢回复过去："那就算我违约吧。"

屏幕亮起的瞬间，陆璟深立刻握起手机，入目却只有这一句没什么温度的话。确实是符合封肆个性的，陆璟深想。

在他让封肆彻底失望后，封肆宁愿违约也不肯再回来了。

说不上心里是什么滋味，看着封肆回复的消息，他的脑子里一直回荡封肆说过的那句"我比你更难受"，叫他头疼欲裂。

试图再跟封肆说点什么，没握稳的手机滑落地板上，屏幕一瞬间四

慌乱

分五裂，黑了屏。

陆璟深捡回手机，怎么摁都不再有反应。深重的无力和挫败感让他倒回床里，颓然闭眼。

Chapter 7

补偿
SHEN CHAO

第七章 • Chapter 07
补偿

>> 一 <<

春节假期过后的第一天，刘捷收到了一份国外来的商务邀请函，拿去请示陆璟深。

"我看是不是请一位副总裁过去？应该不需要老大你或者总裁亲自出面……"

陆璟深翻着邀请函的手微微一顿，问刘捷："地点是在雾城？"

刘捷点头："是在雾城。"

陆璟深的眸光动了动，盯着那张邀请函片刻，下了决定："我去。"

刘捷提醒他下周还有更重要的工作，陆璟深吩咐道："你去安排一下吧，把时间错开，空出几天来。"

陆璟深这么坚持，刘捷不好再劝，只能应下。打算走时他忽然想到什么，小心翼翼地观察了一下陆璟深的神情，说："封助不在，去雾城得叫公务机公司再给我们派个人顶替他，封助跟我们签的合同是一年，是有附带违约条款的，他现在无故离开，是不是要追究他的责任？"

沉默了一下，陆璟深道："他回雾城去了，去了那边你顺便联系他，问一下他的意思。"

刘捷道："好，我知道了。"

他当然知道封肆回 Y 国了,他也加了封肆的微号,看着那位朋友圈里每天多姿多彩的生活,能不知道才怪。走出陆璟深办公室时,刘捷默默想着,他们老板执意要赴这个不怎么重要的商务邀约,难不成是醉翁之意不在酒?

这么想的不只刘捷一个,出发前一天,陆璟清来陆璟深办公室跟他商量工作,说完正事后也问起陆璟深的想法。

"你这个时候去 Y 国?那个商务邀约我看了下,叫其他人去就行吧,根本不需要你亲自过去。"

陆璟深淡淡道:"反正现在也不忙,我自己去吧,欧洲那边的项目也需要多盯着些,正好过去看看。"

陆璟清直视他的眼睛,陆璟深目光平静,情绪全部深藏在了眼底。

"行吧,你决定了就好,"她到底没说什么,起身时提醒陆璟深,"别在那边待太久。"

陆璟深道:"不会。"

人走之后他靠进座椅里闭起眼,绷紧的神经终于放松了一些。他去那边确实有私心,想再见到那个人,想要他回来,至少,也要跟他说上几句话。无论如何,他得去这一趟。

出发前一晚,陆璟深才回了一趟家,收拾行李。其实也没什么好拿的,该做的准备会有人帮他做好。拿起床头柜上的腕表时,他顺手拉开抽屉,看到收在里面的东西,微微怔神。

封肆留下的手套、随手送他的笔、去外面玩时买回的蓝宝石袖扣、那张从北欧寄回的明信片,还有,他贴身戴了七年的皮手绳。

陆璟深将那条皮手绳取出来,在掌心间摩挲了一下,戴回手腕上。

飞机落地雾城是清早,灰蒙蒙的天,正下着小雪。

去酒店的路上，刘捷想起封肆的事情，回头犹豫地问后座的陆璟深："今天飞这里的那位周机长经验也挺丰富的，人看着也老实，公务机公司把他简历发我了，如果封助真的不干了，是不是可以让周机长顶上？"

陆璟深的视线始终落在车窗外，看着沿途快速倒退的街景："你先联系封助。"

刘捷应下，打算去了酒店就联系封肆，看看他到底是个什么意思，陆璟深却又扔出一句："你现在打给他。"

刘捷无奈，拿起手机。他没有封肆在这边的电话号码，只能打语音电话，按了免提。

连着拨了三回才接通，封肆鼻音浓重带了困顿的声音传来："喂，刘秘书，有事吗？"

刘捷看一眼手表，这都快十点了，这人竟然还在床上！

"封助，你擅自旷工休假，快有一个月了吧，打算什么时候回来？"

封肆道："陆总没告诉你？我不打算干了。"

刘捷瞥一眼依旧看着窗外的陆璟深，提醒电话那头的人："你的合同是附加了违约条款的，没经过我们同意现在单方面说不干了算违约。"

封肆无所谓地说："那就违约啊。"

刘捷道："你才干了三个月，现在违约得赔上百万违约金。"

封肆嗤笑了声："刘秘书你吓唬谁呢？我不过就是想提前解约而已，前期也没花你们一分钱培训费，怎么就得赔上百万，这是哪里来的霸王条款。"

刘捷道："合同里白纸黑字写明白了的，当初我让你仔细看，你自己说不想看，是不是霸王条款你说了不算，得律师和法院说了算。"

封肆"哦"了声："上法院就算了吧，没必要那么麻烦，我有自知之明，不会去挑战你们公司能把黑说成白的律师团。行吧，你发个具体数字和账号给我，过两天我把违约金转过去，拜拜，没事别再打给我了。"

封肆话说完，很干脆地挂了电话。刘捷瞪着眼睛，像是没想到让赔上百万这个人竟然也这么随便就答应了，他当初有意在合同上挖坑，现在封肆虽然一脚踩进去了，但这副态度，实在让人生不出什么占上风的快感。

"封助他……"

"以后再说吧。"陆璟深微微摇头，显然没有真要人赔违约金的意思。

刘捷闭了嘴，老板说什么就是什么。

陆璟深在这边的行程只有三天，时间安排得很紧，去酒店放了行李，紧接着出发赴商务邀约，第一天的行程结束回到酒店，已经是晚上八点。

终于能歇下来喘口气，累了一整天加上倒时差，他的身体各处都在发出疲惫信号，洗完澡倒在床上，放空思绪想强迫自己入眠，依旧是失败。

揉着疼痛不已的太阳穴坐起身，发呆片刻，他拿起手机，习惯性地点进了封肆的朋友圈。

来了这里陆璟深才忽然意识到，即便是在同一座城市，他没有封肆的住址和其他联系方式，想要见到自己想见的人，也并不容易。

那么这七年，封肆漫无目的地满世界找他，又是怎样经历过一次又一次的失望，才能最终找到？

可他还是把那个人推开了，在一再让对方失望甚至绝望后。

晕涨的脑子里一阵刺痛，陆璟深有些喘不上气，艰难地往下翻封肆的朋友圈，手指忽然一顿。

封肆前几天更新的一条下面附了个定位，点进去地图显示距离这间酒店不算太远。陆璟深没有多犹豫，起身换了衣服。

二十分钟后，他独自一人开着车，融入灯火通明的城市夜潮里。车是跟酒店租来的，从 F 国回国后他申请了国际驾照，右舵车虽然开着

补偿

有些不习惯，但不想被人打扰，所以选择了自己开车出来。到目的地是三十分钟后，陆璟深靠路边停车熄火，看了看窗外，这一片都是住宅区，夜色已沉，雪也停了，四下静谧。

远处教堂的穹顶在夜幕下隐约可见，和封肆发进朋友圈里的那张照片上的角度相差无几，不知道这里是不是封肆的住处，但除了来这儿试试，他也想不出别的更好的法子。

真正到了这里，他其实也没想好如果能见到封肆，要说点什么。陆璟深舔了舔自己略干燥的唇，用力握了一下方向盘。

现在是夜里九点半，他看向窗外闪耀的灯火，心神逐渐平静下来。

至少，别再像那晚一样，弄得那么僵吧。

封肆是在十一点以后回来的，双手插着兜打陆璟深的车边过，走出去几步又停住脚步，回头看去。

趴在方向盘上睡着了的人，果然是陆璟深，不是他眼花了。

他走回车门边，抬起手打算敲车窗时顿住，改了主意，倚着车点了根烟。

陆璟深睡得很沉，手臂撑着方向盘，侧着头过长的额发挡住了眼睛。能在这种地方睡过去，可见之前熬了不短的时间。

封肆在火光明灭中盯着车中的人，将烟吸入，再缓缓吐出。

陆璟深迷迷糊糊不知睡了多久，察觉到双腿酸麻难忍时睁开眼，转头却见封肆靠在车外抽烟，一瞬间甚至以为自己出现了幻觉。

他没想到自己会在这里睡着，而封肆竟然在这个时候回来了。

封肆的目光瞥过来，隔着车窗玻璃和烟雾，陆璟深看不太清楚他眼里的情绪，愣了一下，回神立刻推开车门下了车。

封肆靠在车边没动，嘴里叼着烟打量着他，不咸不淡地问："陆总

· 188 ·

怎么来了这里?"

陆璟深也在看他,一个月没见,封肆的样子看着没什么变化,要说变了,也只是对他的态度,比从前冷淡了很多。

说不难受是假的,来之前已经作好了心理准备,可他到底还是低估了自己面对这个人冷漠双眼时,心理的承受能力。

"有工作来这边,今早刚到的。"他如实说。

封肆道:"哦。"

封肆这个态度,陆璟深又不知道能说什么了,沉默了一下,没话找话:"你家住这里?"

"嗯。"封肆的回答,依旧能省则省。

陆璟深硬着头皮说下去:"你还能回去吗?"

"回哪里?陆总你的公司?"封肆嘲弄道,"回去做什么?"

"不是,对不起,"陆璟深声音有些嘶哑,"我知道我做得不对,当年是,现在也是,逃避不是解决问题的办法,我会去看心理医生,你能不能再给我一点时间?真的,我真的想改。"

陆璟深艰难地把话说完,封肆没有应声,就这么不动声色地看着他,不时吐出一口烟。

陆璟深猜不透他沉下的目光后面代表的深意是什么,慢慢收紧手,像等待宣判一样紧张和煎熬。

封肆终于开口:"原因呢?心理问题……总有原因吧?"

陆璟深的手指用力掐进掌心,尝到尖锐的痛,脑子里那种不断拉扯他神经的刺痛也随之蔓延开,他有些难受地张开嘴喘气,声音也不稳:"抱歉,你能不能再等一等我,不会太久,我保证……"

"你给我保证什么?"封肆皱眉打断他的话,忽然抬手扶住了他,提醒道,"深呼吸,放松。"

补偿

陆璟深不断闭眼又睁开，半响呼吸才逐渐恢复均匀。

封肆收回手："你的样子太不正常了，大晚上人生地不熟的一个人开车出来做什么？不怕又碰上不怀好意的人？你赶紧回去吧。"

陆璟深难堪地说："我想见你。"

>> 二 <<

这大概是陆璟深第一次这么直白地对封肆说出心里的感受，封肆却并不买账："现在见到了，你可以回去了。"

陆璟深不肯，就此僵持住。

封肆挑眉："陆总，你这是跟我耍无赖吗？你真以为我现在还必须听你的？"

陆璟深摇头，他也知道自己这副样子很难看，但除了这样，他是真的不知道要怎么做才能让封肆回心转意。

封肆扔了烟头，以脚尖碾灭，打算走人时，他的手机铃声响起，是朋友打来约他去酒吧喝酒。

封肆没什么兴趣："不去了，我要回家睡觉了。"

那边的人夸张抱怨这才十二点不到，睡什么觉，一定要他过去。封肆瞥一眼目不转睛盯着自己的陆璟深，改了口："那好吧，一会儿见。"

挂断电话，他冲陆璟深说："你听到了，我约了人，你不走现在我要走了。"

陆璟深当然听到了，封肆跟人说的是英语，他听得一清二楚。身体比脑子更快一步，他伸出手，抓住了封肆的袖子，脱口而出："我跟你一起去。"

封肆回头看向他，似笑非笑："我劝你还是别去，我要去的酒吧，跟上次在法兰时带你去过一次的地方一样，你待不住的。"

陆璟深脸色一白，神色间出现了显而易见的挣扎。封肆抽出手臂，转身时陆璟深却又往前一步，拦住他，颤声坚持道："我跟你去。"

坐进陆璟深的车里，封肆随手给他指路。他是无所谓的，陆璟深想去他就把人带去，受不了了陆璟深自己会跑。

陆璟深开着车，有些心不在焉，车内气氛沉默尴尬，他有心想说些什么，开了口："你在这边重新找了工作？"

封肆只丢出两个字："再说。"

陆璟深道："宁愿赔上百万也不打算再回去履行合同？"

封肆回头看了他一眼，笑了："陆总行行好吧，上百万我也得赚个半年一年的，反正你也不在乎这点小钱，我好歹为你工作了三个月，不必为难我让我这样贴钱吧？"

陆璟深目视前方专注路况，不看封肆的表情也听得出他话里的讥讽，这人根本不在乎钱，只为了拿话刺他而已。

"我不要你赔钱。"他也只说了这一句。

封肆从善如流地接受："那多谢了。"虽然语气听着十足轻佻。

陆璟深不再说，这个话题已经没有继续的意义。

到地方靠路边停了车，他抬眼先看到了前方夜店的招牌，上方闪耀着刺目的 logo。门口招揽生意的员工个个穿着花哨，露出健壮结实的肌肉，笑容灿烂地跟每一个进进出出的客人打招呼。

陆璟深眸色闪烁，封肆解开安全带，推门下车前不紧不慢地提醒他："现在后悔离开还来得及。"

陆璟深的唇抿成了一条线，顿了一会，才轻吐出声音："下车吧。"

封肆盯着他绷起的下颌线条，扯了一下嘴角："那走吧。"

补偿

走到门口封肆自若跟人打招呼,像是这里的常客。那些员工笑嘻嘻地叫他的名字,视线落到他身边的陆璟深身上时,有人吹了声口哨。

陆璟深目不斜视,强迫自己不去在意那些目光。掌心里已经渗出了汗,他紧跟在封肆身后,每走一步都格外艰难。

进去之后入目尽是攒动的人影,在舞池里疯狂挥动手臂、扭腰摆臀,头顶是五光十色刺目的射灯,音乐声震耳欲聋。陆璟深完全看不下去,呛人的烟酒味扑面而来,他下意识往封肆的方向贴近了些。

耳膜与喧嚣世界之间如同隔开了一个虚幻的空间,那些光怪陆离都被强行屏除在外,他只能听到自己的心跳,映入眼中的也只有封肆一个人的身影。

封肆饶有兴致地欣赏了一阵台上的表演,往人群更密集的地方走去。陆璟深回神立刻跟上去,昏暗与过度的拥挤让人寸步难行,不时被四处伸出来的手触碰到身体,他强忍着不适避开,试图去抓封肆的手臂。

封肆回头,将他的狼狈看在眼中:"坚持不下去可以离开。"

陆璟深知道封肆想赶自己走,他确实浑身难受恨不能立刻离开,但对上封肆那双浮着讥诮的眼睛,依旧是摇头。

封肆懒得再说,找到他的朋友们,大步过去。

六七个人围在一张桌边喝酒聊天玩游戏,也有人玩了一阵去跳舞,或者从舞池回来的人加入。看到封肆过来,大家纷纷热情跟他打招呼。

陆璟深脸色煞白,六七双眼睛一起落到自己身上打量,陆璟深神色窘迫,极度的不适感已经让他一秒都不想在这里待下去,脑子里却有另一个声音在强制他留下。

他不能走。

努力压下那些不安焦躁的情绪,他试图冷静下来说点什么:"我……"

"他是我前老板,来这边出差,正好碰上了,带他来喝一杯,他不太适应这里的环境，你们看看就算了。"封肆的语调轻浮，说起和陆璟深的关系时规规矩矩。众人"喊"了声，注意力终于从陆璟深这里转开，继续玩刚才的游戏。陆璟深松了口气的同时也愈发尴尬，他像是一个多余的人，杵在这里听封肆跟别人谈笑风生，说的全是他插不上嘴的话题。

他们玩的骰子游戏他也看不懂，输的人有的罚酒，有的则要跟同伴当众热吻。

封肆玩游戏时也一副漫不经心的模样，嘴角噙着笑，骰盅在他手里翻飞时更像在耍帅，虽然他今天运气似乎很不怎么样，连着输，一杯接一杯地喝酒。

一点半时，封肆不顾其他人的再三挽留，丢下句"回去了，明天还有事"，坚持离开。

走出酒吧，陆璟深一直低着头，先前笔挺的西装已经变得凌乱不堪，冷风吹过，他打了个寒战，抬眼见封肆站在前方路灯下，正看着自己。他眼里的戏谑和玩笑都已收敛，那夜他跟自己说了那些话后头也不回地离开，那时候他的眼神也是这样。

陆璟深心下一慌，大步走上前："你回去吗？我送你回去。"

封肆问他："你觉得刚才那样的生活，能接受吗？"

陆璟深道："……一定要那样吗？"

"不喜欢这种地方，可以不来。"封肆嗤道。

陆璟深坚持道："我知道没有那么容易，可我也跟着你进去了，坚持到了最后，这样也不行吗？"

封肆不为所动："你为什么要跟着我进去？需要为了一个助理低声下气到这个地步吗？"

"不是！"陆璟深提高了声音，他的眼尾发红，明明没有喝酒，却像是喝醉了，"你是我唯一的朋友，我不会容许别人住进我家里，一再

补偿

干涉我的工作和生活，没有别人，从来没有别人像你这样。"

"可是陆总，"封肆提醒他，"你说的一点时间，到底是多久，你自己心里有数吗？你如果做不到，还来找我做什么？"

陆璟深愣住。

封肆缓和了声音："回去吧，以后别来这种地方了。"

陆璟深怔神间，封肆挥手拦了辆出租车。拉开车门时，陆璟深叫住他："我送你回去。"

"不用了，"封肆道，"你回酒店吧，这么晚了不用你再跑一趟。"封肆话说完已经坐进车里，带上了车门。

陆璟深眼睁睁地看着车子开走，站在彻底沉寂下的异国深夜街头，失魂落魄。

车上，封肆翻出刘捷的微号，直接拨打语音电话，将睡梦中的刘捷吵醒，接通之后不等那边骂人又立刻挂断，发了个地址和一句话过去："你们老大现在在这里，看着点他。"

收起手机，他懒洋洋地靠进座椅里。一只手枕到脑后，闭起眼，浅笑渐浮上他唇角。

>> 三 <<

三天的工作行程眨眼结束，回国的时间定在了隔天清早，刘捷和陆璟深说起时，他沉吟了一下，却没有立刻同意："晚点再说吧。"刘捷提醒他下周还有别的工作，陆璟深淡淡道："我知道。"至于晚点是晚多久，他没说，刘捷想想还是不问了。

彻底结束工作后，陆璟深又租了车，独自一人驾车漫无目的地在异国

194

陌生的城市街头游逛,不知不觉到了封肆家楼下。车停在上回一样的位置,他拿起手机看一眼时间,才刚九点。

不确定封肆在外面还是已经回了家,到底不甘心,不想就这么回去。

随手点了根烟,夹在指缝间,他看向后视镜里自己疲倦无神的眼睛,有些厌烦地皱了皱眉。别说封肆受不了,连他自己也厌恶自己这副模样。

时间一点一点滑过,十二点过时,依旧没有看到封肆的影子。

总不会每次都运气那么好,刚好能等到他,陆璟深轻叹出一口气,犹豫之后给封肆发了条消息。

等了半小时,那边没有回复,他趴到方向盘上,疲惫地耷下眼皮,又跟上次一样,渐渐睡了过去。

在这种地方当然不可能睡好,陆璟深在迷迷糊糊间又做了梦,他梦到黑暗的地下室,腐朽刺鼻的味道,然后是血,和恶臭的腐尸。

恐惧和阴霾逼得他无处可逃,场景又倏然转换。

热带的风拂过面颊,头顶是艳阳天,前方一时是粗放狂野的荒漠,一时是热情奔放的原野,他的身边多了另一个人,在那短暂而记忆鲜活的三个月里,一再让他晕眩,成为他的救赎。

可他终究还是被那些阴影吞没,从此以后他的世界再不见烈阳,只有漫长无尽的冷雨和冰寒。

钻进骨缝里的寒意将陆璟深拉回现实,窗外下了雪,时间也只过去了一点,封肆始终没有回他的消息。

天色熹微时,陆璟深再次睁开眼,是被人敲车窗叫醒的,窗外是位相貌和蔼、东方面孔的妇人,担忧看着他,手势比画示意他开窗。

陆璟深落下车窗,对方用英语问他:"先生你还好吧?我刚出门时就看到你睡在这里,回来见你还在这儿,你是不是有哪里不舒服?需要帮忙吗?"

补偿

陆璟深大约是被人突然叫醒有些怔神,盯着妇人那双似曾相识的眼睛,一时忘了反应。

对方以为他听不懂英语,试探着改用中文问:"先生,你能听懂我说的话吗?"

陆璟深这才点头,推开车门下了车,跟人道谢:"我没事,谢谢。"

妇人放下心,提醒他:"不要在这里睡觉啊,天气这么冷,小心感冒了。"

陆璟深脱口而出:"请问您认识封肆吗?"

对方一愣,然后笑了:"你是来找封肆的啊?我是他妈妈。"

果然!

面前这位封妈妈长了一双和封肆、封婷几乎一模一样的眼睛,他没有认错。

"我是他……朋友,"陆璟深犹豫着说,"他在家里吗?"

封妈妈笑道:"他昨晚跟朋友出去玩了,还没回来,应该也快回来了,你要不跟我进去家里等吧。"

陆璟深跟着她上楼,他们家住的是很有年代感的老式公寓,脚踩在木制的地板上还能听到回声,封妈妈跟陆璟深介绍,说他们一家在这里住了快三十年,习惯了这个地方,不愿意搬家。

"封肆和他妹妹都是在这里出生长大的,以前我们一家四口人很热闹,后来儿女长大了,工作的工作、读书的读书,放假才有空回来,我丈夫前两年也去世了,家里就剩我一个人。我倒是希望封肆能回来雾城工作,我能多见见他,不过他之前说想去Z国,我也支持他,也许等以后我更老一点,也会回去。"

封妈妈说着似不经意地移过视线,打量了一眼神色认真、侧耳倾听自己说话的陆璟深,接着道:"封肆一直就是这种不定性的个性,习惯了满世界跑，我其实挺意外他会想回国，毕竟他也就是小时候跟着我回去过几次而已。"

陆璟深轻抿唇角，他看见眼前看不见尽头的楼道和走廊，细碎的灰尘舞动在斑驳光影里，岁月的痕迹雕刻在此，想象中封肆曾无数次在这里来回，从稚童到如今。

他们是截然不同的世界里的两个人，若无那一场陌路相逢，这辈子或许都不会有交集，若无封肆这七年坚持不懈地找他，相交过的两条线在渐行渐远后，也终究会归于平行。

想到这些，陆璟深心尖忽然冒出一阵难过，让他很不好受。

进门后封妈妈将刚去超市买回的东西放下，还有一束鲜花，被她随手插进玄关边柜子上的花瓶里。她示意陆璟深随便坐，去给他泡茶。

封婷回去了F国念书，封肆还没回来，家里没有其他人，陆璟深这会儿才觉得不太自在，封妈妈大约看出来了，端茶过来时问他是不是没吃早饭："我现在去准备，一会儿就能吃，左手边那间是封肆的房间，你要是觉得无聊，可以去里面看看有没有什么能打发时间的书。"

陆璟深跟她道谢。

封妈妈去了厨房，陆璟深起身走到封肆的房门边，手停在门把手上，顿了一顿，慢慢推开。

逐渐展露在眼前的是一个跟陆璟深想象中完全不一样的世界，堆得最多的东西竟然是书和各种奖章。他走到书架边，放眼看去，大多是飞行专业相关书籍，那个人虽然看着不正经，但其实对待工作，态度并不比别人马虎。

陆璟深的手拂过那已经有些年头的书，心里沉甸甸的，积攒起某种难以言喻的情绪，仿佛在这里，他才终于真正窥到了封肆过往的一隅，重新认识了那个人。

补偿

手指忽然间顿住，注意到藏在书架角落里的一沓明信片，陆璟深犹豫伸手过去，拿出了最上面一张。

翻到背面，收件人竟然是他自己，下面是封肆用英文写的一段话。

Alex,

我准备去杜拜了，这是这七年里换的第几份工作，我也不记得了。虽然有些不切实际，听说那边有钱人挺多的，还是想去碰碰运气，不知道下一站又会是哪里，什么时候才能停下来。

Feng

陆璟深愣了愣，接着拿下第二张、第三张，以及更多的明信片。

Alex,

这里是水城，教堂的钟声响了，有人坐着贡多拉从桥下穿过，很羡慕他们，下次有机会希望能和你一起来。

Feng

Alex,

我回家了，我爸生病去世了，我妈一夜之间好像苍老了很多，想起他们以前恩爱的日子，原来一辈子也不过短短三十年。

我还会继续找你的。

Feng

Alex,

哈德逊今夜下雪了，是今年入冬后的第一场雪，碰到了一个跟你长得很像的人，但他不是你。

Feng

Alex,

这次我来的地方是 F 国，这儿的人太热情了，连我也有点招架不住，这么看你肯定不是这里的人，可是你会说法语，是什么时候学的呢？

Feng

后面有几张明信片的纸张已经开始泛黄。

Alex,

亚洲我已经转了个遍，还是没有找到你，我决定去其他地方试试了。有时候我甚至怀疑，你是不是那三个月我臆想出来的人，我还是不信，不找到你问个明白怎么想都不甘心。

Feng

Alex,

我总觉得你是东亚人，你听不懂中文，会是 J 国或者 H 国人吗？现在我在 T 城的街头，这里人太多了，可一个都不是你，你到底在哪里呢？

Feng

Alex,

一个月了，你还是没有回来，我以为没那么重要的其实很重要，是不是你以为不那么重要的其实根本不重要？

不知道我在说什么，我可能是疯了。

补偿

刚在街上看到这张明信片,之前你想买最后一张却被人抢先拿走了,今天我帮你买下来了,但是不知道要寄去哪里。

Feng

几十张明信片,陆璟深一张一张看完时,察觉到眼睛一阵难忍的酸涩。也许是昨夜一整夜没睡好,也许是因为别的。

胸腔间的呼吸不畅,酸涩滋味蔓延到心上,压得他心脏生疼。

>> 四 <<

陆璟深怔神间,外面传来开门的动静和脚步声,接着是封肆的声音:"妈,家里来客人了吗?"

陆璟深立刻将那一沓明信片收好放回去,听到封妈妈回答:"是你朋友,我刚去超市买东西回来在外面碰上的,他来找你,他叫……啊,我忘了问他名字了。"

陆璟深走出去,封肆的目光扫过来,见到他似乎并不意外,随口跟他妈妈介绍:"陆总是我在国内工作的老板。"

他也没有格外招呼陆璟深,先进去了厨房,帮他妈妈把刚做好的早餐端出来。

陆璟深有些尴尬,也想去帮忙,被封肆冷淡地制止在厨房外:"外面待着吧,没有让客人动手的道理。"陆璟深只能退后,默不作声地跟着他进了餐厅。

餐桌上,封妈妈抱怨自己儿子:"你又去哪里玩了一夜?不回来也不说一声?"

"朋友开生日派对,手机没电了,后来看下了雪天冷又远,懒得回

200

来了，在那边将就睡了一晚。"封肆耐着性子跟自己妈妈解释，再瞥一眼陆璟深，终于将注意力转向他，"陆总一大早来这里做什么呢？"

封妈妈道："他好像很早就来了，车子一直停在楼下，你也真是的，害别人一直等你。"

陆璟深那句"正好路过"到嘴边，咽了回去。

封肆不在意地拿起一块面包："等一等有什么关系，我也不是没等过人。"

陆璟深想起刚才最后那张明信片，当年他离开后，封肆在那座城市、那个酒店又等了他一个月。心里有些不好受，他轻声说了句："没关系，是我来打扰了。"

封妈妈安慰他："你别理封肆，他就不该成天往外面跑，一天到晚不着家。"

封肆好笑说："妈，我三十了，不是三岁，婷婷不在家，你不用对着我耳提面命吧？行了行了，知道我在这里你烦得很，我休假够了，马上也要去工作了，会自觉滚。"

陆璟深下意识看向他，想知道他说的工作是在哪里，封妈妈也问："你这次又要去哪里做事？"

封肆道："反正不是这里。"

至于是哪里，他没有说，封妈妈也没兴趣再问下去。

吃过早餐，封肆送陆璟深下楼。

空荡的走廊里只有脚步声，两个身形高大的男人并肩走在一块，脚下的木质地板有些不堪重负，发出吱呀声响，打破了他们之间沉寂的气氛。

陆璟深想说什么："你……"

"你还是回去吧，没必要再来这里找我。"封肆先开了口，截断他的话。

陆璟深的脸色微变，停住脚步，站在昏暗走道的尽头，回身看向他：

"你确实不打算再回去我那里了是吗？"

封肆道："不打算。"

他看了看刚充完电的手机，昨晚十二点多陆璟深发了条信息给他，问他在不在家里："你昨晚就来了这里？在这里等我了一整夜？"

陆璟深心中情绪翻涌，脑子里还回荡着封肆刚才那句"不打算"，无意识地点了点头。

封肆道："你真没必要这样，天这么冷，你来这里做什么？"

静默片刻，陆璟深忽然伸手过来，用力攥住了他的胳膊："……你写的那些明信片，我都看到了，写给我的那些。"

封肆"哦"了一声，轻描淡写地说："你不说我都忘了，以前写着玩的，反正也寄不出去。"

"可我看到了，没法当作没看到过。"陆璟深坚持道。

封肆问："所以呢？"

陆璟深直视着他的眼睛："你给我一个机会，我想补偿你。"

"补、偿。"封肆慢慢念了一遍这两个字，抽回手点了根烟，轻吐出烟圈，"陆总打算怎么补偿我？钱我够用了，不需要。"

陆璟深还没来得及回答，他的手机铃声响了，恰好是陆璟清打来的。收敛情绪按下接听，陆璟清是打电话来告诉他，后天她也要来雾城，她闺蜜在这边举办婚礼，她要来做伴娘。

陆璟深皱眉道："我出发之前，你没提过这个事。"

"是没有，"陆璟清解释，"行程早定下了的，当时我本来想跟你说，由我来出席这个商务邀约，时间上正好，不过你坚持要去，我就没说了。你的商务行程应该已经结束了吧？什么时候回来？"

陆璟清的意思，很明显是提醒他该回去了。公司刚刚经历过动荡，他俩不好同时待在国外，至少得有一个人回去公司坐镇，陆璟深只能应下：

"我明天回去。"

身后脚步声远去,他转过身,只看到封肆趿着拖鞋上楼去的背影。握紧手机,陆璟深轻闭了闭眼。挂断电话,他依旧站在光影的背面,没有动。

封肆的问题,陆璟深未必能立刻给出叫他满意的答案,可他确实想努力,无论是回去看心理医生,还是加班把工作提前做了,下个月或者下下个月再来找封肆,他都想努力试一试。

当年已经无法挽回,那一步总要迈出去,他不会再逃避。

飞机起飞前,陆璟深给封肆发了一条消息。

"我马上要回国了,最多两个月,会再来雾城看你,到时你要是已经不在这里了,能不能告诉我你去了哪里?我去找你。"

发完他一直盯着手机屏幕,直到飞机冲出跑道尽头起飞,那边也没有回复。

封肆嘴里叼着烟,直接划掉弹出来的下拉框,盯着屏幕上陆璟深的头像。是那张在F国的路边咖啡店旁,他随手拍下的陆璟深喂鸽子的照片。

陆璟清的飞机落地雾城是转天中午,刚一到手机里就收到了一条陌生的当地号码发来的短信。

"能抽空见个面吗?封肆。"

陆璟清皱了皱眉,本不想理会,心念一转似乎想到什么,回复了自己将入住的酒店地址过去:"四点半来这里的咖啡厅见。"

陆璟清走进咖啡厅,封肆已经在卡座里等她,靠在座椅里看落地玻璃窗外的街景,听到脚步声目光才转向她,起身十分绅士地迎她入座。

"听说你比较喜欢喝拿铁,刚帮你点的,请坐吧。"

陆璟清坐下,并不避讳地打量他,直言问道:"你怎么知道我来了这里？你问谁要的我手机号？我的喜好又是跟谁打听的？"

封肆笑了一下："总裁果然比陆总更性急，好吧，知道你来这里，是因为那天听到了你和陆总的电话。"

"至于后面两个问题，来源是你弟弟。"他坦然回答，"我跟小陆先生挺聊得来，问他要总裁你的联系方式，他随手发我了。"

陆璟清神色不动："所以呢，你找我有什么事，直说吧。"

"关于陆总的事，"封肆也不绕弯子，"陆总他是不是有过什么心理阴影？"

陆璟清微微沉了脸："你听谁说的？这跟你有什么关系？"

封肆不紧不慢道："总裁不必对我抱有这么大的敌意，我也只是关心陆总。"

陆璟清道："你觉得我会信你？"

封肆低头沉默了一下，重新抬眼看向她时，认真的神情里不再见半分玩笑意思："总裁觉得我满世界地找他七年，是为什么？我跟他七年前在非洲认识，同行三个月，其间他救过我，之后他不告而别，甚至不肯告诉我他的来历，之前我就发现他有些不对劲，挺担心他的，怕他出事，我只能去所有可能找得到他的地方找他，花了整整七年才最终找到他。但我现在发现他过得并不开心，我想要帮助他。"

陆璟清的眼神里终于出现了一丝松动，像是诧异："你跟他是七年前在非洲认识的？"

"我没有必要拿这种事情骗你吧。"封肆道。

陆璟清想了想，说："既然他当年不告而别，就是不想跟你扯上关系，你还来找他烦他干什么？"

封肆却问她："他这七年过的是什么样的日子，你应该比我清楚，我不找他烦他，他就能过得开心吗？"

话音落下时，他搁在桌上的手机屏幕亮起，是陆璟深新发来的消息。

"我刚到公司，准备要上班了，一会儿还要开会，事情很多，总能做完的，晚点再联系你吧。"

这两天陆璟深陆陆续续给他发了十几条消息，封肆一次都没回复过，不知道陆璟深有没有感到沮丧，至少他没气馁，依旧锲而不舍地发新消息过来。

陆璟清一眼瞥见他们的对话框，眉头紧蹙起："他给你发消息，你为什么不回复？"

封肆收起手机："我不想回复。"

陆璟清的语气不好："既然这样，你还来找我问他的事情做什么？"

封肆道："总裁也讲讲道理吧，当年他招呼不打一声就跑了，现在也是，嘴上说我是朋友，其实根本不信任我，不肯对我袒露心扉，他这样的态度难道还要我一点都不计较，没底线地包容他吗？"

陆璟清沉声问："他来雾城找了你？"

封肆点头："说实话，我也不知道他到底怎么想的。他说他会去看心理医生，那么原因呢？到底是什么原因，严重到他需要去看心理医生的地步？"

>> 五 <<

陆璟清握紧咖啡杯，神色中出现了些许挣扎，眼里的戒备却逐渐放下了。

想到陆璟深这段时间以来的失魂落魄，似乎一切又在重复七年前他从非洲回来后的状态，那时她单纯以为是陆璟深的心理问题所致，到今天才忽然意识到，症结或许是别的。

陆璟清终于开口道:"他确实有心理问题,他曾经被人绑架过。

"绑架他的是他在国外念书时的一个同班同学,那个男生个性孤僻,还有精神问题,在学校被人排挤、霸凌,唯独阿深没有参与进去,性格使然,他不会像其他人一样把歧视摆在脸上,一直就用对待普通同学的态度如常对待那个男生。

"就因为这样,男生却把阿深当成了救命的稻草,趁着阿深独自出门买东西时,用电击棒击晕了阿深,绑架了他,将阿深锁在不见光的地下室里,一遍一遍地向阿深诉苦,想要阿深理解他同情他,但是阿深没有给出他满意的反应,只想离开。所以他发了疯,给阿深强灌了很多酒,将阿深独自关在地下室里,通过监控拍下阿深被灌醉后丑态毕露的视频和照片。"

陆璟清说得很快,这件事情对她来说,也是不愿意再回想的记忆。封肆眼里的情绪一点一点沉下,转换成了另一种十分复杂的、难以用言语形容的暗沉:"后来呢?"

"后来……"陆璟清像是不忍心说下去,"后来,阿深被救出来,已经是两个星期以后,那个男生饮酒过量死在了出租屋里,还是隔壁的住户发现他的尸体报了警,警察去了才发现被关在地下室里,已经奄奄一息的阿深。那个时候他已经快三天没吃过东西,仅靠半瓶矿泉水强撑了下来。

"被人救出来时,他看到了那个男生腐烂发臭的尸体,当场就吐了,因为太久没有吃过东西,吐出的只有胃酸还呕了血。我收到消息赶过去时他已经进了医院,住了大半个月,身体是痊愈了,心理上却留下了严重后遗症,有一段时间他甚至整夜失眠、做噩梦,产生幻觉,差一点连学业都没法继续。

"这件事情只有我跟他知道,他不想让爸妈担心,一再要求我不要跟家里说，我帮他瞒了下来，出院之后还帮他请了心理医生，他去看过几次，因为过于恐惧和排斥，几乎没什么效果，后来他不肯再去。毕业后他说想一个人出去散心，我其实不放心，打算跟他一起，他没肯，坚持一个人走了。

"后来我才知道他去了非洲，有一天他突然给我发消息，说暂时不打算回来，会在那边待几个月，这段时间都不会联系我，让我别担心他，之后就关了手机。我一直联系不上他，忧心了整整三个月，他才回来。

"那之后他就像变了个人一样，以前就不爱说话，从那以后变得更封闭自我，我还是想让他去看心理医生，他说不用，后来我们回国开始进公司工作，我看他表面上似乎恢复正常了，也觉得没有必要再让他去面对那些伤痛，就再没跟他提过这事。"

陆璟清神情复杂地说完，眼睛直视向封肆："你听懂了吗？我不想逼他，所以希望你也别逼他，他做得不好，不管是当年还是现在，他对人不信任是因为经历过这些，没必要逼着他作出改变。"

"你真的觉得他恢复正常了？"封肆冷静地问她，"你没有发现他连正常的社交都成问题吗？"

陆璟清立刻反驳："不可能，这些年他无论是面对家里人，还是工作，都没出过什么差池，能有什么问题？"

封肆摇头："除了这些呢？他可以努力做好一个孝顺儿子和友善手足该做的所有，但他真正跟你们说过心里话吗？你或者你家里人真的知道他在想什么吗？他能游刃有余地应对下属和生意场上的合作对象，但他有可以聊得来的真朋友吗？

"所谓的发小也只是因为生意上有合作，所以给面子去参加聚会，闹了不愉快干脆跟所有人断绝往来；周末放假时除了加班，仅有的消遣要么是独自一人去健身打壁球，要么是窝在家里看电影，你真的觉得这

补偿

样一点问题都没有？

"当然了，我也知道喜欢独来独往不跟人交流的人确实不少，可Alex他为什么会这样？是因为他还没有从过去的阴影里走出来，他恐惧对人敞开心怀，所以选择自我封闭，你明明心里有数，为什么要自欺欺人地觉得没有问题，不让他继续去看医生？"

他的语气咄咄逼人，陆璟清冷着脸："那你呢？你觉得你又能做什么？你逼着他面对就不怕适得其反？"

封肆的视线往窗外的方向稍稍偏移了一瞬，枯黄叶子掉落在地上，又被风卷起，挣扎着在寒风中摆动，一片萧索。

心里翻涌的情绪难以形容，那些陆璟深说不出口的原因封肆终于知道了，却并不好受。

他闭了闭眼，说："经历过那种事情，有心理问题很正常，但在非洲那三个月，他表现得很好，虽然也不爱说话，偶尔也会有负面情绪，但是我带他尝试的东西他都愿意试着去做，他如果能再多信任我一点，或许能做得更好。

"逃避终究不是解决问题的办法，再痛苦他也得迈出那一步，只有面对真实的自我，才能真正从当年的伤痛里走出来。我之前不知道，用的方法太激进了，以后会换个方式。"

伤痛也好，难堪也好，他都会帮陆璟深抚平。

他自己的那七年，那些不甘和执念，也需要陆璟深最终给他一个答案。

走出心理康复室，陆璟深在花园隐蔽处停下脚步，想点烟，摸了一下身上，想起最后一根昨天已经抽完了。

他有些疲惫地在花坛边坐下，当年的经历在刚才的深度催眠中重演，感觉依旧十分难熬，他的背上全是冷汗。

心理治疗的效果，不知道要坚持多久，才能真正显现出来。

安静坐了片刻，心绪渐渐平复了些，他拿起手机看了眼，聊天界面还停留在刚才进去前，他发给封肆的那一条上。

不知道封肆是没看到还是不想回，陆璟深轻出一口气，摁灭手机屏幕，只能算了。

这几天封肆偶尔会回他的消息，跟他说几句有的没的，大概是他自己不擅长这么跟人聊天，说的那些话大多没什么意思，有时气氛还会莫名尴尬。

这让陆璟深觉得很挫败，但就这么放弃，他也不愿意。

愣神间，捏在手中的手机屏幕再次亮起，有新消息进来。

封肆道："看完了医生赶紧出来，我在医院停车场出口处等你。"陆璟深一愣，回神立刻站起身，来不及思考封肆为什么会突然回来，快步朝停车场走去。

车开出停车场，陆璟深的视线扫过，果然看到了站在街边的封肆。他还是老样子，灰色夹克、工装裤，手里夹着根烟。

看到陆璟深的车出来，封肆掐灭烟扔进垃圾桶，走过来，拉开了副驾驶座的车门。他带进一身寒气，和身上裹挟了烟草味道的熟悉气息。

陆璟深握紧方向盘，转头问他："你怎么会在这里？"

他以为远在国外的人突然回来了，若无其事地来医院门口等他，上了他的车，于陆璟深而言，一切出乎他意料又让他惊喜得简直不敢相信自己的眼睛。

"中午刚到的。"封肆随口道，"你应该也没吃晚餐吧，走吧，先去吃东西。"

见陆璟深还呆愣着，封肆笑了一下，指了指前方，示意他："开车啊。"陆璟深终于回魂，有些尴尬地收回视线，重新踩下油门。

补偿

他们挑了间人少清静的餐厅，饭桌上陆璟深几次想问，都被封肆打断："吃完了再说，我在飞机上就没怎么吃东西，你让我先填饱肚子吧。"

陆璟深看到他眉目间风尘仆仆的疲态，到嘴边的话咽回，安静下来。

吃过晚饭，改由封肆开车，带着陆璟深穿梭在灯火渐起的城市街头，最后他把车停在无人僻静的城中湖边，提议下去走走。

"时间还早，我们去外面转一圈吧。"话说完封肆先推开车门下了车，陆璟深跟下去。

Chapter 8

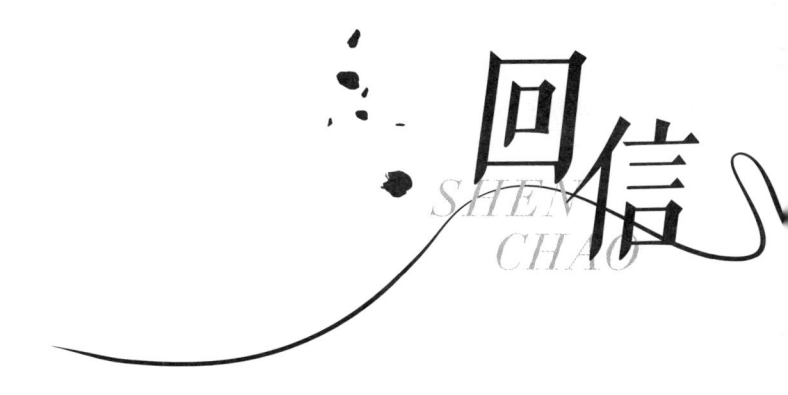

回信

SHEN CHAO

第八章 • Chapter 08
回信

>> 一 <<

湖面倒映着夜色,斑驳光点散落其间,感受到拂面过的潮湿的风,陆璟深的心情逐渐平静,终于问出口:"你为什么回来了?"

原以为封肆会满不在乎地说一句诸如"我不能回来吗",或者"我想去哪里就去哪里"之类的话,但是没有,他甚至连脸上惯常挂着的笑也收敛了,只说:"在这里找了份工作。"

陆璟深诧异:"……这里?"

封肆解释:"京航大学的飞行教员,帮他们培养飞行学员,签的外聘合同,下周开始上班。想了想还是回来工作吧,我妈年纪大了,一直念叨着落叶归根,早晚也要回来这边的,连婷婷也打算大学毕业后来这边发展。"

他没有说的是,这份工作不是临时决定的,早在年前他走之前就已经定下了,回去Y国过完年,等到这个学期开学才正式回来上班。从一开始,他就没想过离开。

陆璟深没想到会得到这么一个答案,封肆竟然选择了去高校任教。但至少,这个人回来了,他们以后能经常有见面的机会。

"去学校做教员,工资没有多少。"顿了半天憋出这么一句,说完陆璟深自己也察觉到尴尬。封肆却道:"确实没有多少,但也挺好的,稳定,事情少,不用到处飞来飞去。"

"不知道下一站又会是哪里,什么时候才能停下来。"

陆璟深莫名想起他在明信片里写的这句话,略不是滋味:"是挺好的,也轻松一点。"

封肆盯着他的眼睛,换了个话题:"你今天去看心理医生,有效果吗?"

陆璟深的脸色微变,封肆没给他逃避的机会:"你没有告诉过我,为什么要看心理医生。"

确实没有,封肆之前问过他好几次,但每一次话到嘴边,他都不知道要怎么说出口,那些痛苦的记忆,他实在没勇气自揭伤疤,今天要不是走进那间心理康复室,他根本不想再回忆当年的事情。

看到陆璟深额头上渗出的冷汗,封肆抬手在他肩膀上压了一下,放缓了语速:"放松一点。"

陆璟深慢慢放松呼吸,封肆收回手:"你姐姐去雾城时,我跟她见了一面,你的事情她都告诉我了。"

陆璟深惊讶地看向他,封肆道:"现在能跟我说说吗?或者我来问,你回答我,可以吗?"

陆璟深的神情里出现了挣扎,在封肆温和目光注视中,慢慢点了头。

封肆道:"害怕陌生人,尤其恐惧人多的地方,所以我每次带你去热闹点的地方,你的反应都那么大?"

陆璟深的手搭在湖边的扶栏上,下意识收紧,艰难吐出声音:"嗯。"

"是不是潜意识里觉得,那些想接近你的人都不怀好意,随时可能变成另一副面孔?"

陆璟深回道:"是。"

"不信任别人,对陌生人的戒心比一般人更重,在非洲我们刚认识那天，为什么又敢独自一人上我的车？"封肆接着问。

这个问题，陆璟深确实答不上来。他去非洲，本意是想找个远离自己熟悉的世界、没有人认识自己的地方喘口气，对周围所有不认识的人都保持着高度警惕，非必要绝不主动跟人攀谈交流，但偏偏他遇到了封肆。

即使本能的自我保护让他下意识表现出自己听不懂中文，但被封肆那双盛了笑意的眼睛盯上时，他却在自己内心深处隐约听到了另一个声音，他想认识这个人。

或许就只是那么电光石火的一念之间，他的警戒线松开了一个口子，他选择了遵循心底深处的想法，上了封肆的车。

"如果一定要说，"陆璟深努力组织着语言，"我可能第一眼看到你，就觉得你跟别人不一样，至少对我来说是这样……想认识你。"

封肆问："你这么说，我可不可以理解为，我对你来说，是与众不同的？"

明明像是开玩笑的话，他的语气却格外正经。陆璟深想了想，再次点头。如果在极端的自我封闭下，还想与某个人相识，这或许确实就是与众不同。

他没法否认。

封肆继续道："明明知道自己生了病，之前为什么不愿意去看心理医生？"

陆璟深陷入沉默中，封肆没有催促，安静等着他回答。

半晌，陆璟深开口："我原以为这没什么大不了的，对我的生活和工作并不会有影响。"

"可你这样，过得一点不开心，没有朋友，和家人也不亲近，谁都不知道你在想什么，就连你自己，大概也不知道自己想要什么吧。"

陆璟深的双手用力握紧，下颌线紧绷。他确实是这样，清楚自己有病，却逃避不肯面对。他知道自己这样很矛盾，但就是这样矛盾的情绪，不断反复拉扯他，让他变得犹豫不决、优柔寡断，直至自我厌恶。

"知道自己生了病，但不敢承认，不愿意面对，也怕被别人知道，是吗？"

封肆问得直接，陆璟深很难堪，却只能点头。

"那么现在，你能听我说吗？"封肆道。

陆璟深抬眼看向他，封肆的神情前所未有地认真："Alex，这个世界上，确实有肮脏、腐烂和不堪的一面，但不是全部。你的同学他被人伤害后自我堕落、精神失常，将你的善意当作伤害你的资本，错的只是他一个人，并非人人都像他那样。这个世上大多数人都只是普通人，他们努力工作生活，对陌生人抱有善意，并不可怕。

"我也一样，我知道你觉得我太贪玩不定性，身边一大群狐朋狗友不值得信任，可我其实不是你想的那样。我在国外出生长大，因为我这张东方人的脸，无论在学校还是之后入了空军，总会有人明里暗里地看不起，我想证明自己，目标一直订的都是第一和优秀，繁重的学业和各种任务压在我肩上，让我根本没有空闲的时间去玩，我付出的努力从来就不比别人少。

"后来为了找你，我满世界到处跑，才认识了许许多多不同的人。交朋友是一件开心的事情，合则聚不合则散，保持应有的警惕心是应该的，但如果没有真诚，别人也不会真诚待你。我对真心交的朋友从来都是以诚相待，当年在非洲对你便是如此。

"所以我希望你也能一样，对我有多一点的信任，你现在只是生病了，你没有错，我也没有错，没有必要用别人的过错来给自己带上枷锁、惩罚自己。"

陆璟深慢慢消化着封肆说的话，各种复杂情绪交织在一起，让他思

回信

绪万千:"我……"

封肆盯着他闪烁的眼睛:"不用这么快急着给出答案,我知道心理障碍不是我这一两句话的开解就能轻易消除,你还是要去看医生,我会陪你一起,再难再痛苦也要走出来,是为了你自己。

"你没有能交心、能倾听你真心话的朋友,我很愿意做这个人,你有什么高兴或者不高兴的事情,都可以跟我说,我也一样会告诉你,我们都对彼此不再保留,这样可以吗?"

陆璟深眼底逐渐亮起光,封肆的话一字一字敲击在他心上。

又一次点头,这一回却是如释重负:"好。"

封肆愿意给他时间,已经足够了,他不会再让封肆失望。

封肆道:"还有我们签的合同,我会继续履行,但我只想做自己的本行,你出差去外地我陪你一起,其他时候你需要助理或者保镖,还是另外请人吧,我也想有时间做自己想做的事情。"

"好。"陆璟深这次答应得很痛快。

封肆扯了扯领子,像是放松下来:"走吧,我送你回去了。"

车往回开,或许是刚才话说得太多,一路上他们都没再对话,陆璟深靠在座椅里,看着窗外仿佛重新有了温度的城市夜景,忽然有种心底空洞的那一块逐渐被填补,阴霾即将散去的预感。

他慢慢合上眼,放松自己睡了过去。

到明月湾不过半个多小时车程,陆璟深却难得睡了一个好觉。醒来时封肆跟每次一样,开着窗抽烟在等他,看到他睁开眼,抬手指了指腕表:"快十点了,你上去赶紧洗个澡接着睡吧,别想太多,清空脑子里的思绪,很快就能睡着的。"

陆璟深愣了愣,问他:"你住哪里?"

"酒店,学校那边有安排单人宿舍,明天去看看,要是条件还可以就住那边了，方便点。"封肆随口解释。

陆璟深想把人留下来，想了想又觉得不好开口。封肆被他纠结的表情逗笑，抽出车钥匙扔还给他："上去吧，我也回酒店去了。"

他推门下车，陆璟深跟下去，已经彻底醒了神，叫了他一句，封肆回头。

陆璟深道："今晚，谢谢你。"

封肆笑了，笑意弥漫进融融夜色里："不客气。"

中午刚过，陆璟深开着车走京航的侧门进入学校。他把车速放慢，观察着四周，两侧林荫道上来来往往的多是朝气蓬勃的大学生，想象中封肆与这个地方有些格格不入。

靠路边停了车，陆璟深下车给封肆发了条信息，那边没有立刻回复，等了片刻，他抬头看到前方操场上聚集的人群，视线晃过忽然一顿，提步走了过去。

是一群男生在这里打篮球，围观的人不少，陆璟深在球场上看到了熟悉的身影，果然是封肆。

那个人穿着v领毛衫、休闲长裤，从容运着球，一下一下扣在地上，等对手心神紧张时他身体忽然一晃，假动作过人，快速上篮。

篮球准确无误落入网中，周围一片欢呼叫好声。

前方几个小姑娘举着手机追着封肆拍，个个激动得面红耳赤，不时低声尖叫。陆璟深站在人群之外，有些无言，封肆混在这一群学生里，竟然没有多少违和感，在人群中又格外突出抢眼。

大抵是他身上有这些大学男生没有的成熟男人魅力，而且身高腿长、相貌英俊，轻易就能吸引人眼球。

陆璟深在球场边站了一阵，封肆回头看到他，扬了扬眉，跟队友说了句什么，把球扔出去，朝着他走了过来。

"你怎么来这里了？不是约了医院门口见吗？"陆璟深今天要去做第二次心理治疗，和医生约了下午四点，封肆说陪他一起去，但没想到他会跑来学校里。

陆璟深道："正好路过……"被封肆带笑的目光盯着，他的视线往旁边躲了一瞬，说了实话，"中午从公司出来，没什么事，就干脆来这里了。"

封肆脸上笑意加深："走吧，现在还早，先去我宿舍里坐坐。"

陆璟深道："你不打球了吗？"封肆道："算了，让小孩们玩吧。"

封肆的宿舍就在学校里面，开车过去只要几分钟。

"你在这里习惯吗？做教员的感觉怎么样？"陆璟深慢慢开着车，顺嘴问身边人。

"挺好的。"封肆闲适地靠在座椅里，给他指路，"跟这些学生相处还挺有意思，感觉自己也跟着变年轻了不少。"

陆璟深看出来了，这也才开学几天，他就能跟学生打成一片，封肆天生就是这样的人，走到哪里都能轻易融入，赢得旁人的好感。

"你自己也挺年轻的，不用说这种话。"

封肆笑着点头："你也一样，到了，停车吧。"

>> 二 <<

陆璟深看向车外，是比较老式的宿舍楼，六七层高，楼外种着高大的梧桐，遮挡了午后有些刺目的阳光，很幽静。下车后他从后备厢里拿了个纸箱下来，抱在手中沉甸甸的很有些分量。

封肆目光落过来："这是什么？"陆璟深道："上去给你看。"封肆顺手把箱子接过去，一只手轻松搂在臂弯里："那上去吧。"

封肆住的地方在四楼，一室一厅的单人宿舍，只有四十几平方米，有些简陋，收拾得倒还算干净。陆璟深四处打量了一下，心里有些不是滋味："……这里什么都没有。"

"谁说的，"封肆给他倒水，示意他随便坐，"我觉得还挺好，食堂超市就在附近，走过去也才五分钟，方便得很，先在这里住住。"

他这么说，陆璟深便不好再说什么。看到客厅里堆了七八个行李箱，陆璟深好奇地问了句："你有这么多行李吗？"

"啊，"封肆喝着水点头，"把家里的东西差不多都带来了，大部分是书。"

他说得随意，陆璟深却听出了其中的深意。上一回封肆来这里，随身带的只有一个飞行箱、几件衣服，这一次他把全部家当都搬了来，是真正打算长留在这里了。

心里泛起难以言说的情绪，陆璟深想到留在自己家里的，那些封肆没带走的东西，封肆当时说让他都扔了，他没有扔，东西还留着。但他也没说让封肆去把东西拿回来，他希望有一天封肆还能跟他回去。

"那些明信片，你带来了吗？能不能给我？"陆璟深问。

封肆搁下水杯，瞥了他一眼，去卧房里把东西拿出来，几十张明信片全部装在一个文件夹里，递给陆璟深："给你吧，本来也是写给你的。"

陆璟深接过，小心翼翼地搁到手边。

封肆也问他："你那个箱子里，到底是什么？"

陆璟深把箱子打开，有点不太好意思，硬着头皮说："你前两天说喜欢这个，我买来送给你的。"

封肆走过去翻了下，里面竟然全是超级英雄的手办，他挑起眉梢，确实有些出乎意料。

前两天他跟陆璟深打电话夜聊，随口说起自己小时候很喜欢这些超级英雄，有一次攒了两三个月的零用钱想买一个手办，结果发现商店里东西已经卖完下架了，为此伤心郁闷了很久。陆璟深当时听完没说什么，结果闷声不响地竟然给他买了这么一大箱子来。虽然封肆现在早不玩这些东西了，但陆璟深这种又笨又土的讨好方式，实在让他忍俊不禁。

陆璟深有些紧张地观察着封肆的表情："……你要吗？"

"要啊，"封肆高兴道，"多谢啊。"

陆璟深松了口气："你也别跟我说谢了，我也不想听你说这句。"

封肆莞尔："你先坐会儿吧，我去冲个澡，刚打球出了一身的汗。"陆璟深点头。

封肆去了浴室，二十分钟后再出来时，身上只套了条短裤，肩膀上搭着条毛巾擦头发，带出一身热气。

陆璟深放下手机，看了他一眼，移开目光："你把头发吹干吧，不怕感冒吗？"

"开了暖气，没事。"封肆浑不在意，看看时间还早，去把那一箱子手办拿出来，打算全部拼装好摆放起来。

陆璟深有心帮忙，但他实在不擅长这个，只能作罢。一个人杵在旁边又有点尴尬，最后他随手拿起茶几上的纸和笔，坐到一旁画起速写。

他也是小时候学过一点这个，和钢琴一样，学得不好不坏，后面很多年没碰过了，之前封肆问他还有没有别的兴趣特长，他绞尽脑汁，才想起以前学过这个，封肆让他有空给自己画一张，他勉为其难地答应，怕画不好让封肆看笑话。

他画得太过专注，没有察觉到封肆的声音落至他耳边。

"你在画我吗？"

陆璟深心头一跳，回头对上笑意盈盈的眼睛。

封肆将他呆滞的神态看在眼中，笑着抬了抬下巴："画得还不错啊。"

陆璟深回神转开眼,不自在地说:"我随便画画的。"

封肆依旧靠在他身边,欣赏着他笔下的画:"你之前说你画得不好,又是谦虚了啊,我看画得挺好的,画完了能送给我吗?"

陆璟深迅速把最后几笔画完,他把画纸递过去,佯装镇定:"给你吧。"

封肆看着手里的画,笑得很愉悦,陆璟深脸上有些挂不住,看了一眼时间,岔开话题:"快三点半了,走吧。"

封肆把画收起来,不再逗他:"我去换个衣服。"

第二次做心理治疗,陆璟深还是紧张,进门之前停住脚步,封肆拍拍他的肩膀,语调轻松:"进去吧,早点结束了我们去吃晚饭,今晚那些生意不错的餐厅应该都得排队,早去早好。"

见陆璟深不明所以,封肆告诉他:"今天是周末。"

陆璟深被封肆这么一打岔,紧张情绪倒是消退了不少,放松心情,抬手敲门。

等人进去后,封肆走去外面的花园,想点烟时忽然想起之前跟陆璟清见面,陆璟清说陆璟深最近烟瘾大了很多,她有些担心。陆璟深原本抽烟的频率很低,烟瘾加重应该是他回Y国以后。

封肆随手把烟扔进了垃圾桶,他自己以前其实也抽得不多,这七年里确实养出了不少坏习惯。算了,还是戒了吧,叫上陆璟深一起。

五点半,陆璟深走出康复室,封肆就站在门外,看到他出来,先递了纸巾过去。

陆璟深皱眉:"我没哭。"

封肆好笑地说:"我什么时候说你哭了?给你擦汗的。"

陆璟深伸手接过,按到额头上闭了闭眼。

封肆问他:"还是很难受?"

回信

"不知道,好像比上次好一点。"陆璟深想着,真正感觉不同,是走出这扇大门时,第一眼就看到了封肆,让他心里好受很多。

封肆忽然伸手,揽过他肩膀,轻轻抱了他一下。陆璟深一怔。

点到为止的一个拥抱,很快又放开,是朋友间的安慰和鼓励,封肆退开:"没事了,我们走吧。"

车开出医院,陆璟深的心情已经平静下来,封肆开车,让他看看去哪里吃饭。

"今天这个日子到处人都很多,你要是觉得不自在,就回家吃。"封肆提醒他。

陆璟深犹豫了一瞬,说:"没关系,你想吃什么?"

封肆回头看向他,意外道:"真没关系?看来那位医生确实有点本事啊。"

最后吃饭的地方是封肆选的,一间比较小众但很有情调的西餐厅,人虽然也多,至少不用排队。

他们一进门,就有注意到的人将目光投过来,陆璟深努力忽略别人的视线,强迫自己不去在意,跟在封肆身后往里走。

封肆将菜单递给他,让他点餐。陆璟深放松下来:"你点吧。"

东西吃到一半,有情侣并肩从他们身边过,女生手上捧的大束玫瑰不小心蹭到了陆璟深的肩膀,立刻跟他道歉,陆璟深没计较,封肆冲对方一笑,帮他说了句:"没关系。"

女生被他笑得愣了一下,再次说了句"抱歉"后离开,走出餐厅时,还回头看了他们一眼。陆璟深有些无奈:"别人男朋友就在身边,你就不能收敛点吗?"

封肆一脸无辜:"我怎么了?我不过就是跟她说了句没关系啊。"

他确实没别的意思,但他这个人跟人说话时只要一笑,就像在释

222

放荷尔蒙，所以招蜂引蝶不断。

封肆伸手过来，捻去他肩上沾到的一片玫瑰花瓣，捏在指腹间碾碎，问他："Alex，别人给你送过花吗？"

"没有。"陆璟深回答得干脆。

封肆道："真没有？这么多年就没人追过你？"

追陆璟深的人当然有，但他个性太冷永远拒人于千里之外，有勇气追他的人本就少，能坚持下去的更几乎没有。

"我倒是收到过。"封肆慢慢说道，"印象最深的是我念高中时，有人为了追我，每天给我送一朵玫瑰，整整送了三个月。"

陆璟深配合道："你艳福不浅。"封肆放声大笑。

吃完晚餐，他们开着车在夜幕落下后的城市街头兜风，最后陆璟深坚持把封肆送回去。

车停在宿舍楼下，下车时，封肆跟陆璟深说道："回去我给你打电话。"

这些天他们即使不见面，晚上也会通过电话联系，从每天生活里的一点小事，说到从前的经历，儿时、年少时的趣事，一开始陆璟深的话很少，在封肆引导下，也逐渐打开了话匣。

每晚到最后，听到陆璟深渐渐平稳的呼吸声，封肆才会挂断电话，让他安然入梦。

陆璟深点了点头，跟他说再见。

他看着封肆的身影走进楼洞内，又在原地待了片刻，最后看了一眼封肆亮起灯的房间，开车离开。

>> 三 <<

转眼到了周六，陆璟深在早晨七点准时醒来，先将手机放上充电器。

回信

这段时间他每晚跟封肆夜聊，经常说着话就睡着了，清早起来时手机通常都处于没电自动关机状态。

好处是，他的睡眠状况改善了很多，不再每天感觉疲乏无力，需要靠咖啡和烟续命。

健身结束弄了个简单的早餐，吃东西时陆璟深拿起手机，封肆刚刚发了消息来，说早上临时有个会要开，结束可能要到十点多，让他晚点过去。

陆璟深回复了"好"，看一眼时间，才八点不到。

走进书房，原本想看会儿文件打发时间，坐下后他又不自觉地拿起了手边的明信片。这几十张明信片他已经反反复复看过无数遍，陆璟深的目光停留在上面，失神片刻，拿起笔。

十点二十，封肆开会结束，走出学院办公楼，几个同事约着中午一块去吃饭，问他要不要一起。封肆笑着拒绝，说约了人。

陆璟深的车就停在办公楼对面，他刚好推门下车，与封肆目光接上。陆璟深示意他上车："你还要回宿舍吗？"

"不回了，直接走吧。"封肆跟他换手，让陆璟深去副驾驶座，自己来开车。

上车时陆璟深察觉到其他人好奇打量的目光，低头坐进车里，快速拉上了车门。

封肆提醒他："不用紧张，他们大概是看你这车吧，毕竟是几千万的跑车，难得有机会能看到。"

今天他们要去度假村，要不陆璟深也不会把这么高调招摇的车子开出来。

"没有紧张，"陆璟深解释道，"我知道他们是看车子。"

车往陆家的度假村开，是封肆提议的，原本陆璟深说去周边做个两天的短途旅行，封肆昨晚忽然提到想去他家度假村，说上回什么都没玩到就回来了，有点可惜。

到了地方已临近中午，陆璟深之前特地联系过这边的管家，早有人帮他们安排了午餐。刚到别墅就有人来跟陆璟深汇报事情，封肆没兴趣听，先上了楼。陆璟深上来时，他正嚼着口香糖，举着手机在拍对面的湖光山景。

"快吃饭了，你嚼口香糖做什么？"陆璟深问他。

封肆收起手机，扔了一块口香糖过来："这是戒烟口香糖，你也跟我一起戒烟吧。戒烟比想象中还要难一点，两个人互相监督也许会容易些。"

陆璟深目露惊讶："你打算戒烟了？"

"你现在每天抽几根烟？"封肆反问他。陆璟深迟疑道："三四根……"前段时间抽得更凶，他没有说出口。

"你以前不是必要的应酬，很偶尔才抽一根吧？"封肆"啧"了声，"看来是被我带坏了。"

"不是，"陆璟深连忙否认，"我自己想抽而已。"

封肆道："好了，不管是被我带坏的，还是你自己想抽，都戒烟吧，我们一起，行吗？"

陆璟深其实挺喜欢烟草的味道，但戒烟总没有什么坏处，封肆既然下了决心，他当然不会有意见。

"但是为什么突然想到戒烟？"

"想戒就戒了，免得你把这个当作吊命的药。"

陆璟深一愣。午餐已经送来，封肆收回手："走了，先去吃东西吧。"

下午陆璟深带封肆去外面，从花田、农庄、马场、滑雪场一路逛到高尔夫球场。封肆沿途拍照，他倒是挺喜欢这里的，可惜只有一天半的时间，没法好好玩一玩。

"对你来说，是不是来这些玩乐场所还不如找个安静的地方，看书看电影来得舒服？"他偏头问身边的人。

"你跟我在一起，会觉得闷吗？"陆璟深语气犹豫，确实没什么底气。

他们虽然认识了七年多，但真正相处的时间，只有三个月加三个月，他这样的个性，即便努力活跃，做得也并不好。他不想封肆一味迁就他，他骗了封肆，他是真的想补偿封肆，不愿让他再失望。

"我没觉得你闷。"封肆笑了笑，"Alex，你对你自己了解还不够，你在我这里有趣得很，我刚才那话的意思是，偶尔也可以多尝试一些兴趣之外的东西，以前在非洲时我带你玩，你不是也玩得挺开心的？"

提起非洲，陆璟深其实很遗憾，当年他走得太匆忙，他们的旅途还没有结束，还有很多地方没去，可惜去年他才放了个长假，今年陆璟清要结婚，估计是没时间出去了："等明年，明年暑假时，我们再去非洲吧，我早点做准备，可以去至少一个月，把我们当年没走完的旅途接着走完。"

封肆弯起唇角："好啊，那明年一起去。"

之后他们爬上后山，后方是一片正在施工中的空地。封肆晃了一眼，问陆璟深："这块地也是你们家的？这是要建机场吗？"看这地形规划，确实像机场跑道，且施工已经进行了大半。

"建一座小型通用机场，"陆璟深解释，"已经审批通过了，刚才吃饭前施工单位的人来过跟我汇报进度。"

封肆扬眉："在这里建小机场？还需要你亲自盯着？"

陆璟深道："等建成了再带你来看吧。"

封肆眯起眼想了想，仿佛明白了什么，笑了："是吗？那我期待一下吧。"

入夜之后他们在别墅的露台上喝酒，陆璟深今天似乎特别兴奋，酒一杯接着一杯，都是他叫人从 F 国的酒庄空运来的好酒，今早才刚到的。

陆璟深抬手碰了碰自己发昏的太阳穴，不能再喝了。封肆的视线忽然顿住，落至陆璟深抬起的手腕处，停了几秒，搁下酒杯拉过他重新垂下来的手。

陆璟深还没反应过来，封肆已经解开了他的腕表带，将腕表摘下搁到桌上，下方还有一条破旧的、几乎看不出本来纹路的黑色皮手绳。

他刚才没有看错，陆璟深手上戴的，确实是他们七年前，在非洲某座城市的跳蚤市场上买回的转运绳。

"你还留着这个？"封肆摸上去，黑亮的眼眸中浮起笑意，"都破成这样了，压在表下面，别把你那几百万的手表底盘给磨坏了。"

陆璟深没想到会被他看到，看到了也就看到了，镇定地解释了一句："我一直戴着，戴习惯了，之前取下来过一段时间。"

不必明说封肆也知道，之前那三个月，陆璟深手上是没这样东西的。

"可惜我那条不知道什么时候掉了。"他帮陆璟深把腕表戴回去，不再压在皮绳上方，"就这么戴着吧。"

陆璟深点了点头，接受了他的提议。

再一杯酒下肚，陆璟深接到安昕的电话。很不凑巧，他爸妈今天也来了这里，刚到，听人说他在，安昕说一会儿会过来他这边一趟。

挂断电话，撞进封肆满盛揶揄的眼睛里，陆璟深有一点尴尬。封肆笑着问他："要我回避吗？"

陆璟深道："不用，你跟我一起下去。"

没有说的是，他爸妈现在一周有半周会在这边，昨晚答应封肆的提议后，他已经做好了在这里碰上他爸妈的心理准备。

安昕是来给陆璟深送蛋糕的，陆璟深不爱吃甜食，但她亲手做的，他总会给面子尝一口。

但没想到陆璟深这次不是一个人来这里，微笑着跟她打招呼的男人，安昕一眼认出，是他儿子的助理。

封肆难得礼貌正经："夫人您好。"安昕笑容温和："你好。"

她转头抱怨起自己儿子："阿深你刚怎么没说你带了朋友来？早知道我多拿两块蛋糕过来了，都是我在家里做好特地带过来的。"

陆璟深压根不想说，蛋糕给封肆解决就行了，他没有半点兴趣。

封肆看穿陆璟深的心思，忍笑拍安昕的马屁："夫人手艺很好，这个蛋糕看着就挺好吃的，不过陆总不爱吃甜食，您要是再拿两块来，我们吃不完浪费了。"

"那你能吃甜的吗？"安昕笑问他，"你要是喜欢，明天我接着做。"

封肆点头："我很喜欢，多谢夫人，有劳了。"

"不用这么称呼，"陆璟深忽然插进声音，提醒封肆，"你叫阿姨就行。"

封肆有些意外地看了他一眼，陆璟深神色如常，安昕也道："对，你是阿深的朋友，不用跟我这么见外，叫阿姨就行。"

封肆从善如流地改口："多谢阿姨。"

安昕叮嘱他们早点休息，回去了自己那边。

人走之后，封肆拿起叉子，弄了一小块蛋糕尝了尝，味道确实很好。接着给陆璟深端了一块："尝尝。"

陆璟深下意识拧眉，犹豫了一下，勉强接过了。

>> 四 <<

清早，吃早餐时，陆璟深再次接到他妈妈的电话，说他们在高尔夫球场那边，让他和封肆一块过去。挂断后陆璟深问封肆想不想去："你要是不想去,我回绝他们。"

封肆好笑地说:"去啊。"

虽然他不太能理解,是个有钱人就喜欢打高尔夫的行为。

陆父确实热衷这个,要不是身体不允许,他能在高尔夫球场上待上一整天。

封肆跟随陆璟深出现,态度自然地跟两位长辈打招呼,陆父正在研究球杆,很客气地冲他点了点头。

封肆身上是不会有紧张这种情绪的,安昕让他们坐,他便大方坐下,还顺手帮陆璟深拉开了椅子。虽然吃了早餐,但长辈亲手准备了热茶和点心水果,他也很给面子地捧场。

陆父的话很少,基本都是安昕在与封肆闲聊,问起他的工作、家庭、兴趣喜好,封肆一一回答。

陆璟深不时帮腔,像是怕他妈妈的问题会让封肆为难。

说了片刻话,两位长辈一起去了球场上,他们坐在场边继续喝茶。

半小时后,安昕回来,问封肆能不能去陪陆父打一会儿球。封肆就知道事情还没完,潇洒起身。

人走后安昕坐下,给陆璟深添了半杯茶:"听你姐姐说你最近精神好了不少,我看你心情也挺好的,工作没有之前那么忙了吧?"

陆璟深道:"还好。"

他永远都是这样,话不多,言简意赅,在自己母亲面前也一样。

安昕没来由地一阵失落,犹豫之后问他:"阿深,你是不是之前经历过什么事,一直没告诉我们?"

陆璟深慢慢喝着茶,淡淡道:"没有,已经没事了。"

事过境迁,当年他没跟家里说,现在更没有必要,说出来也不过给人徒添烦恼。

回信

安昕叹气，她对陆璟深的关心确实太少了，陆璟清是女孩，陆迟歌是幼子，总是能得到她更多的关注。陆璟深夹在中间，又向来安静，她也就下意识地忽略了这个儿子，等意识到出了问题，想要关心人时，已经晚了。

她试图宽慰自己儿子："你不想说便算了，不过我跟你爸都希望你也能过得轻松点，选择自己喜欢的生活，不要压抑自己，璟清和迟歌可以，你也一样可以。"

陆璟深轻点了点头："我知道，谢谢。"

另一边，陆父目测着前方目标距离，问给他递球杆的封肆："年轻人，你以前玩过这个吗？"

"玩过，"封肆实话实说，"我以前的雇主，大多喜欢玩高尔夫，陪他们一起玩过，不过我对这个没什么兴趣。"

陆父笑了："多少人求都求不到一个陪我玩球的机会，就算不喜欢或者一窍不通，在我面前装也要装作很感兴趣，你还是第一个直接跟我说，对这个没什么兴趣的。"

封肆半点不觉尴尬："我要是骗您，那更没意思。"

陆父问他："那你觉得我大儿子喜不喜欢玩这个？"

封肆瞥一眼场边陪他妈妈说话的陆璟深，道："为了应酬，不喜欢也得喜欢，他一贯这样。"

陆父道："你很了解他？"

"应该没人比我更了解他吧。"封肆自信道。

这种自信却并不让人讨厌，即使陆父见多了千人千面，竟也觉得封肆颇对他胃口。

"你是飞行员？有想过改行做别的吗？"

"不了吧，"封肆摇头，"我还是比较喜欢开飞机。"

他的视线再次落向陆璟深："而且，Alex应该也不会想让我改行，他不是还要在后山那边建一座小机场玩，也只有我能陪他玩了。"

下午，封肆和陆璟深两人一起去了滑雪场。

在非洲那三个月，封肆带着陆璟深玩过很多极限运动，唯独没有尝试过滑雪。

沿着坡度极大的陡峭山道往下俯冲，封肆也尝到了自己肾上腺素飙升的感觉。他闭上眼，听到身后陆璟深慌张的喊声，心里生起一个念头，张开双臂提起身体重心，在急速转弯时不管不顾地猛扎进了积雪堆中。

陆璟深在那一瞬间呼吸都凝滞了，浑身血液凝固住，跌跌撞撞地飞扑过去，高喊他的名字："封肆！封肆！"

封肆仰倒在雪地里，慢慢睁开眼，入目是茶色护目镜过滤之后的天光，他有种恍若飘浮于云端的不真实感。再然后他看到了陆璟深的脸，显露在镜片后面的慌张神情有些模糊，几近失真。

陆璟深跪在地上，用力攥住了他衣服，双手颤抖，不停呼唤他的名字。短暂的晕眩失聪感让封肆听不清陆璟深在喊什么，无声看了眼前人片刻，他抬起手，轻拍了拍陆璟深的手臂。

陆璟深身形骤顿住，僵了几秒，脱力一般倒进了旁边雪地里。他的心跳快得失衡，甚至到了呼吸都难受的地步。

刚才那几秒，封肆躺在雪地里一动不动时，他的脑子里闪过无数个绝望的念头。

如果这个人消失，他可能真的会彻底崩溃。

从滑雪场下来，陆璟深始终沉着脸，默不作声地往回走，没理身边人。封肆自知理亏，这次他玩笑确实开过头了，在雪道上做那种动作，最后没受伤算是他运气好。

回信

封肆几次主动开启话题无果，盯着他的眼睛："真有这么难受？"

陆璟深摇头，不想承认自己的失态，说出口的声音却提不起力气："别再吓我了。"

封肆认真道歉："抱歉。"

之后陆璟深去洗澡，封肆独自去了外面露台上。暮色渐沉，晚霞已经在天际晕开，层层叠叠地笼罩于远近山巅。

他扔了块口香糖进嘴里，慢慢嚼着，回想先前陆璟深吓得面无血色、唯独眼角发红的样子。虽然是捉弄人，但是他这次确实过分了些。

算了，自己那些毛病，还是改改吧。

入夜后开车回城，陆璟深先把封肆送回学校。下车时封肆看了眼时间，快八点了。他弯腰跟车内的人挥了挥手："回去吧，路上小心点。"

陆璟深看着他，这次决定不再等他先上去："我先走了。"

封肆笑着点头："走吧，早点回去。"

陆璟深握紧方向盘，按捺下情绪，开车离开。

封肆站在原地看着车尾灯远去，笑了笑。准备上楼时，有电话进来，他今天的快递到了。

外送员刚离开，又有同城快递送来，是一个纸质文件袋。看到发件人上陆璟深的名字，封肆有些意外，不知道里面是什么，先签收了。

上楼之后他将花搁到茶几上，坐下拆开了那个文件袋。

出乎他意料的，里面竟然是陆璟深从他这里拿走的那些明信片。每一张上面都有陆璟深亲手写下的回复。封肆心神动了动，一张一张翻看过去。

我不知道我走之后你会在原地又等了我一个月，去非洲前没想到能遇到你，那三个月对我来说是一场奇迹，走的时候很匆忙，怕你提前回来，我会不能离开。

我也以为我不告而别不重要，但其实很重要。

T城我后来去过，你在T城找我时，我刚进公司不久，工作很忙很累，没有思考其他的精力，但夜深人静后，还是会想起在非洲的日子。

不知道怎样才能彻底忘记，也或许我这辈子都不可能忘记。

那三个月不是假的，也不是你臆想出来的。

谢谢你一直没有放弃我。

法语是上大学时选修的课程，我每年三月初都会去F国度假，买下那座酒庄，是因为那片向日葵田，你问我有没有什么特别的意义，其实是有的。只有在那里，我才能自欺欺人，沉湎于美好短暂的过去。

可惜那个地方太偏僻了，你就算跟朋友自驾游从那里经过，我们也没能见上面。

那晚下雪，你提起这件事情时，我不知道原来是这样。如果这七年里，你能结交其他的好朋友，我替你高兴。

家人去世很令人痛苦，我现在再安慰你似乎也没什么用，但是一辈子不会只有三十年，我们才三十岁，只要好好保重身体，也能再有三十年、五十年或者更久。

水城我也没去过，听说很漂亮，你要是还想去，下次休假我们一起。

回信

你已经到达下一站了,现在可以停下来好好休息了,我就在这里,不会再离开。

最后一张,是那天清早在纳维亚的餐厅里,他当着陆璟深的面写下寄出的,陆璟深一样给了他回信。

你在写这张明信片时,我的确很好奇你要写给谁。如果一定要说,那晚看到极光以后,我才是真正被好运眷顾了的那一个吧。

收到你的明信片,我也很高兴。

封肆的目光长久地停留在那一张张的明信片上,终于发自肺腑地笑了。

明明不善言辞,却能认真写下这些回信,陆璟深或许笨拙、迟钝、不开窍,可他确实一直在努力。在他想要抚平陆璟深的伤痛时,陆璟深也费尽了心思,想要安慰他这七年间所经历的一切。

他的那些失望和不甘,终究有了回应。

封肆的电话打过来时,陆璟深刚刚进家门。

"你跟谁学的,给我写回信还不告诉我,Alex,你知不知道你这样很没礼貌啊?"封肆拖长的声音里全是笑意,听得出他确实很高兴。

陆璟深下午原本有些恼他,这会儿心又软了:"跟你学的。"

封肆道:"哦?我什么时候教过你?"

陆璟深给自己倒了杯水,夸赞他:"你是个好老师。"他喝着水,目光落至摆放在客厅里的那台留声机上,"你上次走,还有很多东西留在这里,那台留声机也在,又坏了,我不会修。"

封肆笑道:"下周末我去帮你修吧。"

234

陆璟深的喉咙慢慢滚了一下："一定要等到下周末吗？"

封肆低声提醒他："下雨了啊。"

陆璟深走去窗边看了看外面，刚才回来时还只是淅沥小雨，转眼已倾盆，他说道："那等以后再说吧。"

>> 五 <<

三个月后。

心理医生看完手中的报告，告诉陆璟深："这次的评估结果还不错，第一个疗程的治疗算是结束了，效果在预期之内，你自己呢？觉得怎么样？"

陆璟深也说不上来，但相比三个月前，他不再连跨过这扇门都觉紧张排斥，这一点来说确实进步了不少。

"……还好。"

医生继续道："之前我们定下的目标，第一是消除你对过往经历的反射恐惧，第二是减缓由这一经历引起的认知恐惧。前者说来，你的进步很大，我想你自己的感受应该是最明显的；至于后者，治疗效果因人而异，只能慢慢来，你的进步也不小，要是还是觉得不行，稍后我们可以进入第二阶段的治疗，针对性地改善。

"你不要有压力，我见过形形色色的病人，陆先生你算是其中配合最积极的，能在这么短的时间内达到预期效果，已经是意外之喜。"

陆璟深点了点头，犹豫之后问对方："如果我能逼着自己跨出去，算是痊愈了吗？"

医生道："能跨出去当然是很大的进步，但关键还是你自己不再因为这事生出负面情绪，能真正坦然面对接受自己了，才算是痊愈了。"

陆璟深轻出一口气:"我知道了。"

跟医生道谢,他起身离开。

封肆跟之前每回一样,在门外等他。

面对这人灿烂的笑脸,陆璟深心头一松,能在短短三个月的时间里摆脱困扰他多年的噩梦,心理治疗的效果固然功不可没,但更多的,还是因为面前这个人。

要是没有封肆,他走不到这一步。

封肆什么都没问,语调轻松道:"中午想吃什么?"

陆璟深想了想:"喝粥吧,我听人说这附近有一间吃海鲜粥的店还不错。"

封肆道:"好。"

不再对吃的东西无所谓、什么都说随便,这也是一种进步,或许陆璟深自己都没意识到。

饭桌上封肆说起一会儿吃完饭就得离开,他一个朋友今天结婚,他要去做伴郎:"本来说好了早上就得过去帮忙,我硬是推到了下午。"

陆璟深道:"你早点说,我可以一个人来的。"

"你的事比较重要,"封肆就没放在心上,"急什么,等我吃饱了再去。"

从餐厅出来,陆璟深说送他过去,被封肆拒绝了:"不顺路,我自己打个车过去就行了,免得你再跑一趟。"

见陆璟深一直盯着自己,封肆笑起来:"那要不陆总你陪我一起去?"

陆璟深目露犹豫,不等他做决定,封肆先自己否定了:"还是算了,那种场合,你去了会不自在的,回去工作吧,晚上给你打电话。"

"回见。"他最后帮陆璟深拉了拉西装外套,挥手叫了辆出租车离开。

陆璟深只能算了,等封肆的车子走远,独自开车回了公司。

之后一整个下午一直到陆璟深下班回了家,封肆那边也没再发消息来。知道他做伴郎肯定忙得没时间，陆璟深没有打扰，手机就搁在眼前，心不在焉地看书，快九点时，封肆的电话进来，他立刻按下接听。

那边却是个陌生的声音："你好，请问是封肆的家里人吗？"

九点半，陆璟深的车停在酒店地下停车场，下了车快步走进电梯间。

婚宴已经结束，客人都散了，酒店员工正在清扫现场，陆璟深推开休息室的门，一眼看到靠坐在墙边椅子上的封肆。他低着脑袋闭起眼贴在桌椅背上没动，满脸通红，明显喝醉了。

陆璟深松了口气，大步走过去。

有人过来跟他道歉，是个戴着副眼镜、面相斯文的男人，解释说封肆在婚宴上帮忙挡酒，被人灌醉了。

"我酒精过敏不能喝，全靠伴郎他们，不好意思，亲戚朋友太热情了，酒灌得有些多。"

刚才的电话也是这人打过来的，陆璟深冷淡点了点头，猜出他大概是这场婚礼的新郎。

对方再次道歉，陆璟深没理他，低声叫了封肆一声。

封肆慢慢睁开眼，平日里黑亮的眼睛变得有些迷茫，半天才在眼瞳里聚焦出陆璟深的影子，含糊呢喃："Alex，你来了。"

陆璟深垂眸看着他："你喝醉了。"

封肆忽地笑了声，睁开眼仰头看着他："回去吗？"

陆璟深点头："你还能走吗？"

封肆晃晃悠悠站起身，半边身体压在他肩膀上："那走吧。"

最后陆璟深只能这样半背着把人弄进了电梯，电梯门阖上，封肆的身体更是整个压到了陆璟深背上，一说话满口酒气："Alex，你怎么来了？"

陆璟深按下负一楼的按键："不是你让人给我打电话，叫我来接你的？"

"我没有……"封肆撇嘴,"可能他看到我平时联系最多的就是你,才打给你的吧。"

陆璟深道:"我不来你打算怎么办？"

封肆笑道:"你怎么可能不来。"

陆璟深没再说什么,电梯到了地下一楼,把人弄上车,车子径直开回了明月湾。

坐进沙发里,封肆的眼神已经比先前清明了很多,陆璟深问他:"你真的喝醉了吗？今晚到底喝了多少？"

"不记得了,"封肆背倚着沙发,懒洋洋地闭了几下眼睛,"红的、白的、啤的,那些人把几种酒掺一块,十几杯总是有的。"

陆璟深听着有些不高兴:"为什么要这么喝？下次别给人做伴郎了。"

封肆弯起唇角:"我也不想做,别人再三求我,我才勉为其难答应,谁知道这么麻烦。"

陆璟深再没说什么,起身去帮他煮点醒酒的东西。

Chapter 2

SHEN
CHAO

第九章 • Chapter 09

并肩

>> 一 <<

清早，陆璟深醒来时，封肆已经走了。手机里留了条信息，说他今天有早课，先回学校了。陆璟深靠在床头发呆了片刻，摁灭手机屏幕下床进去浴室冲澡。

封肆正神清气爽地坐在出租车上。

司机大叔是个健谈的人，一路跟他闲聊："小伙子，像你这样一大早出门上班还笑容满面的，我还是第一次见。"

封肆笑道："是吗？那大概我最近走好运吧。"

八点半，陆璟深到公司，早五分钟来了的刘捷就在大楼门口，等他一起上去。大步往电梯间走去，刘捷汇报着今天的工作安排，察觉到陆璟深似乎有些不在状态，他几次欲言又止，到底没有问出口。

上午陆璟深一直心不在焉，不想自己反悔，他拿起手机给安昕发了条消息，说今晚想回家去吃饭，请她叫陆璟清和陆迟歇也一起回去。

儿子突然说要回来吃饭，安昕当然是高兴的，问他想吃什么，她叫人准备。陆璟深回："都可以，让人多做一些，我会带个朋友一起去。"

和家里说好后，陆璟深看看时间已经到了中午，直接拨了封肆的电话。

"我刚从食堂吃完饭回来，有事吗？"封肆带笑的声音传来。

陆璟深的呼吸顿了一下，问他："今天几点能下班？晚上有空吗？"

"五点左右吧，怎么，想请我吃饭？"

封肆问得直接，陆璟深"嗯"了声："可以吗？"

"恐怕不行啊，刚跟同事约了晚上一起吃火锅，上次就没去，这次不好又放鸽子吧？"封肆的语气，像是很为难。

陆璟深坚持："约了同事可以改时间吗？我今晚，有些话想跟你说，还想带你去我家里吃饭。"

封肆道："去你家里？"陆璟深道："我爸妈家，家里人都在。"

"原来陆总是有备而来啊？那我不是只能放同事的鸽子？"

封肆的笑声更愉悦，陆璟深再次问："可以吗？"

"你都这么问了我能说不可以？"封肆故意逗他，"你比较重要，那晚上见吧。"

陆璟深松了口气："好，五点半，我去你那儿接你。"

挂断电话，陆璟深心里依旧七上八下的，总觉得还差了点什么，但究竟差了什么，他自己也说不上来。

片刻，陆璟清的消息进来："你跟妈说叫我和迟歇晚上一起回家吃饭？还说要带个朋友回去？"

陆璟深道："就吃顿便饭，你们要是没有要紧事，尽量去吧。"

那边显示"正在输入中"，好几分钟才再次回复过来，只有三个字："那好吧。"

放下手机，陆璟清冲靠在自己办公桌边满脸八卦的陆迟歇努嘴："我晚上的约会，你晚上的约会，都泡汤了。"

陆迟歇笑："我们也带人回家啊，一起热闹点。"

陆璟清冷笑："呵。"

陆迟歇今天来公司，是来录节目的。

尚昕下面的娱乐公司新推出了一个直播平台，陆迟歇帮忙做推广，今天要做一场直播综艺，名字叫"我和我的兄弟姐妹"，他请了陆璟清当嘉宾。直播时间是一整天，先前已经进行了一个上午，这会儿工作人员都去吃饭了，下午还要继续。

"刚制作人偷偷问我，能不能请哥也出镜，你说我去跟他说，他会肯吗？"陆迟歇异想天开地问陆璟清，抱着想看热闹的心态。

陆璟清伸手示意："你可以试一试，不过我看他十有八九会拒绝。"

陆迟歇道："试试就试试。"

三点半，陆璟深开完会回到办公室接着工作，陆迟歇的电话打进来，张嘴便问他："哥，我能去你办公室吗？我现在在公司里做直播综艺，从早上到现在都在姐姐这里，观众听说我还有个哥哥，强烈要求想要你也入镜。"

陆璟深皱眉，拒绝的话已经到了嘴边，陆迟歇接着说："不会耽误你多少时间，帮个忙吧。"

陆璟深犹豫了一下，改了口："你来吧。"

如果是以前，他肯定不会答应，但是封肆说，可以试着放开一些，没必要把自己绷得那么紧。他确实想做出一些转变。

挂断电话后，陆璟深将刘捷叫进来吩咐了一声，刘捷听罢惊得差点掉了下巴，他们老大最讨厌在公众面前露脸，今天竟然会答应那位小少爷出镜做直播。

但陆璟深这么说了，他也只能应下，赶忙出去叮嘱秘书办的人都做好准备，别一会儿被镜头扫到时形象不佳，丢了公司的脸。

二十分钟后，陆迟歇带着一堆工作人员浩荡而来，陆璟深的办公室里头一次这么热闹。

十几台摄像机一起对准自己，办公桌后的陆璟深下意识握紧了手中的笔，佯装镇定地继续看手头的文件。

陆迟歇走过来，在镜头前介绍陆璟深，再提醒他："哥你对着镜头打个招呼吧，大家都在说你长得帅，说不知道我原来还有个这么帅的哥。"

陆璟深蹙起的眉头未松，朝陆迟歇手指的方向点了点头，就算作打招呼。

陆迟歇无奈冲镜头道："没办法，我哥性格就这样，他肯出来露脸就算是给我面子了。"

陆迟歇的目光落回陆璟深，促狭笑道："粉丝太热情了，哥你给个面子说几句吧。"

陆璟深平静问："说什么？"

陆迟歇道："随便，什么都可以。"

陆璟深抬眼看向他，问："你这个直播，是不是谁都能看到？"

陆迟歇点头："只要进来直播间就能看到。"

陆璟深闭了闭眼，逼迫自己放松下来，不去在意现场其他人的眼神，看向先前陆迟歇指过的镜头方向。

"我……"

他的双手交握，拇指摩挲着另一只手的手背，说出这一个字，顿了顿，努力以平缓的语调继续："我欠了一个人迟到七年的感谢，如果他能看到这个直播，我想说给他听。"

他的眸光闪动，眼神却诚挚，连陆迟歇也从没看过这样的陆璟深。

"七年前，我跟你在非洲认识，那三个月是我过得最自由最快活的三个月。

"我知道自己应该回到定好的生活轨迹中，应该和这三个月的自己告别，也应该和这三个月中认识的朋友告别，可我还是太懦弱了，选择了最差劲、最伤人的方式离开。这些年我其实经常会做梦梦到那段时间，

并肩

时间越久，当年的记忆越清晰，越是忘不掉。那天在机场看到你，我是真的很惊喜，以为又是一场随时都会醒来的美梦，不敢相信那真的是你。

"但我不知道，你原来一直在找我，这么多年一次一次换工作，满世界跑就为了找到我，问我不告而别的原因，担心我遇到了什么事情。你总是嬉皮笑脸好像什么都不在乎，你也只跟我说过那一次你的难过和辛苦，但我想这些年你经历过的痛苦折磨并不比我少，你只是不屑于诉苦。"

陆迟歌退去了镜头之外，看了眼直播弹幕，密密麻麻的几乎已经看不清在说什么了。

陆璟深轻轻摩挲了一下手腕上的皮绳，接着说下去："我嘴上说你是我朋友，却不肯真正信任你，发生不好的事情第一时间怀疑你、迁怒你，我知道你那次是真的生气了，但即使这样，你还是愿意给我时间。明明错的是我，最后却还要你来包容我，我是真的很糟糕。你说不要拿别人的错来惩罚自己，可我确实做错了，心理障碍不是逃避的借口，我做的错事没法推脱，我始终欠了你一句对不起，还有，谢谢。"

封肆今天下午带学生去了模拟机训练基地，刚结束课程，学生们正三三两两聚在便利店外喝饮料，等着校车来接他们回校。封肆自己也买了瓶矿泉水，拧开瓶盖时看了眼时间，四点多了，陆璟深说五点半来接他，回学校去换身衣服应该也差不多。漫不经心地喝着水，回想起中午陆璟深在电话里的语气，他的唇角浮起笑。

一瓶水快喝完时，他隐约听到了陆璟深的名字，夹在"陆迟歌哥哥""直播"这样的字眼里。

是这群飞行学员里仅有的两个女生，正站在便利店的门边低着头一起看手机，不时小声议论，也有男生好奇凑过去看，发出惊呼声。

封肆走上前，问她们："你们在看什么？"

性格活泼些的那个大咧咧笑道："陆迟歇的直播，他哥哥是尚昕科技的 CEO，也来了！"

封肆的神色一顿："能给我看下吗？"

女生将手机递过来，屏幕里人的果然是陆璟深，就在他办公室里，交握着双手坐在办公桌后，明明紧张到身体不能动了，却要强装镇定，封肆觉得他眼睛都好像红了。

心脏在一瞬间提起，封肆死死盯着屏幕中的陆璟深。

"我真的很感谢你，能遇到你真的很幸运。"

女学生们抬头的瞬间，目睹笑容绽放在她们教员的脸上。封肆还回手机，扔出句"你们乖乖回学校，我先走了"，不等学生们反应，转身飞奔而去。

>> 二 <<

直播到后面已经卡得快进行不下去，陆璟深整个人都不在状态，陆迟歇跟他说话，他一下点头一下摇头，完全听不进对方在说什么。

陆迟歇无奈，看看时间也差不多快结束了，干脆让陆璟深自己冷静一下，他带着工作人员先撤了。走时还提醒了刘捷一句："拦着别让人进去打扰我哥，让他一个人安静一会儿。"

几分钟前还闹哄哄的办公室沉静下来，陆璟深脱力倒进座椅里，闭上眼，背上全是冷汗。真正说出来了，似乎也没有那么难，至于接下来要面对什么，他没有心思再想。闭目放空思绪，心情逐渐平复后陆璟深起身去里间的休息室洗了把脸，冰凉的水浇上脸，他抬眼看向镜子里的自己，视线停住。

不再因为常年的睡眠不足和精神压力而显得疲惫黯淡，他的眼睛里似乎也有了亮色的光，是封肆馈赠给他的。

嘴角慢慢扬起，陆璟深看着这样的自己，头一次发自肺腑地笑了。

封肆到尚昕大楼门口时刚五点，还没到下班的时间，下车前他先给陆璟深打了个电话。没有说别的，只问他："我一会儿到你公司了，能进去吗？"

"你来了？"陆璟深的语调和平时无异，"你自己上来吧，或者我叫个人下去接你？"

封肆道："那倒不用，我自己上去好了，一会儿见面说。"

秘书办里，刘捷迎过来，看到封肆莫名有点尴尬，轻咳了一声，说："老大在办公室里。"

封肆淡定跟他打招呼："刘秘书，好久不见啊。"

刘捷道："……是啊。"这还真是，没想到。

封肆丝毫不在意别人的目光，自若地走向陆璟深的办公室，敲了一下，推门进去。

陆璟深还在看文件，神色也跟平常没什么两样。听到动静抬头看了他一眼，落回视线。

封肆走上前，绕到办公桌后，像从前很多次一样，倚在桌边看向他，目光在他脸上慢慢逡巡。

"我还以为，进来会看到陆总在这里后悔懊恼发呆。"

陆璟深原本已经心平气和了，被他这么一调侃又不免尴尬："你看到直播了……"

"没法不看到，"封肆道，"听你弟弟说已经上了各大 app 头条，陆总，你这下真成名人了。"

陆璟深拧眉，封肆问："后悔了吗？在直播间里说那些私事，是不是觉得自己太冲动了？你其实只用跟我说就行了。"

陆璟深抬眼，语气有些生硬："我说都说了，不会后悔。"

已经说出口了，他就没想过后悔。

封肆看着他笑："好吧，你说这些，我还挺高兴的。"

五点半，陆璟深提前下班。走出办公室时他目不斜视，大步往电梯间去，封肆跟在他后面，和从前一样，双手插着兜，懒懒散散没个正形，但有意走在了陆璟深右侧，帮他挡去了那些看似不经意落过来的目光。

刘捷跟过来，照旧被封肆挡在电梯外："刘秘书，今天周五，让大家都准时下班吧，你也一样，早点回去，约女朋友过个开心周末。"

电梯门合上，封肆一只手扶上陆璟深肩膀，提醒他："深呼吸，放松。"

陆璟深微微摇头："我还好。"

封肆道："真没事？"陆璟深道："没事。"

封肆轻拍了拍他的背："别担心。"陆璟深放松下来："嗯。"

让司机也提前下班，他们自己开车，去陆璟深父母家。

途中两人去商场挑了两瓶好酒，还买了些水果，烟就算了，陆父身体不好，他们也正在戒烟。

他俩不是最先到家的，陆迟歌直播结束后去接了凌灼先过来了，正在陪安昕看陆璟深下午那个直播的录屏，听到他们进门的脚步声才按下暂停。

封肆过来先跟安昕打了招呼，将见面礼送上，安昕高兴地接过东西："不必这么客气，来吃顿便饭买什么礼物，以后有空随时跟阿深一起来。"

封肆笑着点头："好。"

陆璟深的目光扫过茶几上的平板，陆迟歌冲他抬了抬下巴："热搜我让人压了，之后直播平台上今天这期节目精华版会把你那一段删掉，但是录像已经满天飞了，这个没办法，不过也不用太在意，过几天事情热度过了就好了。"

陆璟深跟他说了声谢。

陆迟歇摆了摆手："跟我道什么谢，都是封哥让我做的，他怕你被人说三道四。"

不过封肆还问他要了那一段的高清录制版，这句陆迟歇懒得说了。

陆璟深回头看了一眼身边人，封肆冲他眨了眨眼。

安昕感叹道："没想到阿深能当众说出这些话，挺不容易的。"凌灼也顺势赞叹了一句："深哥说这些话时的样子很帅啊，真叫人佩服。"

"你们别说了，"陆迟歇好笑道，"再说哥要挖个坑把自己埋进去了。"

陆璟深还是不太习惯跟家里人说笑，找了个借口去了外面。封肆陪着安昕他们闲聊了几句，跟出来："一个人站这里做什么？"

陆璟深站在落地大门边，安静看向前方逐渐落下的夜色。

封肆一只手搭上他肩膀："下午时挺会说的，这会儿被家里人一调侃，又觉得尴尬了？"

陆璟深沉默不语，封肆忍着笑："Alex，你怎么这么好玩啊？"

陆璟深道："……没有。"

"有就有吧。"封肆在他肩膀上轻轻按了一下，"你今天表现得很好，但在我面前不用故作淡定潇洒，不自在就直说。我知道你没有后悔，但难堪总是有的，不必强撑着，虽然我确实很高兴，你也不用把自己逼这么紧，现在这样已经很好了。"

陆璟深看着他，眼里映着夜色璀璨。

封肆道："真的，放轻松点吧。"陆璟深轻点头："我知道。"

陆璟清带着未婚夫回来后，一家人上桌开饭。席间大家谈笑风生，十分融洽。之前陆璟深都是沉默的一个人，现在也带了自己的朋友来家里玩,陆父陆母都很高兴。

过去的阴霾,终于一扫而空。

第二天一早,吃完早餐,陆璟深和封肆一起出门,决定去京航封肆那条件很差的宿舍,帮他搬家。

陆璟深对着那七八个行李箱犯难,封肆蹲在一边收拾衣服,不在意地说:"别纠结了,我叫了搬家公司的,半小时后就到了,先让他们把这些东西运过去。"这些行李箱他就没打开过,像是从一开始就知道自己在这里住不长,"一会儿顺便陪我去买辆车吧。"

陆璟深道:"买车?"

"啊,"封肆点头,"搬你那里去了我总不能每天打车来上班吧,你的那些车子就算了,最便宜的也要两百多万,开出来太招摇了,我去买个二十几万的代步车就行。"

他这么说,陆璟深便不好提出异议,犹豫了一下,问他:"你工资够用吗?"

"当然够。"封肆笑着吊起眉梢,笑够了才正经说道,"陆总,我现在的年薪是四十多万,比以前是差得挺远,跟你一掷千金的大手笔更没法比,不过相比普通人,也算是比上不足比下有余吧,没你想象得那么惨,而且我还有不少积蓄,以后还准备在这里买套房。"

陆璟深放下心,不再多问。

二十分钟后,搬家公司的过来,先把大件行李运走。其他东西便搁上了陆璟深的车,上下搬运了两趟就差不多了。之后他们直接去4S店,选好车型交了定金,三天后来提车。

时间临近中午,接着去附近的商场找吃饭的地方,在地下停车场停车时,却意外碰到了个熟人——是姜珩。

他们刚下车,对方叫了一句陆璟深的名字,走过来。陆璟深看到来人,皱了皱眉，姜珩跟他打过招呼，视线在晚一步下车的封肆脸上转了一圈，神情复杂。

"好巧，没想到会在这里遇到，你来这里吃饭吗？我也约了宋明他们，要不要一起？"

他说的是另几个陆璟深也认识的人，陆璟深直接拒绝了，冷淡道："不用了，我有约了。"

封肆在车前方叫了他一句："Alex，走了。"跟姜珩说了句"我还有事，先走了"，陆璟深大步上前去跟上了封肆。

走进电梯里时，封肆回头看了一眼对方，按下了关门键。

电梯上行，陆璟深主动道："我以后不会理他了，他对你态度不好，从来不正眼看你，我了解他，他是那种眼高于顶的人，他瞧不起你，觉得你不是他们那个所谓圈子里的有钱人。"

"行了，这种人不必搭理他。"封肆道，"但是 Alex，除了我，你也可以试着去交其他的朋友吧，要不下次我跟朋友出去玩，也带你一起去？放心，不是那种乌烟瘴气的地方，之前答应你的，那些乱七八糟的人我都删了。"

陆璟深点点头。姜珩那样的人不知道，其他人也不知道，在物质上他比这个世上绝大多数人都富有，但他的精神世界一片贫瘠荒芜，因为封肆的鼓励，他的精神世界才出现了一抹亮色。

"Alex？"

封肆的声音唤回了陆璟深的思绪，电梯门已经打开，陆璟深回神冲他笑了一下："走吧，你想吃什么？"

封肆惊讶扬眉："你竟然笑了？"

这是他第一次真正看见陆璟深笑，不是那种面对生意伙伴时公式化的唇角上扬，是温和的、高兴的展颜一笑。

陆璟深平静问:"不可以吗?"

"Alex,你要经常笑呀。"

封肆拖长的声音里全是笑意,像十分开心。

陆璟深再次问:"吃什么?"

"西餐吧,就前面那间。"封肆随手一指。

陆璟深点头。

>> 三 <<

早晨起来,陆璟深洗漱完出来,封肆正在扣衬衣扣子,准备出门。陆璟深今天要去南方出差,周五去,周日回,参加那边的一个科技博览会,封肆特地跟同事换了课,陪他一起过去,现在要先去机场作准备。

陆璟深走上前,帮他挑领带。封肆双手插在兜里,笑看着他。陆璟深神色专注,抬眼间对上封肆略带揶揄的目光,手上动作顿了顿:"做什么?"

"别人知道商场上呼风唤雨的陆总私下是这样的吗?"封肆笑问。

陆璟深不想搭理他这些不着边的话,把领带递给他,最后把机师帽也递过去:"路上小心。"

封肆敛回玩笑心思,提醒他:"早餐做好了,去吃东西吧,我先走了。"陆璟深点了点头。

九点,商务车停在机场公务机航站楼外,陆璟深下车,大步走进去。玻璃幕墙外的停机坪上,封肆正在做绕机检查。刘捷跟他汇报着今天的行程安排,说了几句见陆璟深不给反应,顺着他视线方向看去。

这一幕仿佛跟一年前同样的场景重合了。

十五分钟后,陆璟深登上舷梯,封肆和其他人一起在舱门口迎接。

机师帽下那双狭长眼眸里尽是明亮笑意,看向陆璟深,陆璟深回视,轻点了点头,走进了客舱内。

林玲心跳加速,她刚好像看到陆璟深笑了,或许只有一瞬间,快得仿佛是她的错觉。

起飞之前,封肆做了一次机长广播。

私人飞机一般没有这个步骤,但是他做了,提醒机上乘客系好安全带作好准备,语调轻快。

"今天天气很好,天很蓝,无云,马上起飞了,记得看窗外。"

飞机脱离跑道的瞬间,陆璟深目光转向舷窗外。

两小时的航程转瞬即逝。

落地之后吃了一顿简单的便饭,下午陆璟深跟这边的一个投资商约了谈生意,地点在对方的办公室。原本打算一个小时内结束的洽谈,硬是拖了一个下午,对方说话喜欢拐弯抹角,十句话都未必有一句说到点子上,陆璟深最不爱应付这种人,但这桩生意是他爸亲自过问了的,他再不耐烦也得坐这里听下去。

洽谈真正结束已经是五点多,对方又提出请他们一行人吃饭,盛情难却,陆璟深只能同意。

地点是在一处私人会所,驱车过去的路上,封肆无聊地玩着手机,顺嘴跟身边人说:"跟这种半桶子水的所谓文化人打交道,很没劲啊,简直是浪费生命。"

那位黄姓投资商说话喜欢引经据典、咬文嚼字,彰显自己书读得多,尤其喜好借古喻今,偏偏他又只有半桶水,连封肆这个没念过几本国学书的假洋鬼子都听得出漏洞百出,更别说其他人,还不好当面反驳他,得赔个笑脸听他高谈阔论,饶是陆璟深脾气再好,耗这一个下午耐性也差不多告罄了。

"不是跟他打交道，跟钱打交道而已。"陆璟深淡淡道。

封肆惊讶笑起来："哦？这倒是像陆总会说的话。"

陆璟深提醒他："你要是觉得烦，不必非跟着去，先回去酒店休息吧。"

封肆已经陪了他一个下午，这应酬连他也受不了，更别提封肆这种个性的人。

封肆没同意："我走了你怎么办啊？"

不等陆璟深回答，他接着道："我跟你打个赌，像那位黄总那样的假文化人，到了酒桌上一定会原形毕露，等会儿你怕是更不好应付他。"

陆璟深拧眉，也不知信是不信。

副驾驶座上刘捷不以为意，他跟着陆璟深什么大风大浪没见过，还能被一个装腔作势的黄总唬到？

刘捷所能想到的原形毕露，无非是到了酒桌上不停给他们灌酒，或者开些自以为有趣的下流黄腔，这种事情他们遇到得多了，应对起来向来游刃有余。结果刘捷还是低估了这位黄总的德性，三杯白酒下肚，他人就飘上了。

被安排敬酒的人小心翼翼地观察着陆璟深的脸色，见他冷着脸不出声，试探着往他面前贴近了些："陆总……"下一秒，伸出来的手掐住了他手腕，就见陆璟深身边的男人似笑非笑地睨着他，将他的手往外不轻不重地一推："不好意思啊，陆总喝不惯你这酒，还有你身上香水味太呛了，熏到陆总了。"

"黄总我敬你一杯吧，"封肆转向黄总，说是敬酒，却连站都没站起来，酒杯在桌上碰了碰，冲对方示意，"陆总这两天胃不舒服，喝不了太多，我替他喝好了，还望黄总海涵。"

……

应酬结束从会所出来，已经快九点。

· 253 ·

坐进车里，陆璟深扯松领带，叮嘱刘捷："以后我不想再见这个人，后续你们跟进吧，谈得成就谈，谈不成算了。"

刘捷有心想劝，话到嘴边犹豫之后没有说出口。

封肆提醒他："陆总来之前还说是跟钱打交道，怎么这么快就改了主意？"

陆璟深靠在座椅里，一动不动地看着他，慢吞吞地说："这种只会靠酒色谈生意的人，不会有什么大出息，跟这种人合作不成也没什么可惜的。"

封肆轻声笑："嗯，陆总说得对。"

回到酒店，陆璟深一进门就打算进浴室洗澡，封肆拉住他："喝醉了？"

酒桌上陆璟深多少喝了几杯白酒，那酒度数不低，他的酒量本来也就一般。陆璟深微微摇头，靠在墙上喘气想歇一会儿。

封肆问他："我说你，出外应酬谈生意，没少被人冒犯吧？"

陆璟深道："没有。"

"好了，不生气了。"封肆安抚他，"Alex，你又忘了我之前说的，有什么高兴不高兴的事情都告诉我，今天要不是我陪你出来出差，正好撞上这事，你打算一直憋着？"

"我可以接受，"陆璟深缓过劲，放松下来，"没有你以为的那么难受，你不用担心我。"

封肆道："真的？"陆璟深点头："嗯。"

封肆轻拍了一下他手臂："那就好，你去洗澡吧。"

接下来两天陆璟深参加科技博览会，封肆全程陪同他一起，陆璟深的心情也跟着阴转晴。回去是周日傍晚，陆璟深提前出发，跟封肆一起去机场。封肆拿放行包，签各种电子单，又去监督机务加油，做绕机检查，他也饶有兴趣地跟着。

停机坪上风有些大，陆璟深的西装被吹得往后掀，封肆跟机务说了几句话，回头看到他这样，走过来帮他将衣服拉了拉。

见陆璟深的目光停在他身上，封肆勾唇："看着我做什么？"

陆璟深抬了抬下巴："你动作快些，耽搁很久了。"

封肆愈发想笑，莫名想起当初从法兰出发去南法的那个早上，也是在机场停机坪，陆璟深提前过来，用这种故作轻松又矜持的语气，跟他说答应了他的提议，但只有两个星期。

那个时候他其实没什么想法。就只是陆璟深当时既想要又怕被拒绝、还要装作若无其事的纠结模样，每每想起来，都让他忍不住想调侃这个人。

"不是我动作太慢，"封肆无奈说，"绕机检查这事可不能马虎，不能随随便便就敷衍了事了。"

十分钟后，封肆干完活上来飞机，先去了客舱。

陆璟深正在喝咖啡看平板，封肆到他面前打了个响指，陆璟深抬头，面前的男人说了句"咖啡少喝点"，转身回去了驾驶舱。

七夕前两天，封肆妈妈和封婷到了京市，特地来参加陆璟清的婚礼。是安昕亲自向她们发出的邀请，正巧封婷放暑假，母女俩欣然应邀。

飞机是傍晚到的，陆璟深陪封肆一起去机场接人，到达酒店下车时，封妈妈笑着提醒了一句有些拘谨的陆璟深："你不要太让着封肆，他一得意尾巴就翘上天了，小心他欺负你。"

封婷附和点头："就是就是，我哥性格最恶劣了，就喜欢欺负人。"

封肆正帮她们搬行李，听到这话无奈道："谁才是你们儿子和哥啊？有你们这么胳膊肘往外拐的吗？"

封婷冲他做鬼脸。

陆璟深却郑重其事地解释："封肆他很好，一直都是他在让着我。"

封肆顿时眉开眼笑，这下倒是真正得意了。

封妈妈再无话可说，交代接下来两天她和封婷自己逛，不用他们浪费时间陪着，打发了他们离开。

车开出去，封肆笑问终于放松下来的陆璟深："我很好吗？"

陆璟深道："我也不能在你妈妈面前说你不好吧？"

封肆不依不饶："那我到底好还是不好？"

陆璟深慢慢点头："嗯。"

陆璟清的婚礼定在七夕当天，因为陆父身体不好，婚礼就在国内举办，地点安排在他们自己家的度假村里。

陆璟深和封肆头一天就先过去了，帮忙做准备。早起换上昨天才送来的高定礼服，封肆看着镜子里自己和陆璟深一灰一白相近款的西服，忍不住笑。

正式的婚礼仪式要等到傍晚，但从清早起就不断有宾客来，陆璟深忙着招呼客人，封肆也帮忙一起。

封肆妈妈和封婷也一早过来了，由安昕接待的她们，两位长辈一见如故，说说笑笑很合得来。

>> 四 <<

傍晚之前，陆璟深独自去休息室看陆璟清，她已经化妆完毕，刚换上婚纱。

"阿深你来看看，我这件婚纱好看吗？你是第一个看到的。"陆璟清笑着眨眼。

即便是女强人如陆璟清，在这样的人生最幸福时刻，也少见地流露出了小女儿的羞涩和欢喜。

陆璟深点头，真诚地夸赞她："很好看。"

陆璟清："是不是真的啊？你就从来不肯跟我说一句真心话。"

"真的。"陆璟深送上给她准备好的新婚贺礼，是当初他去雾城时，在拍卖会上特地为陆璟清拍下的一整套红宝石首饰。

"还是你大方，"陆璟清对他送的礼物颇为满意，拿起项链在脖子上比了比，高兴道，"一会儿派对上我就戴这个。说起来，封肆这个人真是擅长交际，这么一会儿都成万人迷了。"

陆璟深顺着她视线方向看去，前方落地玻璃窗外不远就是将要举办仪式的草坪，宾客都已聚集在此，喝酒、用点心、社交。封肆也在其中，一手捏着红酒杯，一手插在裤兜里，惯常的懒散姿态，身边围了几个年轻女生，他正有说有笑地跟人聊着什么。

陆璟深目光停留在他身上，平静道："他看起来是有些不着调，其实不是这样的。"

"行吧，我也不知道他什么样。"陆璟清收回视线，"我之前没跟你说，我去雾城时，是他主动约我问起你的事，他能注意到你的问题也算他有心，要不我根本不会跟他说。"

陆璟深微微一怔。

陆璟清接着说："说实话我挺意外的，他这个人的言和行看起来实在割裂。"

陆璟清还要盘发，陆璟深先出去了。封肆依旧在草坪上，就他一个人，慢悠悠地喝着酒欣赏那些铺了遍地的鲜花。

暮色逐渐笼罩半边晴天时，婚礼仪式开始。

陆璟深没有去前面，而是和封肆一起站在人群后方观礼。

并肩

陆父牵着盛装打扮的陆璟清走上红毯，亲手将她交到新郎手中，四周掌声雷动。

婚礼仪式结束后的派对，是年轻人的狂欢。

新郎新娘带头跳了第一支舞，宾客们开始无所顾忌地释放过剩的热情。

陆璟深看到陆迟歇带着凌灼混在人群中跳舞，几乎玩疯了。封肆注意到他视线的方向，笑问："羡慕吗？要不要也去跳个舞？"

陆璟深收回目光，半杯红酒下肚，莫名有些口干舌燥："不想跳舞，去别处吗？"

天际晚霞余晖早已收尽，夜色降临，四周是渐次亮起的璀璨星火。陆璟深的眼里也映着火的颜色。

封肆搁下酒杯，轻轻莞尔："那走吧。"

他们没有回住处，而是一路往后山走去。远离人群的喧嚣后，四野静谧，甚至能听到虫鸣声。

难得悠闲自在的晚间时光，陆璟深并不急着带身边人去看他精心准备的礼物，有意放慢了脚步。

"其实我有时候也会一个人来这里，趁着家里人都不在时，来这边住一两晚，夜里睡不着，一个人出来走走，听听外面的声音，心情能放松很多。"

陆璟深的嗓音低缓，现在的他已经能轻松在封肆面前说起从前的那些苦闷，语调自然，像说着一件稀疏平常的事情。

陆璟清告诫他不要把自己的全部展现给这个人，他做不到，是因为有封肆的帮助，他才是现在这个完整的他，在封肆面前，他没办法隐藏。

封肆挑唇："一个人的时候，是发呆还是思考人生？"

"都不是，"陆璟深的声音一顿，接着说下去，"会想和你一起在非洲的日子。"

封肆笑了："那我是不是应该说，我很荣幸？"

陆璟深微微摇头，他只是遗憾，他确实太懦弱了，在封肆满世界找他的那七年里，他只敢躲在这一方角落里。封肆最终能找到他，不是封肆的运气，于他才是把这辈子、下辈子的好运一起预支了。

"别想太多。"封肆像洞穿了他的心思，安慰了他一句，"过去的都过去了。"

陆璟深点头："嗯。"

继续往前走，绕过后山，眼前豁然开朗，是崭新的机场跑道。去年他们从F国回来后，陆璟深就动了心思，耗费近一年时间，这座小型机场终于建了起来。

封肆并不意外："你带我来，就是看这个？"

"你去看看吧。"

陆璟深的语气，像随手送了一件不走心的礼物，但他说的其实是停机库里那一排排各种品牌、型号的小型飞机，足有近二十架。

封肆微微诧异，他以为只有一架飞机，结果陆璟深竟然买了一支机队回来。

"不是吧陆总？你钱多得没处烧吗？一口气买这么多飞机想干什么？开航校吗？"

说是这么说，封肆走过去四处看了看，倒真觉得不错，都是各个品牌最新款的两人座、四人座小型通用机，难得陆璟深收集得这么齐全。

"我不知道哪种好，就干脆都买了，"陆璟深跟过来解释，"也不贵。"

对他来说确实不贵，这种小型飞机，便宜的几十万，贵的三四百万，还不如他一辆车贵。反正他自己建了机场，不会没处放。

封肆小时候喜欢超级英雄，他没办法穿越回去为当年的封肆集齐心爱的手办，但可以帮他收集他现在喜欢的飞机。

"喜欢吗？"陆璟深注意着他的表情，不确定地问。

封肆故意逗他："喜欢是喜欢，但是怎么办？不是所有型号的飞机我都会开啊。"

陆璟深想了想，说："想学就学，不想学就放这里，偶尔来看看，当收藏品吧。"

封肆终于高兴道："那，谢谢老板。"

第二天清早，封肆先醒了，起身去浴室冲了个澡。

有人来敲门。封肆裹着浴袍、趿着拖鞋去拉开门，门外站的人是封婷。

她昨晚和封妈妈也住在这里，安昕特地留她们下来在这边玩几天，给他们另外安排了住处。刚她过来找封肆，看到一楼没人，直接上来了，没想到一开门就看到她哥这副懒散样。

封肆问她："有事？"

封婷嘟哝："叫你们吃早餐啊，这都几点了，谁知道你们都还没起来。"

他俩去了楼下，封肆伸着懒腰问封婷昨天玩得高不高兴，封婷猛点头："你之前怎么没告诉我陆迟歇是深哥的弟弟，你不知道我是凌灼的粉丝吗？"

封肆道："哦。"他忘了，他妹妹还追星来着。

封婷抱怨了几句，接着说起她来找封肆的主要目的："深哥昨天送了我一堆琴谱，说是他以前收集的，留着也没什么用，正好我学这个，就给我了。"

封肆懒洋洋地道："那挺好啊，他给你，你收着就是了，有没有跟他道谢？"

"我当然有，"封婷赶紧说，"但是昨晚我翻了下，里面有几本竟然是名家手写的真迹，很贵的，有钱都不一定能买到。"

封肆不以为意："那也收着吧，既然他愿意送给你，你接受就行了，你是我妹妹，也就是他妹妹，不必跟他这么见外。"

封婷犹豫道："可是真的很贵重啊，我怎么好意思收。"

封肆笑："让你收你就收吧，你深哥昨晚还送了我近二十架小飞机，说给我收藏着玩，哦，他还建了一座机场，就在后山那边。"

他的神情里有止不住的得意，像是炫耀，封婷听得眼都直了："你真好意思……"

"有什么不好意思的？"封肆高兴道。

封婷看着封肆的笑容，心头一松。

七年前，不，已经是八年了，当年那个深秋的清早，她推开家门，看到抱着旅行袋颓丧地靠坐在家门口的她的哥哥，风尘仆仆、胡子拉碴，眼神里只有疲惫和黯淡。

当时只有十几岁的封婷理解不了，她只是本能地觉得她的哥哥很哀伤，是她从没见过的、连眼里的光都一并失去了的哀伤。

之后这七年，她的哥哥满世界地跑，几乎不回家，她怨过、不满过、不理解为什么有人能这么狠心，不告而别，让她这么好的哥哥这么哀伤和失望。

封肆大约猜到了她在想什么，温和笑着，抬起手，揉了揉他妹妹的脑袋："没事的，放心。"

封婷先过去吃早餐，封肆上楼去叫陆璟深，发现他已经醒了，正坐在床上发呆，看到他进门，才怔然回神，嗓子有些哑："你都已经起来了。"

"婷婷来叫我们去吃早餐，我让她先过去了，"封肆笑着提醒他，"你动作快些吧，一会儿你爸妈说不定也要叫人来催，快九点了。"

半小时后，他们去餐厅吃完早餐，接着去了陆家长辈的住处。

封肆对这种场合不怎么感兴趣，不过面子还是要给的，始终笑容满面，姿态放松。

最后安昕让摄像师给拍了张大合照。

>> 五 <<

中午是传统的中式酒宴，招待亲朋，忙碌到午后，这一场婚礼才真正算是结束了。

封肆带着陆璟深离开，问他要不要回家去。陆璟深道："回家？"封肆点头："这里人太多了，我们回家去吧。"陆璟深道："我还以为你喜欢热闹。"

"喜欢热闹不等于喜欢被人盯着打量、评头论足，你弟弟他们半小时前就跑了，我们也走吧。"封肆笑道。

陆璟深自然没有意见，陆璟清之后要去度蜜月，公司里的事情又压到了他一个人肩上，接下来一个月有得忙了，趁着今天还没结束，好好休息一下。

车开出去时，封肆扬起唇角，他也有一份精心准备的礼物要送给陆璟深。希望他会喜欢。

回家之前，他们先去了一趟超市，打算买些新鲜食材，晚上在家自己动手做晚餐。

封肆还挑了一堆香薰蜡烛，有十几种不同的香味。

陆璟深看着扔进购物车里来的东西，眼神动了动，故作平静地移开了视线。原本他想提醒封肆别买太多，想想还是算了，每晚都点的话，应该也用不了太久。

进家门已经快六点，陆璟深收拾买回来的东西，封肆将买的花插进花瓶里，随手翻起扔在餐厅桌上的信。

都是这几个月寄到他 Y 国家中的信件，前两天他妈和妹妹刚到这里就给了他，拿回来之后一直扔这里没看，到今天才有时间翻一翻。

大多都是无关紧要的内容，封肆甚至懒得拆开，直至翻到最后一封时，他的目光忽地顿住。

信封上印着来信方的 logo，他认得，是东非的一个国际救援组织的。

当年他和陆璟深在非洲流浪时，曾路过他们的一处基地，恰巧汽车没油去向他们买，在那里看到一群瘦得皮包骨的孩子，动了恻隐之心，他和陆璟深一起给那个组织捐了一笔钱。

封肆回忆了一下，记起来当时他确实给对方留过一个通信地址，是他在雾城的家的地址。

回去后的第二年，那个组织还给他寄过感谢信，没想到时隔七八年，竟然又有新的信件寄来。

封肆随手拆开信封，随着信纸落出来的，还有一张照片。

他捡起照片，翻到正面，目光聚焦。

黄昏时的山头，他与陆璟深各自站着，他在笑，而陆璟深目光平和安静。

他们的身影被暮色拉长。

是当年的他和陆璟深。

"你在看什么？"陆璟深察觉到他的异状，过来问。

封肆回神，抬眸冲他笑了笑，将照片递给他。陆璟深的目光落过去，一样愣住了。

封肆快速看了一遍信里的内容，照片是当时的工作人员拍下的抓拍，前不久他们整理相册时发现这张照片，才寄给了他。信上还托他向陆璟深转达谢意，感谢陆璟深这些年来对他们的支持和援助。

封肆有些意外，见陆璟深一直盯着手中照片，垂着眼整个人仿佛定住了一般，伸手过去，在他肩膀上轻按了一下："Alex，回魂了。"

陆璟深抬头，目光闪烁："……我没想到，会有这张照片。"

封肆笑道："是啊，意外之喜。"

他原本一直遗憾当年没有留下哪怕一张和陆璟深的合影，没想到时过境迁，竟还有这样天降的惊喜送到他们面前。他的好运一旦降临，似乎可以一直延续下去。

将信纸也递过去给陆璟深看，封肆问他："你这些年还有给他们捐助？"陆璟深轻点头："每年都有，固定给他们的捐款账户打一笔钱。"

留的落款，也是 Alex 这个名字。

封肆道："你一直没给他们联系方式吧？"陆璟深轻抿唇角："没有。"

封肆就猜到是这样，当年也只有他留了联系方式，那三个月里，陆璟深是真的很谨慎，没有给他留下丁点线索。

他笑叹道："早知道我去找他们问，就算没有留联系方式，他们总能知道钱是从哪里汇过去的吧，我就不用跟没头苍蝇一样到处找你了。"

陆璟深有点不知道该怎么接话，沉默了一下，低着头闷声道："抱歉，以后不会再让你找了。"

封肆倚着餐桌，大度道："算了。"

之后他们一起做晚餐，简单的西式菜肴，随心所欲的烹饪方式。

夜幕逐渐垂下，家里没开灯，封肆点燃了一支买回的香薰蜡烛，搁上餐桌。

火光悠悠，浅香醉人。

正文完

深潮 /番外篇/
SHEN CHAO

/ 番外一 • Extra Chapter /
眼睛

那时他们刚刚踏上这段旅途不久。认识封肆的第十一天，陆璟深坐在他的越野车上，他们正在穿越撒哈拉沙漠的途中。窗外是不见尽头的长路，黄沙被车轮带起飞舞，偶尔有其他的车辆，又或是骑着骆驼的旅人经过，驼铃声悠悠，都与他们无关。

封肆开了半边车窗，一只手抡着方向盘，另一条手臂撑在窗沿上，嘴里叼着根烟，音箱里流淌出的阿拉伯民谣随性哼唱着。

陆璟深的眼睫轻颤，靠在座椅里，视线停留在车窗之外。

"在想什么？"

封肆的声音凑过来，陆璟深轻闭了闭眼，回头看向他："没有，到了吗？"

"嗯，今晚在这里过夜。"封肆随口说完，推开车门先下了车。

陆璟深看着他的背影走进黄昏暮霭里，思绪放空了一瞬，跟下去。他们今夜的落脚处是这边的一座小镇，和这里的其他建筑一样，完全由灰石搭建起的旅店，条件很不怎么样，但好过在路边搭帐篷风餐露宿。

旅店还提供餐食，陆璟深大约是吃不惯没什么胃口，只用了几口就放下刀叉，先回去了房间。

十分钟后封肆进来，给他买来了面包和水。

冰凉的矿泉水瓶贴上脸，坐在床边发呆的陆璟深恍惚抬头，对上居高临下看着自己的封肆的笑眼。

"你怎么总是一副心事重重的样子？"

陆璟深接过东西，含糊跟他道谢，拆开了食物外面的包装纸。

封肆去冲了个澡，再出来时陆璟深手里那块面包也才吃了一半，他依旧坐在原来的地方，姿势似乎都没换过一个，在看窗外的黄昏景致。

封肆靠在他身后的墙边看他。

陆璟深刻意挺起的脊背紧绷着，因为瘦弱而显得肩胛骨格外突出。陆璟深似乎感知到了什么，回头看向他。

"Alex，你究竟是从哪里冒出来的？"

封肆低声呢喃，他说的是中文，以为陆璟深听不懂。

"你会走吗？我们还能一起继续这段旅途多久？"

天光熹微时，陆璟深恍惚睁开眼，封肆推门进来，买了早餐还拿了一份地图。吃早餐时，封肆翻看着手中地图，随口和陆璟深提议："我们今天去 Guelb er Richat 吧？"

陆璟深不知道封肆说的是哪儿，无所谓地点头，他本来也没有目的地，封肆带着他上路，去哪里都是封肆说了算。

用过早餐，他们迎着晨光出发，初升的朝阳在远远近近的荒漠上投下大片霞光，给这广袤贫瘠的荒地添了些许生机。陆璟深安静地看，拿出照相机，拍了几张照片。封肆回头看他，霞光晕开在陆璟深的眼角眉梢，很生动，可惜他自己无知无觉。

到公路的尽头，封肆停了车，示意身边人："下车吧，前面车开不过去了，我们走过去。"陆璟深这才想起来问他："这是什么地方？"

"撒哈拉之眼。"封肆指着地图上灰质的理查特结构告诉他，"全球十大地质奇迹之一，太空旅行者的视觉地标。"

他带着陆璟深爬上高地，往下俯瞰。灰褐色的石英岩层叠成圈，构成撒哈拉之眼的眼瞳，再外面一圈，岩层的颜色变得更加浑厚，如同眼珠，最外侧起伏无尽的山脉则是眼睑。即使他们站在这里，也窥不见全貌。

陆璟深震撼于眼前所看到的这一幕，山头的风摩擦过他耳膜，掺着身边人带笑的声音："真的很像眼睛，要是能借到飞机从高空看，应该会看得更清楚一些，有人说这里是陨石坑，也有说是地形抬升后被风沙侵蚀的结果，不过还有一个更浪漫一些的说法。"

他的话顿住，陆璟深不解地看过去，封肆弯唇，接着道："这是地球之眼，他在这里温柔地凝望他藏于宇宙星河里的情人，等待对方归来。"

从山上下来，还不到中午，他们回到了昨夜落脚的小镇。

这个时间点镇上的人比昨天傍晚来时要多一些，戴着白帽的男人、裹着头巾的女人，卖一些手工制作的小工艺品，安静地等顾客上门。远处寺庙的塔尖反射着日光的色彩，安宁而平和。

陆璟深想，如果是他一个人来到这里，他可能会愿意在这个地方多待上两日。他需要这份难得的安宁。

封肆的说话声牵回他的思绪，偏头看去，陆璟深正蹲在路边的小摊前跟人讨价还价，潇洒随性，脸上全是笑意。

陆璟深看着他，忽然间有所觉悟，自己大概就是被他这种张扬的特质所吸引。之前的按部就班的生活时而让他感到有些压抑，而封肆总能出其不意地给他制造新鲜刺激，或许眼前的生活才是他真心所求的吧。

封肆买完东西回来，他以低廉的价格买到了一张的手工毛毯，色彩鲜艳、花纹繁复，质地上乘，很划算。

"为什么买这个？"陆璟深问。

封肆道："你总是在车上就睡着了，给你买的。"

陆璟深有些失语。他注视着封肆，封肆深黑色的眼瞳里聚起笑意。

"走吗？"封肆再次问，他刚已经给车子加满油。

恰好过了午后阳光最炽热的时候，虽然现在上路，夜里又不知道要在什么地方落脚，总归往前走就是了。陆璟深点头。

坐进车里，封肆开了冷气，将先前买回的毛毯扔给他："想睡睡吧。"

"现在去哪里？"陆璟深开口。

"不知道，走着再说吧。"

封肆看一眼手机导航，发动车子，开上和早上出门时截然不同的道路。

他们的旅途，才刚刚开始。

/ 番外二 • Extra Chapter /

智齿

封肆牙痛了快一个星期。起因是中秋那天去陆璟深爸妈家,他吃了块陆璟深妈妈亲手做的甜得发腻的月饼,之后就开始牙痛。

一开始还不算严重,细细密密的酸疼时有时无,他自己也没在意,直到那天晚上突然被疼醒了,然后就被那种从口腔一直蔓延到脑子里,连神经都被牵扯住的痛感折磨得一夜没睡,一贯神采飞扬的人头一次被折腾得彻底蔫了。天亮后陆璟深果断打电话,帮他预约牙科医生,把人带去了医院。不出意料是长了智齿,而且位置不太好,怕以后越长越歪更难处理,得尽早拔掉。

封肆按了按自己的脸,有点不可思议:"我都三十岁了还能长智齿?""六十岁长智齿也不稀奇。"牙医淡定道。封肆闭了嘴,靠在治疗床上,紧蹙着眉,无精打采。陆璟深看他这样觉得稀奇,安慰他:"没事的,拔掉了就好了。"封肆的声音有气无力:"你想笑就笑吧。"陆璟深摇头。

四十分钟后,走出医院时,封肆嘴里还咬着棉花,脸也有些肿,坐进车中陆璟深问他:"还痛吗?"封肆闭起眼靠进座椅里,含糊道:"还行。"

今天是周六,陆璟深直接把车开回家,进门就开始熬粥煮汤。封肆早上就没怎么吃东西,刚拔了牙还只能吃流食,怪可怜的。忙活完陆璟深过去客厅看,封肆靠在沙发里,闭着眼已经睡着了,眼睑下一片乌青。陆璟深拿了床毯子来帮他盖上,去了书房办公。

封肆一觉醒来快中午,陆璟深靠在沙发另一侧,正在看电视,音量调到了最低。

闻到空气里浓郁的鸡汤香味，封肆转了转脖子，终于有了些精神。陆璟深回头："醒了？"封肆问："你还煮了鸡汤？好香啊。""现在感觉怎么样了？"陆璟深坐过来，想看封肆嘴里的伤口，捏住了他下巴。封肆配合张开嘴让他看，左侧牙床深处一个血窟窿，不知道多久能长好，看着有些吓人。

陆璟深皱眉起身去了厨房看火，封肆慢悠悠地跟过来，陆璟深拿着勺子尝了尝汤的味道，刚刚好。封肆的视线跟着他转，陆璟深放下勺子，轻咳了一声说："你只能喝粥和汤，鸡肉就别吃了，一会儿吃完东西过半个小时记得吃消炎药。""哦。"封肆敷衍点头。他倒是觉得陆璟深这么紧张又体贴的还挺有意思，虽然他只是拔了颗智齿而已。

陆璟深去把粥和汤盛上桌，他搁在桌边的手机屏幕亮起，有新消息进来。是前段时间陆璟深在商务晚宴上结识的一个南方来的投资商发来的，因为有进一步合作的可能，他跟对方交换了名片，之后对方主动联系过他几次，陆璟深去过一次，感觉不太喜欢那人，之后的就都找借口推了。

今天也是一样，对方问他有没有时间，诚挚邀请他一起去看歌剧。封肆顺手将他手机拿过去，看了眼，笑了："又是工作上的事？"陆璟深摇头，不太想搭理。封肆一撇嘴："我帮你回吧。""随你。"陆璟深根本不在意，只要能把麻烦打发了就行。半分钟后封肆把手机还回来，陆璟深看了眼，他回的是："抱歉，家里有事。"

陆璟深有些意外，这么中规中矩的拒绝风格根本不像他。

"不用这么看着我，"封肆尝了一口碗里的粥，看得出陆璟深是费了心思熬的，但大约是麻醉药效还在，他觉得有些寡淡无味，"你不是还要跟他谈生意，没必要闹僵了。"

下午他们一起在家里开了投影仪看电影。

麻醉药效彻底过去后，不时还是会有疼痛感，封肆昏昏沉沉又睡了一觉，再睁开眼时陆璟深摸了摸他的额头，眼神里满是担忧："你发烧了。"

封肆闭了闭眼，嗓子有些哑："还好。"

陆璟深不放心，去拿体温计来给他试了一下，37°多，低烧。

封肆靠在沙发里，听陆璟深跟医生打电话，看着他时而蹙起、时而松开的眉头，还是想笑。

陆璟深挂断电话，稍稍松了口气，告诉他："医生说是拔智齿引起的低烧，正常现象，继续吃消炎药就行。"

晚上那顿封肆依旧没什么胃口，粥只喝了半碗，陆璟深再次给他量体温，已经快38°了。

"要是体温再升高，我们是不是得去医院？"陆璟深才放下的心又提了起来。

封肆不怎么在意："也没有很高，医生不都说了是正常的，明天再说吧。"

陆璟深拿起手机还想问医生，被封肆拦住："算了，别人也下班了，你别这么紧张，我这么大一个人，还能拔颗智齿就拔出毛病来吗？"

陆璟深想想也觉得自己确实反应有点大。想要放下手机时，中午约他的那位又发来新消息，拍了张歌剧现场的照片给他。

陆璟深没有回复，直接删除拉黑了对方。

封肆提醒他："倒也不至于，你不是说跟他合作的生意几十亿起步？"

陆璟深不以为意："我不跟脑子有问题或者人品有问题的人做生意。"

封肆扑哧一声笑了。陆璟深以尽量自然的语气道，"钱是赚不完的，我不需要看人脸色。"

封肆道："那好吧，你高兴就好。"

/ 番外三 • Extra Chapter /

出差

办公室里，陆璟深从堆积成山的文件中抬头，看一眼腕表，离下班还有两小时，他有些心不在焉，靠进座椅里闭起眼半天没动。之后他会直接去机场，飞过去又要两个小时，见到封肆最快也要到九点以后。

封肆带学生去了外地的训练基地集训，一去四十天，陆璟深第一次觉得日子这么难熬，晚上回到寂静无人的家，那种安静到可怕的不适感几乎能将他逼疯。哪怕他曾经习惯过黑暗、孤独和寂寞，如今的他却一天都无法忍受这样的日子。

陆璟深有时候会觉得自己近似病态，但他控制不住自己。从前他试图掌控封肆，才是大错特错，他才是一直被封肆牵着走的那一个。

封肆正在去陆璟深公司的出租车上，提前了几天回来，没跟陆璟深说，是打算给他一个惊喜，要不他今天又得风尘仆仆地飞过去找自己。

陆璟深这么忙，却每周末雷打不动地飞过去找他，是封肆一开始没想到的。第一次在酒店楼下见到陆璟深，他几乎不敢相信自己的眼睛。

那晚他跟同事去吃消夜，中途陆璟深给他发消息问他在做什么，他随手回复了。十点多他和同事回到酒店，却在一楼大堂里，看到已经在那等了他一个多小时的陆璟深。之后这一个多月，他们每周末都会见面，陆璟深通常周五晚上过去，周日晚上再离开，虽然累，但他乐此不疲。

所以封肆今天提前回来，赶在陆璟深出发之前先来找他，好让陆璟深也开心一下。

出差

到了公司楼下他也没跟陆璟深说，照旧麻烦前台小姐帮他开电梯门，附送对方灿烂笑脸。秘书办的人对封肆出现在这里都已见怪不怪，刘捷路过跟他打了个招呼，告诉他陆璟深办公室现在没人，让他直接进去，转身又去忙活自己的。

封肆走过去敲了两下门随手推开，陆璟深以为是哪个进来送文件的秘书，专注工作没有抬头。

封肆弯起唇角，走上前用一本正经的腔调模仿他的秘书："陆总，今天能准时下班吗？"

陆璟深握着笔的手微微一顿，难以置信地抬眼，朝他走近来的人千真万确是封肆，双手插兜，嘴角噙着惯常的笑。

封肆看到他眼里的惊讶和欣喜，唇角又上扬了一些，重复问："陆总，今天能准时下班吗？"这一次是他一贯不着调的语气。

"你回来了。"听到自己说出口的声音，陆璟深才后知后觉回过神，站了起来，"你怎么提前回来了？为什么不先跟我说？"

"提前回来了不好？学你的给你惊喜呗。"封肆打量他的脸，"这几天又没睡好？黑眼圈都冒出来了。"

陆璟深道："没有。"

封肆把他按坐回椅子里："要不要提前下班？"

陆璟深有些犹豫，封肆笑着提醒他："我看你现在也没心思工作了，要不走吧？我们早点去吃饭，我给你买了礼物，一会儿给你。"

陆璟深被说服了："我交代一下工作。"

车开出公司，还不到五点。

封肆开车载着陆璟深，慢悠悠地在街上游逛，寻找吃饭的地方。

他哼着歌，心情愉快，陆璟深几次看他，被他的情绪感染，嘴角也渐浮起笑。

/ 番外四 • Extra Chapter /

手绳

终于有时间去雾城时，已经是来年一月中旬。

封肆的学校那边放寒假，陆璟深则在年前先把之后一个月的工作提前处理了，其他的事情都交代给陆璟清和下属，他和封肆准备去一趟雾城后，接着去非洲继续他们当年没有走完的路。

出发前一夜，收拾行李时，陆璟深手上那条皮手绳忽然断开，从手腕滑落下去。他皱眉捡起来，戴了八年多的手绳早已磨损得不成样子，是他全身上下最不值钱的一件东西，也是他戴了最久的一件东西。

封肆进来房间，走过来叫了他一句："你做什么呢？"

随即他看到了陆璟深手中那条断了的手绳，了然道："断了就断了吧，都戴了这么多年了，一直没断才稀奇。"

陆璟深道："……嗯。"

见他蹙着眉神色严肃，封肆抱臂笑起来："我说你，不会这么迷信吧，觉得这不是好兆头？"

陆璟深欲言又止，他不是个迷信的人，但一直戴的手绳忽然断了，确实让他有些心慌。

封肆安慰他："也未必不是好兆头，我的那条莫名其妙掉了以后，第二天就从别人那里得到了你的消息，我倒觉得这是预示旧的不去新的不来。"

陆璟深道："真的？"

手绳

封肆道："骗你干吗，当然是真的。"

他手上的那一条，其实也戴了七年。

手绳不见的那晚他去参加一场聚会，夜深回到住处才发现东西掉了，去沿途经过的地方找，打电话给所有去过那场聚会的人问，一夜过去天亮时他才不得不接受事实，那条手绳是真的掉了。但是隔天，他却在那场飞机派对上，从他雇主的朋友那里，看到了那张无意中拍下的有陆璟深的照片。

世事往往就是这么玄妙。

封肆轻描淡写的一句话，陆璟深却听得不是滋味。

每一次封肆提起那七年，他的愧疚便更深一层，言语上的道歉终究无力，说多了也没有意义，所以他不会再说抱歉的话。

把断了的手绳收回床头柜抽屉里，陆璟深抬眼看向面前的封肆，认真道："等去了非洲，我们再买两条吧。"

封肆笑着点头："行。"

出发那天是小年夜，中午去陆璟深爸妈家吃了顿饭，下午他俩飞雾城。陆父身体不好，没法长途跋涉出国，陆母得留下陪护，陆璟清要坐镇公司，陆迟歇则打算和凌灼去他家那边过春节，所以最后去雾城的只有他们自己。

封肆尽心履行机长职责，陆璟深原本说这次让别人来飞，封肆没肯。

"我这些年满世界找你时，想过无数次，等有一天找到你，一定要亲手开飞机带你去雾城，你就当给我个机会吧。"

说这话时，封肆已经穿上笔挺的机师制服，正将机师帽扣到脑袋上，帽檐下的狭长眼眸里全是笑意。

陆璟深不再劝他。

起飞之前,封肆照旧做了一次机长广播,虽然客舱里的乘客,只有陆璟深一人。

例行的信息播报和安全提示后,最后一句,他说道:"飞机将在五分钟之后起飞,这一次能和你一起回去我很开心,希望你也一样开心,放松享受这次的旅途。"

陆璟深靠进座椅里,无声莞尔。

落地雾城是当地傍晚,他们没有住酒店,直接回了封肆的家。家里没有别人,封妈妈跟朋友去外地旅游了,封婷还没放假。

窗外下了雨,雨雾朦胧,陆璟深站在封肆的房间窗边看夜下灯火,握在掌心间的木质的窗棂粗粝而坚硬,他浮浮沉沉的心绪却随之变得平和。

封肆或许也曾在这里,无数次地看过这样的雨中夜色,抚摸过这里这些斑驳的岁月痕迹。

能用这样的方式窥见封肆过往的点滴,也让他觉得心安。

封肆走过来道:"热水可以用了,去洗澡吗?"

"下雨了。"陆璟深依旧目视着窗外,轻声道。

封肆低低地笑:"在这里下雨有什么稀奇,等我们洗完澡出来,说不定雨就停了。"盯着他闪动的目光,沉声又问,"在想什么?"

"不知道,"陆璟深仔细想了想,回答他,"就是有点可惜时间不够,我们还要去非洲,要不我想在这里多住几天。"

"这里?"封肆略略惊讶。

陆璟深道:"嗯,这里。"

封肆环顾了一下四周,他家里没什么特别的,房屋老旧,地方也小,要不是他妈妈对这个地方有感情,他们早搬走了。他问:"为什么想住这里?"

陆璟深慢慢道:"想感受你长大的地方,看看你以前是什么样的。"

钟声响起,白鸽掠过车头飞远,前方的喷水池溅起水柱喷涌。

崭新的一天,也才刚刚开始。

番外完

图书在版编目（CIP）数据

深潮 / 白芥子著. — 武汉：长江出版社，2023.6
ISBN 978-7-5492-8855-7

Ⅰ.①深… Ⅱ.①白… Ⅲ.①长篇小说－中国－当代
Ⅳ.①I247.5

中国国家版本馆CIP数据核字(2023)第073058号

本书经白芥子授权同意，由北京长佩网络科技有限公司委托天津漫娱图书有限公司正式授权长江出版社，在中国大陆地区独家出版中文简体版本。未经书面同意，不得以任何形式转载和使用。

深潮	/ 白芥子 著			
出　　版	长江出版社			
	（武汉市解放大道1863号 邮政编码：430010）			
选题策划	漫娱图书 唐新雅			
市场发行	长江出版社发行部			
网　　址	http://www.cjpress.com.cn			
责任编辑	李剑月			
特约编辑	许斐然			
总 策 划	重塑工作室	开　本	889mm×1230mm　1/32	
装帧设计	刘江南 邵艺璋	印　张	8.5	
印　　刷	恒美印务（广州）有限公司	字　数	228千	
版　　次	2023年6月第1版	书　号	ISBN 978-7-5492-8855-7	
印　　次	2023年6月第1次印刷	定　价	49.80元	

版权所有，翻版必究。如有质量问题，请联系本社退换。
电话：027-82926557(总编室)　027-82926806（市场营销部）